TITANS

Liebesroman

Küss mich, du Vollidiot

Poppy J. Anderson

Band 10

1. Auflage Oktober 2014

Covergestaltung: Catrin Sommer rausch-gold.com

Unter Verwendung von © Paul Dudley – PD Photostudio

Korrektorat: SW Korrekturen e.U

www.poppyjanderson.de

poppyj.anderson@googlemail.com

Besuchen Sie mich auf Facebook:

www.facebook.com/pages/Poppy-J-Anderson

Liebe Leserinnen und Leser,

puh! Geschafft!
Sie halten gerade den zehnten Band der New York Titans-Reihe in den Händen und werden in Kürze damit beginnen, etwas über den Lieblingsrüpel der Titans, Blake O'Neill, zu lesen. Daher möchte ich die Gelegenheit ergreifen und einige rührselige Worte hervorbringen.

Vor genau zwei Jahren packte ich meinen Koffer, um auf ein langweiliges Seminar zu fahren, und sah in einer TV-Sendung eine Reportage über die Frankfurter Buchmesse 2012. Zum ersten Mal in meinem Leben hörte ich den Begriff „Selfpublishing". Kurze Zeit später lud ich mein erstes E-Book „Touchdown fürs Glück" hoch und vermied es, mit meiner besten Freundin eine Wette darauf abzuschließen. Sie war davon überzeugt, dass es ganz viele Menschen gab, die meine Geschichten lesen würden. Als skeptischer Mensch war ich nicht wirklich sicher, dass dies der Fall war, klopfte aufs Holz und erhoffte mir in meinen kühnsten Träumen fünfzig Leser. Es wurden einige mehr.

Noch heute kneife ich mich heimlich und kann Ihnen versichern, dass ich um jede Leserin und jeden Leser dankbar bin, der sich in meinen Büchern verlieren kann. Es macht so viel mehr Spaß, für Menschen schreiben zu können, die mit meinen Figuren mitfiebern, mitlachen und mitweinen, als nur für mich allein.

Es hat sich nun einmal ergeben, dass die Titans zu einer richtigen Familie geworden sind. Und seiner Familie kehrt man nicht einfach den Rücken zu. Für mich bedeutet dies, dass dieser zehnte Band ganz sicher nicht der letzte ist.

Ihre Poppy

Für das J in meinem Namen

Ich habe dich lieb.

Deine Patentante

Prolog

„Du musst mir den Hasen geben.“

Ein störrisches Kopfschütteln war die Antwort.

„Dein Plüschhase ist sehr schmutzig und alt. Du kannst krank werden, wenn du ihn mir nicht gibst.“

Wieder wurde ihr lediglich mit einem nachdrücklichen Kopfschütteln geantwortet. Ansonsten erklang kein Ton.

Angesichts des trotzigen Verhaltens und der unbeugsamen kindlichen Augen blieb Schwester Mary Agnes nichts anderes übrig, als sich mit einem Seufzen wieder aufzurichten. Nervös ließ sie das Zingulum, den dünnen Gürtel, der um ihren Habit befestigt war, durch ihre Finger gleiten und dachte darüber nach, wie sie dem völlig verdreckten Kind den noch dreckigeren Hasen abnehmen konnte.

Sie wollte es der Oberin nicht gestehen, aber mit der aktuellen Situation schien sie ein wenig überfordert zu sein. Als junge Nonne, die gerade erst das Gelübde abgelegt hatte und mit der Arbeit im Waisenheim noch nicht vertraut war, fiel es ihr manchmal schwer, die nötige Strenge walten zu lassen, um die hier lebenden Kinder beaufsichtigen zu können. Seit einigen Tagen war sie ganz allein für einen Schlafsaal zuständig und gab sich die größte Mühe, dass keiner ihrer Schützlinge aus der Reihe tanzte, doch das war oft nicht genug. Manchmal war es einfach zu viel und dann dachte Schwester Mary Agnes, die noch vor einigen Monaten einen völlig anderen Namen getragen und ein weltliches Leben geführt hatte, dass ihre Entscheidung,

Ordensschwester zu werden, womöglich ein Fehler gewesen war.

Ihre Eltern waren nicht sonderlich religiös gewesen und sie selbst hatte bis zu ihrer Volljährigkeit auch kein großes Interesse an der Kirche gezeigt, doch nach einem schrecklichen Unfall, bei dem nicht nur ihr Bruder, sondern auch ihr Freund gestorben war, hatte sie plötzlich zu Gott gefunden. Dazu berufen, anderen Menschen helfen zu wollen, war sie einem Orden beigetreten und nach ihrem Noviziat in den Bundesstaat Nebraska versetzt worden, um dort in einem katholischen Waisenhaus zu leben und zu arbeiten.

Angespannt hob sie die Schultern an und schloss für einen kurzen Moment die Augen, um durchzuatmen. Heute war einer dieser Tage, an denen sie ihren persönlichen Werdegang infrage stellte. Es tat gut, anderen Menschen zu helfen, auch wenn sie ihr ganzes Leben darauf ausrichtete. Tatsächlich empfand sie es als Privileg, dass sie ihr Leben in den Dienst der Kirche stellen und Gutes tun durfte. Sicherlich war es eine ehrenvollere Aufgabe, sich verlassener Kinder anzunehmen, als in einem Büro zu sitzen und Papierkram zu erledigen, doch in manchen Momenten kam es vor, dass sie ihr altes Leben vermisste – die Unbeschwertheit und die Sicherheit, nur für sich verantwortlich zu sein. Früher hatte sie unbeschwert in den Tag hineingelebt und sich an keine Regeln halten müssen, so wie sie es jetzt tat. Ihren Glauben stellte sie nicht infrage, nur ihren Willen, dieses Leben auch führen zu können.

Sie wollte für die Aufgaben stark sein, die der Herr ihr auferlegte. Das wollte sie wirklich. Jedoch war der Anblick verwahrloster Kinder, die sich schutzsuchend aneinander schmiegten und ihre abgetragenen sowie vor

Dreck starrenden Kuscheltiere an sich pressten, kaum zu ertragen.

Schwester Mary Agnes schluckte, als sie ein schluchzendes Mädchen betrachtete, das sich an ein ebenfalls weinendes Mädchen klammerte, dessen Gesicht voller blauer Flecken war. Die beiden waren nicht nur unterernährt und entsetzlich schmutzig, sondern schienen zudem Opfer häuslicher Gewalt geworden zu sein – so wie auch die anderen Kinder, die der Pflegefamilie vor wenigen Stunden weggenommen und zurück ins Waisenhaus des Heiligen Josephs gebracht worden waren.

Vermutlich war Schwester Mary Agnes keine gute Christin, denn in diesen Augenblicken zweifelte sie an der Existenz eines allmächtigen liebenden Gottes. Wie konnte es Gott gestatten, dass Menschen, die dafür ausgesucht worden waren, auf schutzlose Kinder aufzupassen, sie derart behandelten? Die verstörten Mienen der Kinder sagten genug. Sie mussten Entsetzliches mitgemacht haben.

„Mary Agnes?" Ihre Ordensschwester betrat den Raum und bekreuzigte sich, als sie die vernachlässigten Kinder sah. „Ich habe gerade gehört, dass das Jugendamt einige Kinder zu uns gebracht hat. Brauchst du Hilfe?"

„Das wäre nett", antwortete sie erleichtert und deutete auf die dreckigen Kinder. „Leider bin ich nicht Herr der Lage."

Schwester Mary Gertrud, die bereits seit über zehn Jahren in St. Joseph lebte, nickte mitfühlend und legte ihr eine Hand auf die Schulter. „Es ist keine Schande, Mitgefühl zu empfinden."

„Ich weiß", seufzte sie schwer und senkte den Blick zu dem trotzig wirkenden Kind, das noch immer den

Plüschhasen an sich drückte und auf Abstand zu den anderen Kindern ging, während es sie misstrauisch musterte. Es mochte nicht älter als sechs Jahre alt sein und wirkte jetzt schon entsetzlich abweisend sowie distanziert. Kinder in dem Alter, die sich derart vorsichtig gaben, hatten normalerweise schlimme Erfahrungen gemacht.

„Die Mutter Oberin hat mir erzählt, welchen Pflegeeltern die Kinder entzogen wurden. Ich kenne sie“, ergänzte Schwester Mary Gertrud abschätzig. „Wie es scheint, sammelten sie das Pflegegeld und ließen die Kinder verkommen.“

Mary Agnes schluckte hart und blinzelte die aufsteigenden Tränen beiseite, als sie die beinahe schwarzen Flecken im zarten Nacken des dunkelhaarigen Kindes sah. „Wie können Menschen so etwas nur tun?“

„Das weiß ich nicht“, erwiderte die ältere Nonne leise, klopfte ihr auf die Schulter und seufzte schwer. „Ich kenne die Kinder. Sie waren bereits vor einem halben Jahr bei uns, bevor sie vermittelt wurden.“

„Die armen Kleinen“, flüsterte sie mitleidig.

Schwester Mary Agnes beobachtete, wie ihre resolute Ordensschwester die beiden Mädchen an sich drückte und tröstete, bevor sie sich zu dem kleinen Jungen umdrehte und ihn beruhigend anlächelte.

Dieses Lächeln schien auf den verstörten Jungen, der bislang stumm geblieben war, keine Wirkung zu haben. Lediglich die stürmischen blauen Augen zeigten, dass er äußerst misstrauisch war und es der Nonne nicht leicht machen würde.

Mary Gertrud neigte verständnisvoll den Kopf und erklärte sanft: „Weder Schwester Mary Agnes noch ich werden dir den Hasen wegnehmen. Du musst keine Angst vor uns haben, Blake.“

1. Kapitel

23 Jahre später

„Ich hasse es!“

Eine amüsierte Stimme erklang rechts von ihm. „Scheiße, Blake, beruhig dich.“

„Ja, O’Neill. Bleib locker.“

Grimmig schüttelte er den Kopf. „Ich hasse es, verdammt noch mal!“

Sein Kumpel Julian schlug ihm gutmütig auf die unverletzte Schulter und gluckste erheitert. „Dir ist schon klar, dass *es* kein Mensch ist, oder? *Es* ist ein Maskottchen.“

„Außerdem ist es unser Maskottchen“, fügte Eddie überflüssigerweise hinzu. „Lass Mr. Titastic in Ruhe.“

Mit finsterem Blick verschränkte Blake O’Neill, Runningback, Publikumsmagnet und verletzter Spieler der New York Titans, die Arme vor seiner Brust und musterte das fröhliche Maskottchen namens Mr. Titastic, das vor den Besucherrängen des Meadowlands Stadions auf und ab lief und Kusshände in die Menschenmenge warf.

Als wäre es nicht schlimm genug, dass Blake noch verletzt war und dank seiner operierten Schulter nur in zivil auf der Ersatzbank saß, während seine Kumpels das Spiel gegen die Steelers ohne ihn bestreiten würden, musste er jetzt auch noch mit ansehen, wie das verschissene Maskottchen der Titans seine Faxen vor den johlenden Zuschauern machte, die vor dem Anpfiff unterhalten werden wollten.

Das Maskottchen und er hatten eine Vorgeschichte, die vor ungefähr einem Jahr begonnen hatte, als ein splitternackter Zuschauer über das Feld gerannt und den Runningback umgerissen hatte. Die Schnappschüsse, die bei dieser Aktion geschossen worden waren, hatten Blakes Aufstieg zum Pin-up der Schwulenvereinigung begründet, immerhin hatte der Flitzer hinter ihm gekniet, als würde er es ihm richtig besorgen. Die Fotos, die landesweit ausgestrahlt wurden, hätten peinlicher nicht sein können. Die schwule Pose und der nackte Mann hinter ihm mochten andere erheitert haben, für Blake waren sie ein Desaster gewesen.

Mittlerweile konnte er damit halbwegs umgehen, ignorierte die dummen Sprüche seiner Kumpels und biss einfach die Zähne zusammen, auch wenn er bei dem Wort schwul noch immer zusammenzuckte und jedem am liebsten eine aufs Maul gegeben hätte, der ihn eine Tunte nannte. Jedem das Seine, aber er war Verfechter purer Heterosexualität und reagierte allergisch auf die Vorstellung, dass es zwei Kerle miteinander treiben konnten. Natürlich hatte er nichts dagegen, wenn sich zwei Weiber gegenseitig befummelten. Scheiße, er stand auf Lesbenpornos und hatte vor einigen Jahren eine heiße Nacht in Las Vegas mit zwei Tänzerinnen verbracht, die miteinander so viel Spaß gehabt hatten, dass er sich zwischendurch sogar überflüssig vorgekommen war. Nichtsdestotrotz war das die mit Abstand geilste Nacht seines Lebens gewesen und der Anblick der zwei nackten Tänzerinnen in seinem Bett, die vor ihm eine Show abgezogen und sich gegenseitig abgeleckt hatten, hatte sich in sein Gehirn eingebrannt.

Zwei nackte Frauen, die es miteinander trieben, waren geil.

Zwei nackte Männer, die es einander besorgten, waren es nicht.

So einfach war das.

Deshalb konnte er das Maskottchen auf den Tod nicht leiden, weil es seit der Attacke des nackten Zuschauers jedes Mal eine unverwechselbare Geste machte, wenn Blake das Feld betrat. Die Geste kannte Blake ziemlich gut, schließlich stand er selbst darauf, seiner Partnerin, die beim Sex vor ihm kniete, einen wohlplatzierten Klaps auf den Arsch zu geben. Dass die Zuschauer ihren Spaß dabei hatten, wenn das Maskottchen Blake verarschte und auf seine angebliche Homosexualität anspielte, war für ihn wie ein Stachel im Fleisch. Er war nicht schwul, verdammte Scheiße, und wollte auch nicht als die Tunte der NFL gelten. Ein paar Male hatte er sogar Teddy deswegen angehauen und sie gebeten, den Typen in dem Kostüm zu feuern, doch sie spielte die Angelegenheit hinunter und amüsierte sich köstlich über die Faxen des Maskottchen, das auch jetzt die Aufmerksamkeit der Zuschauer hatte.

Mit schmalen Augen betrachtete er den Kopf des Viechs, der einem überdimensionalen Football nachempfunden war. Andere Vereine hatten Wölfe, Bären oder Büffel als Maskottchen – nur die Titans warteten mit einem Geschöpf auf, das einer gehirnverbrannten Kindersendung nachempfunden zu sein schien, die ganz sicher zur Verblödung der heranwachsenden Generation beitragen würde. Da einige seiner Teamkollegen mit einer rapide wachsenden Kinderschar gesegnet waren, war Blake bereits das eine oder andere Mal in den Genuss solcher Kindersendungen gekommen und hatte jedes Mal das Bedürfnis, mit dem

Kopf voran gegen eine Betonwand zu rennen, nur mühsam unterdrücken können.

Die kleinen Hosenscheißer schienen auf solche Sendungen zu stehen, in denen schwul wirkende Figuren schwule Lieder sangen und schwule Kostüme trugen. Vor kurzem hatte er mit der kleinen Tochter seines Coachs die Sendung eines pinkfarbenen Dinosauriers gesehen, der ständig übertrieben aufgedreht durchs Bild gehüpft war. Während die Kleine neben ihm auf der Couch völlig abgegangen war, hatte er sich gefragt, welcher Vollpfosten in dem Kostüm stecken musste und was er für Pillen eingeworfen hatte. Anders war das seltsame Verhalten nicht zu erklären gewesen. Blake jedenfalls würde sich eher erschießen, als ein solches Kostüm zu tragen und wie ein psychopatischer Dino Lieder zu trällern. Da müsste er schon voll wie eine Haubitze sein, um den Scheiß mitzumachen.

Vermutlich hatte auch der Typ, der in dem Titans-Maskottchen steckte, irgendetwas eingeworfen. Oder er war von Haus aus ein Spinner, wie Blake vermutete, schließlich hatte er ihn einmal ohne sein Kostüm gesehen. Der lange Lulatsch mochte vermutlich um die vierzig und nicht ganz richtig im Kopf sein. Wahrscheinlich wohnte er bei seiner Mutter im Keller und hatte noch nie gevögelt. Oder – was noch schlimmer war – er dachte beim Vögeln an seine Mutter. Wie auch immer: Er hätte den Idioten ohne weiteres in den Boden stampfen können. Wenn Teddy ihn gelassen hätte und sich nicht so furchtbar aufregen würde, hätte Blake dem Träger des Maskottchens schon längst eine Abreibung verpasst.

Zu gerne hätte er gesehen, wie das Maskottchen von seinem Feld verschwand. Sicherlich könnte er es wie einen Unfall aussehen lassen. Niemand müsste wissen, dass Blake das hässliche Kostüm im Hudson versenkte und dem Typen, der es trug, ordentlich die Fresse polierte.

„Scheiß drauf, ob *Mr. Titi* unser Maskottchen ist! Ich kann den Wichser nicht leiden", grummelte er an seine Kumpels gewandt, die sich gerade auf dem Feld warm gemacht hatten und nun wieder zurück in ihre Kabine verschwinden würden, um dort vom Cheftrainer auf das Spiel eingeschworen zu werden, bevor sie zum Spielbeginn wieder erscheinen durften.

Eigentlich hätte er von ihnen doch erwarten können, dass sie ihm dabei halfen, dem unerträglichen Maskottchenträger eine Lektion zu verpassen. Doch seine Teamkollegen schienen die Späße auf seine Kosten auch noch lustig zu finden. Innerlich schnaubte er. Sie alle schenkten sich nichts und verarschten sich gegenseitig, wo sie nur konnten. Aber ein wenig Loyalität durfte man doch erwarten, wenn einer von ihnen von einem lächerlich aussehenden Maskottchen verarscht wurde! Dozer hätte dem Typen problemlos den Kopf abreißen können, doch seit sein Kumpel eine Freundin hatte, benahm er sich besonders mustergültig und kümmerte sich ausschließlich um die winzige Blondine an seiner Seite sowie um die beiden Tölen, die er adoptiert hatte.

„Mach keinen Stress." Quinn Atherton winkte kurz einigen ekstatisch kreischenden Frauen zu, die irgendwelche Schilder schwenkten, auf denen eindeutige Botschaften zu erkennen waren, die Quinns Ehefrau Bryce sicherlich nicht besonders schätzte. Der dunkelhaarige Footballspieler zwinkerte den ausrastenden Weibern zu, die nichts Besseres zu tun hatten, als mit ihren Möpsen zu wackeln.

Tom Peacock seufzte belustigt. „Ich kann mir Schlimmeres als ein Maskottchen vorstellen, das so tut, als würde es dir den Hintern versohlen."

„Und was?"

„Eines, das dir wirklich den Hintern versohlt."

„Halt die Schnauze ..."

„Die Fans lieben Mr. Titastic, Mann." Quinn kräuselte die Mundwinkel und erklärte lachend: „Außerdem finde ich es zum Schreien komisch, wenn die Zuschauer in Begeisterungsstürme ausbrechen, sobald es so tut, als würde es dich bumsen, wenn du nicht hinschaust."

„Fick dich, Atherton." Blake verengte die Augen. „Ich bin doch nicht der Pausenclown!"

„Wenn du meinst", ließ sich sein Kapitän vernehmen und nickte ins Publikum. „Hauptsache, du kommst nicht auf dumme Gedanken und stürzt dich drauf. Teddy hasst Eklats vor den Zuschauern ..."

„Warum hat sie dich dann geheiratet?"

„Halt die Klappe, Julian."

„Ich meine es ganz ernst", erwiderte der Wide Receiver, der sein fettes Grinsen nicht unterdrücken konnte.

„Meine Frau ist verrückt nach mir, du blöder Penner."

„Wobei die Betonung auf *verrückt* liegt." Gutmütig nickte der blonde Footballspieler und fuhr sich durchs Haar.

Blake beobachtete seine Kumpels, die sich in ihren blau-weißen Jerseys sehr wohl zu fühlen schienen. Er hätte jetzt nur zu gerne sein Trikot mit der Nummer einundzwanzig getragen, doch dank eines harten Tacklings im ersten Spiel der Saison vor einigen Wochen war er an der Schulter operiert worden und musste noch pausieren. Dieser Umstand pisste ihn noch mehr an als der dauergrinsende Footballkopf des Maskottchens.

Football war sein Leben. Daneben gab es nichts für ihn. Das Team war seine Familie und das Spiel war sein Lebensinhalt. Verletzt und zum Nichtstun verdammt zu sein, während seine Teamkameraden gemeinsames Training hatten und zu Auswärtsspielen flogen, war dermaßen ätzend, dass er vermutlich in Depressionen verfallen wäre, wenn er sich nicht anderweitig beschäftigt hätte.

Seine gestrige Beschäftigung hatte Angelina geheißen, die er kennengelernt hatte, als er seinem Tätowierer Clive einen Besuch abgestattet hatte, um sein neuestes Tattoo zu besprechen. Als junger Student auf dem College hatte er sich seine erste Tätowierung machen lassen, die voll nach hinten losgegangen war, weil der Typ sein Handwerk nicht verstanden hatte. Damals war Blake rotzenvoll gewesen und hatte sich mit einigen Kumpels seines Collegeteams einen Stern auf den Rippenbogen stechen lassen – das Logo seiner Universität. Aus dem missglückten Stern war ein paar Monate später ein Tribal geworden, das sich über seine rechte Seite zog. Zusammen mit dem Tattoo, das er sich zu Ehren des Superbowlsieges auf den linken Unterarm hatte stechen lassen, war er in Bezug auf Tinte unter der Haut ziemlich jungfräulich und spielte nun mit dem Gedanken, sich den Rücken verschönern zu lassen.

Vermutlich hätte er bereits eine Idee davon, was er sich für ein Motiv stechen lassen wollte, wenn er Angelina nicht getroffen hätte, die nicht nur am beinahe ganzen Körper die phantasievollsten Tätowierungen besaß, sondern auch an den interessantesten Stellen gepierct war und sie ihm alle gezeigt hatte.

Entgegenkommende Angelinas, das neueste Ballerspiel für seine Lieblingskonsole und seine Teamkollegen sowie deren Familien hatten ihn in den vergangenen Wochen glücklicherweise vom größten Frust, verletzungsbedingt pausieren zu müssen, abgelenkt. Dennoch bemerkte Blake in den letzten Tagen, dass er von Tag zu Tag unter stärkerem Strom stand und wegen jeder Kleinigkeit am liebsten ausrasten würde.

Das Maskottchen war nur ein Beispiel.

Vorgestern hatte er sich nur mühsam zurückhalten können, Eddie keine Gabel ins Auge zu rammen, weil der beim Essen im Hause ihres gemeinsamen Kumpels Julian eine Bemerkung über Fußball fallen gelassen hatte. Jeder wusste, dass Blake diesen Weibersport nicht ausstehen konnte, weshalb er Eddie angebrüllt hatte, der seelenruhig an einem Rippchen genagt hatte. Julian und Ian, der ebenfalls anwesend gewesen war, hatten das komisch gefunden, genau wie die kleine Brianna, die voller Begeisterung in ihrem Kartoffelbrei herumgematscht hatte. Nur Julians liebende Ehefrau, die Blake lieber nicht zum Feind haben wollte, war über seinen Ausraster gar nicht glücklich gewesen. Unter Livs strengen Augen hatte er sich widerstrebend beruhigen müssen, während ihm klar geworden war, dass er ein Problem hatte.

Sein angestauter Frust brauchte ein Ventil. Da nicht einmal schweißtreibender Sex half, musste er bald wieder aufs Spielfeld, bevor er noch einen Mord beging.

Wenn seine Ärztin ihm endlich das Okay geben würde, wäre er lieber gestern als heute im Training und würde dem gegnerischen Team den Arsch aufreißen, doch Avery blieb standhaft und laberte ihn seit Wochen zu, dass er sich noch schonen müsste.

Verdammter Scheiß!

Er war keine Memme und konnte schließlich am besten beurteilen, wie sein Zustand war. Mit seiner Schulter war alles in Ordnung. Nur weil Avery, die erst seit einigen wenigen Monaten als Teamärztin der Titans arbeitete und dank seines GMs hormongeplagt war, die Mutterglucke spielte, durfte das nicht bedeuten, dass er erst wieder spielen würde, wenn sie einen weiteren Hosenscheißer zur Welt gebracht hatte. Normalerweise hätte er mit seinem Chef darüber gesprochen, doch da seine Chefin eine ebenfalls hormongeplagte Frau war, konnte er von dieser Seite wenig Verständnis erhoffen. Auch der derzeitige GM Mitch würde nichts tun, was der Frau, die gerade von ihm schwanger war, missfallen könnte.

Blake musste sicherlich nicht erklären, wie sehr es ihm auf den Sack fiel, dass sein Team mittlerweile von Frauen regiert wurde.

Die meisten seiner Kumpels hatten sich in handzahme Ehemänner verwandelt, die artig Männchen machten, wenn es ihre Frauen oder Kinder verlangten.

Das beste Beispiel war sein Kapitän und Quarterback, der nicht nur ihre gemeinsame Chefin geheiratet hatte, sondern auch noch stolzer Vater von Zwillingen geworden war, die er abgöttisch liebte. Früher war Brian mit ihm um die Häuser gezogen, hatte mehr Weiber abgeschleppt als das restliche Team zusammen und war mitten in der Nacht aufgestanden, wenn er ihm von einer Party mit Gratisalk und beschwipsten Models erzählt hatte. Mittlerweile war er jedoch zu einem dieser Vorstadtväter mutiert, die kaum ein anderes Thema als

Kindergartenplätze oder Finanzfonds kannten und die nichts geiler fanden, als ihren Sprösslingen die Ärsche abzuwischen oder ihnen Erbsen aus den Nasen zu pulen.

Darauf konnte Blake verzichten.

„Wir müssen zurück in die Kabine.“ Brian grinste von einem Ohr bis zum anderen und drückte Blake einen Football vor die Brust, den dieser sofort mit seiner Pranke umschloss. Verdammter Mist, er vermisste das Gefühl, einen Ball in seiner Hand zu halten und mit den Fingerspitzen über die Narbe im Leder zu streichen. Nichts war besser, als einen Football in den Händen zu halten – nicht einmal das Gefühl, einer nackten Frau auf den Arsch zu schlagen.

„Benimm dich, sonst lässt dich der Coach nicht mehr am Spielfeldrand sitzen“, wies ihn sein Kapitän augenzwinkernd an.

„Genau“, erklärte auch Tom und stieß ihn in die Seite. „Denk dran: Momentan bist du nur ein Gast.“

„Blake.“ Quinn deutete hinter sich und prustete vor Lachen. „Dein Fanclub ist auch da.“

Besagter Fanclub bestand aus Männern, die kleine Fähnchen hin und her schwenkten, auf denen sein Name und der typische Regenbogen der Homosexuellenvereinigung zu sehen waren.

Während das Blut in seinen Ohren rauschte und sich sein Gesicht verschloss, lachten seine Kollegen dreckig auf. In seinem Blickfeld tauchte das Maskottchen auf, das fröhlich auf und ab hüpfte. Wie von selbst schlossen sich seine Finger um das genarbte Leder des Balles. Er dachte nicht besonders lange nach, sondern warf den Ball voll Karacho und in einer perfekten Spirale gegen den überdimensionalen Football-Kopf von Mr. Titastic, der von der Wucht des Aufpralls ins Stolpern geriet, strauchelte und kopfüber in die Getränkebox der Titans fiel. Ein kollektives Einatmen der Menschenmenge, das sich gleich darauf in polterndes Gelächter verwandelte, als die Beine des Maskottchens wild in der Luft strampelten, während es kopfüber in der eisigen Getränkebox steckte, ließ ihn breit grinsen. Das würde dem Mistkerl eine Lehre sein, sagte sich Blake, der den Kopf in den Nacken legte und schallend lachte.

Befriedigt verschränkte er die Arme vor der Brust und wollte seinen Kumpels gerade einen Spruch drücken, als sich das Maskottchen endlich befreien konnte und pitschnass auf den Hosenboden fiel, während sein Kopf bedächtig schwankte. Jetzt wusste der Mistkerl wenigstens, wie man sich fühlte, wenn man sich vor über achtzigtausend Zuschauern zum Vollidioten machte!

„Oh Mann, Blake!“

„Teddy bringt dich um ...“

Das war ihm scheißegal, und er wollte sich umdrehen, um Brian zu sagen, wohin er sich seine schlauen Sprüche stecken konnte, als er sah, wie das Maskottchen den Kopf hinunterzog und seine langen dunkelbraunen Haare schüttelte, die klatschnass geworden waren. Hustend, spuckend und zitternd saß das Maskottchen in einer Wasserlache, warf den riesigen Footballkopf zur Seite und strich sich das Haar zurück, während es sich orientierungslos nach dem Urheber dieser Attacke umsah und wie ein asthmatisches Walross hustete. Es dauerte nicht lange, bis die Besitzerin des krächzenden Hustens und der unglaublich langen Haare Blake ausmachte, der schockiert feststellte, dass er soeben nicht eine vierzig Jahre alte männliche Jungfrau attackiert hatte, sondern eine verdammt süße Kleine, die nicht nur kaum zu Atem kam, sondern ihm auch den Mittelfinger zeigte.

2. Kapitel

Madison Roberts hielt dem verdutzt wirkenden Blake O'Neill noch immer den Mittelfinger entgegen, während sie das klatschnasse Haar zurückwarf und gleichzeitig hustete, als ginge es um ihr Leben. Tatsächlich hatte sie das Gefühl, dem Ertrinken nur mühsam entkommen zu sein.

Japsend und nach Luft ringend funkelte sie den Runningback wütend an. „Hey, Arschloch! Was ... was ist dein Problem?!"

Er öffnete den Mund, schloss ihn wieder und schien keine Ahnung zu haben, was er sagen sollte. Generell machte er nicht gerade den hellsten Eindruck. Mit einem abfälligen Schnauben schüttelte sie den Kopf, hustete ein weiteres Mal und versuchte aufzustehen, was jedoch in diesem sperrigen Kostüm nicht so einfach war. Peinliche Röte stieg ihr ins Gesicht, als ihr bewusst wurde, dass sie beinahe bewegungslos, tropfnass und mit einer knallroten Birne in einer Wasserlache saß und von unzähligen lachenden Zuschauern sowie dutzenden Fernsehkameras beobachtet wurde. Sie konnte sich gut vorstellen, welchen Anblick sie geboten haben musste, als sie kopfüber in der Tonne gesteckt und wie wild mit den Beinen sowie den riesigen Schuhen des Maskottchens in der Luft gestrampelt hatte.

Morgen wären die Zeitungen sicherlich voll mit erniedrigenden Fotos ihrer aktuellen Situation.

„Idiot", brüllte sie ein weiteres Mal mit krächzender Stimme und wollte sich zur Seite drehen, um ihre zitternden Glieder hochzustemmen, als sie in dem schweren Kostüm wie ein nasser Sack zurück auf den

Boden plumpste und einen Moment hilflos wie eine Schildkröte auf dem Rücken lag.

Die Tatsache, dass schallendes Gelächter von den unteren Rängen in ihre Ohren drang, machte sie noch wütender.

Den Job des Titans-Maskottchens, das liebevoll *Mr. Titastic* genannt wurde, hatte sie nur angenommen, weil sie sich sicher sein konnte, dass kein Schwein sie erkannte. Niemand musste wissen, dass sie unter dem riesigen Footballschädel steckte, daher war sie für den erkrankten Howard eingesprungen, der normalerweise das Publikum unterhielt. Doch jetzt konnte sich Madison sicher sein, die Aufmerksamkeit aller erregt zu haben und vermutlich von allen, die sie kannte, in nächster Zeit darauf angesprochen zu werden, dass sie den Hampelmann für ein Footballteam gespielt hatte.

Wunderbar!

Ein weiterer Versuch aufzustehen scheiterte, als sie auf dem nassen Boden ausrutschte und so elegant wie ein betrunkener Seemann zurück auf ihren Arsch fiel. Ihr schmerzendes Hinterteil war nichts im Vergleich zu der Aussicht, sich gerade zum Deppen der Nation zu machen.

Madison war kein sonderlich großer Footballfan und interessierte sich wenig für das hiesige Team, doch die hundert Dollar, die sie für ein wenig Herumgehample bekommen hatte, waren so verlockend gewesen, dass sie sich das leicht muffelnde Kostüm übergezogen und Kusshände ins Publikum geworfen hatte. Glücklicherweise war Oktober. Sie konnte sich vorstellen, dass man im Hochsommer einen Hitzeschlag in diesem Kostüm bekommen könnte. Außerdem schmerzten ihre Schultern, weil der riesige Footballkopf eine halbe Tonne zu wiegen schien.

Mühsam setzte sie sich wieder auf und schwang den Kopf zu dem völlig verwirrt wirkenden Footballspieler herum, um ihn anzublaffen. „Helfen Sie mir hoch, verdammt noch mal!“

Bevor er sich in Bewegung setzen konnte, hatten das bereits die Footballspieler, die in voller Montur neben ihm gestanden hatten, übernommen und kamen auf sie zu, bevor sie ihr unter die Arme griffen und mit einem Schwung auf ihre Füße stellten.

„Geht es Ihnen gut?“ Ein blondhaariger Spieler mit der Nummer achtzehn blickte sie besorgt an, während der hünenhafte Dupree Williams sich wortlos bückte, um den Footballschädel aufzuheben.

Madison presste die Lippen aufeinander und runzelte finster die Stirn, während sie den blauäugigen Runningback fixierte, der noch immer nicht zu seiner Sprache zurückgefunden hatte. Dem ebenfalls wortlosen Tackle entriss sie den Kopf und klemmte diesen mehr oder weniger unter den Arm, während sie zielstrebig auf Blake O’Neill zuschritt und vor ihm stehen blieb. Dank ihrer Mutter, einer Frau von fast einem Meter achtzig, und ihrem Vater, der seit seinem vierzehnten Geburtstag den Kopf einziehen musste, wenn er durch eine Tür ging, musste sie den Kopf nur ein kleines bisschen zurücklegen, um ihm ins Gesicht zu sehen.

„Haben Sie zu heiß geduscht oder bekommen Ihnen die ganzen Steroide nicht, die Sie einwerfen?“

Blake O’Neill starrte sie an, als spräche sie eine ihm unbekannte Sprache und schien nicht einmal zu bemerken, dass sie ihn gerade beleidigt hatte. Lediglich das Kichern der Footballspieler hinter ihr verriet Madison, dass wenigstens sie die Botschaft verstanden hatten.

„Hallo!“ Gerade noch konnte sie sich abhalten, nicht mit der Hand vor seinem Gesicht herumzuwedeln. „Hören Sie mir überhaupt zu?“

„Ja“, brummte er wenig geistreich.

Sie kannte den rüpelhaften Runningback aus dem Fernsehen und diversen Erzählungen ihrer Cousine Taylor, einer Cheerleaderin der Titans, die ihr auch diesen Job besorgt hatte. Bislang hatte sie den dunkelhaarigen Footballspieler für ziemlich süß und verdammt heiß gehalten, auch wenn sich Taylor stets über dessen machohaftes Benehmen ausgelassen hatte. Angeblich war Blake O’Neill ein selbstherrlicher Idiot mit großer Klappe, der sich gerne prügelte und nichts anbrennen ließ. Mit solchen Typen konnte man den meisten Spaß haben, wie Madison aus eigener Erfahrung wusste. Außerdem musste sie zugeben, dass der Anblick seines muskelbepackten und teilweise tätowierten Oberkörpers auf riesigen Plakaten eines Getränkeherstellers zu akuten Sabberanfällen bei ihr geführt hatte. Eigentlich stand sie auf diese Sorte Mann.

Eigentlich!

Sie war selbst kein verzärteltes, zart besaitetes Mäuschen, das in Tränen ausbrach, wenn jemand Schimpfworte benutzte, sondern hatte gleichfalls eine große Klappe und gehörte zu denen, deren Hormonhaushalt eine Party feierte, wenn sich testosteronverseuchte Kerle eine Prügelei lieferten.

Jetzt bekam sie vermutlich die Quittung für diese Vorliebe, denn Blake O’Neill hätte es beinahe geschafft, dass sie in diesem unmöglichen Kostüm ertrunken wäre. Außerdem wirkte er tatsächlich wie die hohle Bratze, als die Taylor ihn ständig beschrieb.

„Was fällt Ihnen ein, mir den Ball an den Kopf zu werfen?“

„Aber ... ich ... Sie ... ich ...“

Sein Gestotter war ja nicht auszuhalten. „Aber ... ich ... Sie ... ich“, äffte sie ihn nach, reckte anschließend das Kinn in die Höhe und erklärte im bedrohlichen Ton: „Mir ist es scheißegal, wer Sie sind ...“

„Aber ...“

„Halten Sie die Klappe“, fuhr sie ihn an und legte dem verstörten Mann die Hand auf den Mund. Dabei war es ihr tatsächlich ziemlich egal, dass alle Welt zusah und die Sportsendungen vermutlich voll mit Bildern dieser Aktion sein würden. „Von mir aus können Sie die Cheerleader verarschen und ihnen auf die Hintern schlagen, aber wenn Sie noch einmal so eine Nummer abziehen, dann stecke ich Ihren Kopf so lange in kaltes Wasser, bis Sie ...“

„Hey“, unterbrach er sie und trat einen kleinen Schritt zurück, bevor er grummelte: „Es ist doch nichts passiert.“

„Nichts passiert“, ereiferte sie sich und hätte dem Idioten am liebsten den riesigen Football über den Schädel gezogen. Das unterdrückte Kichern hinter ihr sowie die schadenfrohen Gesichter der Betreuer, die am Eingang des Spielertunnels stehen geblieben waren, um sich den Tumult anzusehen, verrieten ihr, dass es einige zu genießen schienen, dass Blake O’Neill die Leviten gelesen bekam. „Ich wäre beinahe erstickt, Sie Idiot!“

Das kantige Gesicht verschloss sich ein wenig, während seine blauen Augen nervös zwischen ihr und der Getränkebox hin und her wanderten. Einzig das plötzliche Zucken seiner Mundwinkel sagte ihr, dass der

Volltrottel seine Aktion auch noch lustig zu finden schien.

„Finden Sie das witzig?“ Augenblicklich ballte sie die freie Hand zur Faust und hätte ihm mit einem gezielten Aufwärtshaken sehr gerne eine neue Nase verpasst.

„Nö.“

Madison kniff die Augen zusammen. „Und warum lachen Sie dann, zum Teufel?“

Der Typ schien nicht ganz bei Trost zu sein, da er grinsend auf den durchweichten Maskottchenkopf unter ihrem Arm deutete. Das Klischee von unterbelichteten Footballspielern schien zuzutreffen, dachte sie sich, als er wie ein Schwachkopf lachte.

„O’Neill!“ Eine autoritäre Stimme drang zu ihnen durch, bevor der Cheftrainer der New York Titans wutentbrannt das Feld betrat und seinen verletzten Spieler mit der Miene eines Mannes ansah, der in Kürze wegen Mordes ersten Grades verhaftet würde.

Dieser zuckte zusammen und verzog das Gesicht. „Coach ...“

„Wenn Teddy dich in ihre Finger bekommt, bist du ein toter Mann“, prophezeite dieser und gab dem knallroten Runningback einen Schlag in den Nacken, bevor er die anderen Spieler anbrüllte, die sich schnurstracks in Richtung Spielertunnel aufmachten.

„Hast du dich wenigstens entschuldigt, O’Neill?“

„Nein, hat er nicht“, antwortete sie anstelle des Übeltäters, der sie mit einem breiten Grinsen betrachtete und sich in keinster Weise schuldig zu fühlen schien.

„Entschuldigung“, gluckste er, während ihr vor Wut die Augen aus den Höhlen traten.

Anscheinend hielt es der Coach für besser, seinen Spieler schnell vom Spielfeld zu schaffen, da er ihr einen entschuldigenden Blick schenkte, dem dunkelhaarigen Idioten eine Hand in den Nacken legte und ihn mit sich zog.

Diesem schien dies gar nichts auszumachen, da er beim Rückwärtsgehen Madison zunickte und brüllte: „Bekomme ich Ihre Nummer?"

Die einzige Antwort, die ihr einfiel, war der Mittelfinger, den sie ihm bereits zum zweiten Mal an diesem Tag entgegenstreckte.

Madison trat gerade aus dem winzigen Raum heraus, in dem sie sich für das Spiel umgezogen hatte und in dem nun das noch immer ziemlich durchweichte Maskottchenkostüm hing, als eine blondhaarige Frau auf sie zukam, die sie sofort als Besitzerin der Titans identifizierte. Da das Kostüm völlig hinüber war, hatte es keinen Sinn gemacht, das Ende des Spiels abzuwarten und sich eine Lungenentzündung zu holen, weshalb Madison nach der unerfreulichen Begegnung mit Blake O'Neill hierher verschwunden war und sich umgezogen hatte.

Dass die Besitzerin hier auftauchte, konnte nur bedeuten, dass sie vermutlich angepisst war, schließlich hatte Madison ihren Job nicht erfüllt, sondern ihn – zusammen mit dem Kostüm – an den Nagel gehangen. Doch zu ihrer absoluten Verwunderung schenkte die andere Frau ihr einen bedauerlichen Blick und lächelte schwach.

„Geht es Ihnen gut, Madison?“

Sie leckte sich kurz über die Lippen und zog den Reißverschluss ihres Kapuzenpullis hoch. „Ich fürchte, dass das Kostüm nicht mehr zu gebrauchen ist.“

Die blonde Frau, die Madison allein wegen ihres coolen Auftretens und ihrer exzentrischen Art bewunderte, winkte kurz ab. „Kein Problem. Wir haben mehrere von den Dingern. Hoffentlich haben Sie sich nichts getan. Ich hätte Blake umbringen können, als ich gesehen habe, was passiert ist.“

Da war es ihr nicht anders als Madison gegangen, dachte sie wortlos und schob beide Hände in die Taschen ihres Pullis hinein. Sie wollte nicht unhöflich sein und der Besitzerin eines millionenschweren Footballvereins sagen, dass deren bester Runningback ein heißer, wenn auch hirnverbrannter Idiot war, dem man bei Gelegenheit ordentlich in den Arsch treten sollte. Die Frau war schließlich ihre Chefin und Respektsperson, die nicht nur einen Haufen kampferprobter Footballspieler kommandierte, sondern auch den Kapitän des Teams geheiratet hatte und diesen nach allem, was man so hörte, äußerst gut im Griff hatte.

Demnach wollte sie sich nicht mit Teddy MacLachlan-Palmer anlegen, indem sie einen ihrer Spieler beleidigte. Stattdessen spielte sie die Sache hinunter und murmelte: „Es ist ja nichts passiert. Es tut mir leid, dass ich ihm den Mittelfinger gezeigt habe.“

Die Blondine mit dem bunten Overall und der schwarzen Jeansjacke darüber schnaubte belustigt auf. „Ich denke, dass Sie nicht die erste und sicherlich nicht die letzte Frau sind, die Blake den Mittelfinger zeigt. Er sollte froh sein, dass er so glimpflich davongekommen ist. Meistens bekommt er einen Tritt in die Eier ab. Damit hätten Sie es probieren sollen – das hätte ihn zum Schweigen gebracht.“

Zwischen Verwunderung und Schock hin- und hergerissen, starrte Madison die andere Frau an. „Bitte?“

Diese grinste und zuckte mit der Schulter. „Er ist ein Rüpel.“

„Ein Rüpel?“, wiederholte sie wie eine Idiotin.

„Von der schlimmsten Sorte“, bestätigte die Teamchefin gelassen. „Wenn er nicht so ein liebenswerter Rüpel wäre, würde ich ihm gerne selbst von morgens bis abends in den Allerwertesten treten.“

Etwas ahnungslos, wie sie darauf reagieren oder was sie sagen sollte, zuckten ihre Mundwinkel lediglich. „Okay.“

„Bleiben Sie uns denn erhalten? Ich habe gehört, dass Howard uns langfristig nicht mehr zur Verfügung steht. Vielleicht möchten Sie ja weiterhin unser Maskottchen spielen. Ich verspreche auch, Blake in einen Käfig zu sperren oder an die Bank zu ketten, damit so etwas nicht mehr vorkommt.“

Ein wenig überrumpelt nickte sie, schließlich hatte ihr der Job ganz gut gefallen, wenn sie davon absah, dass sie beinahe ertränkt worden wäre. Nichtsdestotrotz war es leicht verdientes Geld, ein paar Minuten vor dem Kick-off Faxen vor dem Publikum zu machen und sich zwischendurch sehen zu lassen. Die zusätzlichen hundert Mäuse pro Spiel konnte sie gut gebrauchen, immerhin liebäugelte sie mit einer Gibson, die ein Schweinegeld kostete. Nachdem sie das Erbe ihres Großvaters zu großen Teilen verschleudert hatte, als sie ihre Wohnung gekauft hatte, würde sie einen Teufel tun und das restliche Geld für eine neue Gitarre auf den Kopf hauen.

Sie mochte zwar ziemlich durchgeknallt sein, aber so viel Verstand hatte sie dann doch noch.

„Hier haben Sie meine Karte“, erklärte die Teambesitzerin plötzlich und hielt ihr eine Visitenkarte hin. „Ich würde mich freuen, wenn Sie weiterhin unseren Mr. Titastic spielen, Madison.“

„Danke“, stammelte sie und nahm die Visitenkarte entgegen, bevor sie der anderen Frau hinterhersah, die ihr zum Abschied zuzwinkerte und wieder verschwand. Man mochte der unkonventionellen Besitzerin einiges nachsagen, aber jemand Lässigeren hatte Madison niemals zuvor kennengelernt – und sie kannte ziemlich viele Freaks. Eine Frau, die nicht einmal dreißig Jahre alt war, die mit Abstand schärfste Tätowierung hatte, die man sich vorstellen konnte, und alleinige Besitzerin eines Footballteams war, traf man nicht alle Tage. Abgesehen davon hatte sich Teddy MacLachlan-Palmer, die in jungen Jahren wegen diverser Skandale Schlagzeilen gemacht hatte, einen der wohl begehrtesten Junggesellen der Stadt geangelt, der früher dafür bekannt gewesen war, Jagd auf langbeinige und vollbusige Models zu machen. Seine jetzige Frau war zweifelsohne eine hübsche Frau, doch sicherlich nicht der typische Modeltyp. Dafür war sie zu ausgeflippt, zu schmalbrüstig und viel zu clever.

Doch wo die Liebe nun einmal hinfiel.

Sie selbst hatte sich im zarten Alter von vierzehn Jahren in Ozzy Osbourne verknallt und fand Billy Idol noch heute verdammt heiß, demnach war sie echt die letzte Person, die darüber spotten sollte.

Während sie sich langsam in Bewegung setzte und den Flur entlang schlich, gähnte sie herzhaft und dachte über die weitere Abendgestaltung nach. Im Club eines Freundes fand heute das Konzert einer befreundeten

Band statt, das sie sich gerne angesehen hätte, doch andererseits war sie ziemlich kaputt und freute sich auf eine heiße Dusche. Zwar war ihr angeboten worden, sich hier frisch zu machen, aber nach allem, was sie heute erlebt hatte, wollte sie nicht das Risiko eingehen, nackt unter der Dusche von einem Footballspieler aufgegriffen zu werden, der sich verirrt hatte. Da zog sie doch die Beschaulichkeit ihrer eigenen Dusche vor. Zuhause konnte sie unbesorgt nackt herumlaufen, die Musik laut aufdrehen und musste nicht befürchten, in Eiswasser getunkt zu werden.

Außerdem lief sie nicht Gefahr, sich vor dem halben Land zu blamieren, wie es heute geschehen war. Vermutlich war dies auch ein Grund, weshalb sie am heutigen Abend lieber zuhause bleiben wollte. Sobald sie Tonys Club betreten würde, könnte sie sicher sein, dass einige Lacher auf ihre Kosten gehen würden. Ach was! Die Jungs würden sich schier in die Hose machen, wenn sie die Bilder von ihrem heutigen Zusammenstoß mit Blake O'Neill zu Gesicht bekämen. Natürlich würden sie alle sie ständig hochnehmen und den ganzen Abend verarschen. Sehr wahrscheinlich durfte sie sich noch monatelang Sprüche über ihren Ausflug in die Getränkebox der Titans anhören. Madison war wirklich kein eitler Mensch und hatte nichts gegen Späße auf ihre Kosten, doch die unwürdige Position, das peinliche Maskottchen sowie ihre Bewegungslosigkeit auf dem klatschnassen Boden waren nichts, woran sie ständig erinnert werden wollte.

Glücklicherweise waren ihre Eltern verdammt cool und würden es mit Humor nehmen, dass ihre Tochter – Absolventin einer elitären Privatschule sowie ehemalige Harvardstudentin – sich vor der Nation zum Vollhonk gemacht hatte. Ihre Eltern waren weitaus Schlimmeres von ihr gewöhnt und würden sich von solch einer Schlagzeile nicht aus der Ruhe bringen lassen. Dass ihre Tochter ein erfolgversprechendes Jurastudium abgebrochen hatte und sich nun mit Gelegenheitsjobs durchs Leben schlug, hatten beide als nicht besonders tragisch empfunden, was nicht zuletzt Madison erstaunt hatte. Natürlich war sie schon immer etwas unkonventioneller als ihre Schwester oder ihr Bruder gewesen, die beide ihr Studium in Rekordzeit absolviert und gleich darauf einen erschreckend bodenständigen Job bekommen hatten. Matt war wie ihr Vater Jurist geworden, der bereits zum Juniorpartner aufgestiegen war, während Maura Wirtschaftsmathematikerin geworden war. Madison wollte sich lieber nicht vorstellen, wie der Job ihrer Schwester aussah, weil sie bei dieser langweiligen Vorstellung vermutlich einen Schreikrampf bekommen hätte.

Matt und Maura waren bereits in der Highschool mustergültige Schüler gewesen, die dem Debattierclub angehört hatten und einer Sportart wie Tennis oder Ballett nachgegangen waren. Madison dagegen hatte auf Schlagzeugunterricht bestanden und die teure Sportausrüstung versetzt, um sich Konzertkarten zu kaufen. Maura hatte sich dezente blonde Strähnen und kleine Ohrlöcher stechen lassen. Ihre um drei Jahre jüngere Schwester hatte sich bunte Rastas ins Haar flechten lassen und mit sechzehn Jahren nach monatelangem Betteln eine Tätowierung am Fußgelenk bekommen.

Matts Collegefreundin war die Tochter eines Kongressabgeordneten gewesen. Maura hatte einen Mann mit nach Hause gebracht, der hinter seinem Namen eine

Zahl getragen hatte. Madisons erster Freund hatte sie mit einer Harley abgeholt und ein Zungenpiercing gehabt.

Irgendwie war sie schon immer aus der Reihe getanzt.

Komischerweise war sie das Lieblingskind ihres Vaters, der ihr gerne etwas Geld zusteckte, wenn sie zuhause war, und der ihr die Entscheidung, das Studium sausen zu lassen, niemals übel genommen hatte, obwohl er selbst nicht nur Jurist war, sondern seit einigen Jahren als Professor lehrte.

Bei dem Gedanken an ihre durchweg konservativen Eltern in Connecticut musste sie grinsen und fragte sich nicht zum ersten Mal, ob sie ihrer Tochter alles durchgelassen hatten, weil sie das jüngste Kind war. Da auch die restliche Familie keinen Anstoß an Madisons Lebensführung nahm, musste es wohl nicht nur daran liegen. Taylor, die zwei Jahre jünger war und neben ihrem Studium der Zahnmedizin als Cheerleader der Titans etwas Geld verdiente, hatte es bei weitem nicht so leicht wie sie. Die Tatsache, dass seine Tochter beim Tanzen einen kurzen Rock trug, störte Madisons Onkel dermaßen, dass er kein Footballspiel mehr ansehen wollte und die Erwähnung dieser Sportart ein rotes Tuch für ihn war. Nach allem, was Taylor ihr in den letzten Monaten erzählt hatte, konnte sich Madison nur allzu gut vorstellen, dass ihr Onkel Dan sich darum sorgte, dass seine Tochter an einen sorglosen Footballspieler geriet, von dem sie aufs Kreuz gelegt wurde. Wortwörtlich aufs Kreuz gelegt wurde. Das verstand sich doch von selbst.

Kaum dachte sie an rüpelhafte Footballspieler, die sich mit Cheerleadern einließen, lief ihr Blake O'Neill über den Weg, der ihr gedankenverloren entgegenkam, doch keinerlei Zeichen eines Erkennens von sich gab.

Verstohlen musterte sie ihn und empfand dabei recht widerstreitende Gefühle. Auf der einen Seite hätte sie dem selbstherrlichen Typen, der an ihrer heutigen Schmach schuld war, zu gerne den Quadratschädel eingeschlagen, aber andererseits gehörte der Quadratschädel zu einem Kerl, der zwar keine Intelligenzbestie zu sein schien, dafür jedoch über einen echt imposanten Körper verfügte, bei dessen Anblick ihr lustvolle Hitze in jede Pore des Körpers stieg. Dazu kam ein Gesicht, das andere als kantig und raubeinig bezeichnet hätten, das Madison jedoch viel zu attraktiv für ihr Seelenheil fand. Ob es die tiefliegenden blauen Augen, die Narbe in der Augenbraue, die flache Stirn, der breite Mund, das störrische Kinn oder der verdammt kräftige Hals waren, wusste Madison nicht. Blake O'Neill sah wie jemand aus, der sich nicht gerne aus Prügeleien heraushielt und auf Regeln einen Scheiß gab.

Unglücklicherweise hatte sie ein Faible für ausgewiesene Badboys, die nicht gut für sie waren. Angefangen hatte alles mit Brandon Parker, der sie auf seiner Harley mitgenommen und ihr das erste Bier in die Hand gedrückt hatte. Seitdem kam sie von diesen Mistkerlen nicht los und war froh, dass sie sich bisher nicht in einen einzigen von ihnen wirklich verliebt hatte. Jedes Mal kochte zwar ihre Libido hoch, doch tiefe Gefühle hatte sie noch nie investiert. Einer dieser Badboys hatte sie zwar um fünfhundert Dollar erleichtert und ein anderer hatte ihren Laptop geklaut, aber wenigstens hatte sie sich nicht mit grauenvollem Liebeskummer auseinandersetzen müssen.

Blake O'Neill gehörte ganz sicher zu der Sorte Mann, die nicht gut für sie war, mit der man jedoch viel Spaß haben konnte – vorzugsweise im Bett. Doch sie wollte nicht die Probe aufs Exempel machen und mit dem Vollidioten schlafen, auch wenn er unglaublich heiß war. Damit war bewiesen, dass man jemanden nicht besonders leiden musste, um denjenigen anziehend zu finden oder gar mit ihm zu schlafen.

Sie hatte ihn so lange angestarrt, dass er nun in ihre Richtung schaute. Obwohl es nicht ihre Art war, senkte sie rasch den Kopf und hoffte, dass der Vollidiot sie nicht erkannte, sondern einfach weiterlief. Selbstverständlich war ihr das Glück nicht hold, da er erfreut durch den Flur grölte: „Mr. Titi! Wusste ich doch, dass ich Sie kenne!"

Unwillkürlich straffte sie die Schultern und marschierte wortlos an ihm vorbei.

„Hey, warten Sie! Wieso gehen Sie denn schon? Das Spiel ist nicht einmal vorbei!"

Madison drehte sich im Rückwärtsgehen zu ihm um und verschränkte die Arme vor der Brust. „Raten Sie mal!"

Der dunkelhaarige Spieler grinste unbekümmert. „Kein Footballfan?"

„Mein Kostüm ist völlig im Arsch, weil *Sie* mir einen Ball an den Kopf geworfen haben. Hätte ich etwa nackt aufs Spielfeld laufen sollen?"

„Keine schlechte Idee, dann hätte ich wenigstens von Anfang an gewusst, dass Sie nicht dieser tuntige Typ sind, der normalerweise das Kostüm von Mr. Titi trägt."

„Dieser tuntige Typ", ächzte sie ironisch und blieb stehen, „ist krank. Außerdem heißt das Maskottchen nicht Mr. Titi, sondern Mr. Titastic!"

„Können Sie sich vorstellen, wie peinlich es ist, dass unser Maskottchen so einen bescheuerten Namen hat?"

Schnaubend verdrehte sie die Augen. „Mr. Titastic ist sehr viel weniger peinlich als andere Teammitglieder."

Entweder überging er großzügig ihre sarkastische Bemerkung oder er hatte gar nicht bemerkt, dass sie ihn beleidigt hatte. Jedenfalls grinste der Mann in dem saloppen Hoodie breit. „Kriege ich Ihre Nummer?"

„Ganz sicher nicht."

Gut gelaunt trat der Schwachkopf einen Schritt näher und feixte. „Ich verspreche auch, Sie nicht mehr Mr. Titi zu nennen, wenn Sie mir Ihre Nummer geben."

„Danke für das Angebot, aber ich passe."

„Kommen Sie schon! Geben Sie sich einen Ruck. Für Frauen, die mir so charmant den Mittelfinger zeigen, hatte ich schon immer was übrig."

Himmel, der konnte einem ja gehörig auf die Nerven fallen! „Ihre Chefin hat mir gesagt, dass man Ihnen in die Eier treten soll, damit Sie die Klappe halten."

Absolut unzivilisiert grunzte er und packte sich tatsächlich in den Schritt.

Mit offenem Mund wanderte ihr Blick automatisch zu seiner Leistengegend, bevor sie die Augen wieder hastig auf sein Gesicht richtete. Blake O'Neill war nicht nur ein Flegel, sondern ein absoluter Rüpel. Kopfschüttelnd schloss sie wieder den Mund, drehte ihm den Rücken zu und ging in die entgegengesetzte Richtung.

„Wir sehen uns, Mr. Titi!"

Madison gab ihm keine Antwort, sondern machte ein Zeichen, das ihm bekannt vorkommen sollte.

Manchmal sagte ein Mittelfinger mehr als tausend Worte.

3. Kapitel

Es gab einige Dinge, auf die Blake O'Neill keinen Wert legte. Eine ordentliche Bude gehörte dazu.

Für ihn war es pure Zeitverschwendung, seine Wohnung ständig aufzuräumen, weil die Möglichkeit bestand, dass er Besuch bekam. Wenn er mal eine Party gab oder sich jemand wie Liv für eine Stippvisite anmeldete, biss er in den sauren Apfel und räumte seinen Kram weg, weil die Frauen in seinem Freundeskreis schrecklich anstrengend werden konnten, falls sie seine Wohnung nicht sauber vorfanden. Dem Krach ging er lieber aus dem Weg, indem er halbwegs Ordnung schaffte. Sowieso kam mehrmals in der Woche eine Putzfrau vorbei, die alles sauber hielt, nur hatte Blake absolutes Talent dafür, seinen Kram in kürzester Zeit überall liegen zu lassen, so dass die schöne Ordnung schnell dahin war.

Die Putzfrau, die er früher beschäftigt hatte, war jedes Mal ausgeflippt, wenn sie gesehen hatte, dass er innerhalb weniger Tage ein schreckliches Chaos fabriziert hatte. Nachdem sie gekündigt hatte, war er auf die Suche nach einer neuen Putzfrau gegangen und hatte jemanden gefunden, der ihn nicht ständig anzickte. Ludmila war Russin, sprach kaum ein Wort Englisch und brachte ihm unaussprechliche Kekse mit, die der helle Wahnsinn waren. Besser hätte es ihn nicht treffen können.

Gerade verputzte er einen dieser Kekse, als es an seiner Tür klingelte und er seinen Teamkollegen Ian Carlisle in die Wohnung ließ, die aussah, als wäre eine Bombe eingeschlagen.

„Hey, O'Neill! Ich habe Bier und die neueste Version von *Gunman* dabei."

Blake wusste, warum er den gebürtigen Schotten mochte, der ständig mit einem Veilchen zum Training erschien. Der Typ hatte nicht nur einen guten Biergeschmack und schenkte seiner Unordnung keine Beachtung, sondern kam mysteriöserweise immer an die neuesten Computerspiele heran, die noch gar nicht auf dem Markt waren. Abgesehen davon gehörte Ian nicht zu den Teamkollegen, die ihre komplette Freizeit damit verbrachten, Kuschelstunden mit ihren Weibern abzuhalten, und die davon predigten, dass ihr Leben erst einen Sinn bekommen hatte, als sie kleine Hosenscheißer in die Welt gesetzt hatten.

Nichts gegen kleine Hosenscheißer, aber Blake bezweifelte doch sehr, dass all seine Kumpels, die mittlerweile in festen Händen waren, auch wirklich so glücklich waren, wie sie immer taten. Vermutlich logen sie sich selbst etwas vor, damit sie nicht in Depressionen verfielen, oder sie hatten den Ernst ihrer Lage noch nicht begriffen. Wer seine Freiheit aufgab, um den Rest seines Lebens nur noch mit einer Frau zu schlafen, und auf allen Spaß verzichtete, weil er meinte, den Familienvater zu spielen, konnte nicht ganz richtig im Oberstübchen sein. Mit Fug und Recht konnte er behaupten, dass er von allen seinen Kumpels der glücklichste Schweinehund war.

Kein Gekeife einer Frau, kein Gebrüll kleiner Kinder, keine schmutzigen Windeln und keine Diskussionen, wann er zuhause zu sein hatte. Blake konnte tun und lassen, was er wollte, musste keine nörgelnde Ehefrau ertragen und brauchte nicht einmal ein schlechtes Gewissen zu haben, wenn er abends eine Unbekannte aufriss, die er morgens einfach rausschmeißen konnte. Diese Freiheit hätte er um nichts auf der Welt für eine Freundin oder eine Frau aufgegeben.

Tatsächlich mochte er die Frauen seiner Freunde, auch wenn sie oft eine ziemliche Plage sein konnten. Beispielsweise konnte er sich zu gut daran erinnern, dass der Junggesellenabschied seines Kumpels Tom ohne heiße Stripperinnen stattgefunden hatte, weil dieser Schiss vor der Reaktion seiner heutigen Ehefrau gehabt hatte.

Blake war so ungefähr der einzige Kerl, der mal das Maul aufmachte, wenn ihm etwas nicht passte, und legte sich daher mit schöner Regelmäßigkeit mit den Frauen seiner Kumpels an, die ihn entweder einen Macho oder einen Sexisten nannten. Ihm war das ziemlich egal, auch wenn er sich eher einen Realisten nannte. Natürlich wünschte er seinen Teamkollegen, dass sie weiterhin glücklich mit ihren Frauen und ihren Familien waren, aber er hatte gelernt, dass nichts im Leben für die Ewigkeit war. Am besten gewöhnte man sich nicht an etwas – sei es nun eine Beziehung, ein Zuhause oder eine Familie –, schließlich bestand immer die Möglichkeit, dass man eins davon oder gleich alle drei verlieren konnte. Um sich vor einer solchen Enttäuschung zu schützen, hatte Blake entschieden, sich auf nichts mehr einzulassen.

Das Letzte, was er brauchte, war eine Tussi, die ihn herumkommandierte und ihm irgendwann sowieso in den Arsch trat oder das Herz brach. Von einer Familie ganz zu schweigen. Aus ihm war etwas geworden, ohne dass er eine Familie hinter sich gehabt hätte. Wieso sollte er sich jetzt im Alter von neunundzwanzig Jahren nach etwas sehnen, das er sein bisheriges Leben nicht gebraucht hatte? Sein Team war seine Familie. Auf niemanden konnte er sich mehr verlassen als auf die Typen, mit denen er auf dem Spielfeld stand und die gegnerische Spieler für ihn blockten.

Für jemand anderen hatte er keine Verwendung und auch kein Interesse.

„Brian hat mich gerade angerufen." Ian warf ihm das Sixpack zu und schälte sich aus seiner Jacke, die er achtlos auf einen Sessel warf.

„Und?"

Der blondhaarige Wide Receiver zuckte mit der Schulter. „Anscheinend ist die Chefin noch immer ziemlich angefressen, weil du das Maskottchen gestern mit dem Ball abgeschossen hast."

Blake verdrehte die Augen und packte das Bier auf den Tisch, auf dem nicht nur Papiere lagen, die er endlich einsortieren musste, sondern auch das heutige Exemplar der Tageszeitung. Das Foto auf der Titelseite des Sportteils zeigte ihn, wie er lachend vor der Getränkebox stand, in der kopfüber das Maskottchen steckte, bevor auf einem weiteren Foto abgedruckt war, wie die hübsche Brünette ihm den Mund zuhielt und echt angefressen dreinschaute.

Er konnte sich sehr gut daran erinnern, wie wütend sie gewesen war.

Er konnte sich auch sehr gut daran erinnern, dass er beinahe einen Ständer bekommen hatte.

Die Kleine war verdammt süß gewesen. Und heiß. Frauen mit einer großen Klappe, riesigen Augen, einem Schmollmund, Sommersprossen auf der Nase und einer kleinen Zahnlücke machten ihn einfach scharf – zumal er sich vorstellen konnte, wie sehr sie in seinem Bett abgehen würde, schließlich hatte sie bewiesen, dass sie Feuer im Arsch hatte.

„Mal ehrlich! Ich fand die Aktion geil, auch wenn sie nach hinten losgegangen ist. Die Lacher waren auf jeden Fall auf deiner Seite." Ian warf sich auf Blakes Sofa und ächzte laut. „Mich hat's nur gewundert, dass sie dir nicht in die Eier getreten hat. Wütend genug war sie jedenfalls."

Blake verdrehte die Augen, gab ein Grummeln von sich und öffnete das Sixpack, bevor er Ian eine Dose zuwarf, die der Wide Receiver mit einer Hand fing. „Die Kleine war heiß."

„Ja, sie war heiß darauf, dir den Arsch aufzureißen. Brian wollte schon eine Wette abschließen, ob sie dir eine knallt."

Schnaubend nahm sich Blake ebenfalls eine Dose und ließ sich anschließend in seinen gemütlichen Fernsehsessel fallen. „Wenn ich gewusst hätte, dass nicht der Wichser drunter steckt, hätte ich ihr auch nicht den Ball an den Kopf geworfen."

„Tja, bei der Kleinen hast du verschissen."

„Bleibt abzuwarten." Er öffnete die Dose und trank einen Schluck Bier.

Währenddessen legte Ian seine Füße auf Blakes Couchtisch und lachte schallend. „Willst du sie etwa angraben? Das kannst du dir sparen. Bei der hast du keine Chance."

Kurz zuckte Blake mit der Schulter. „Wenn ich mich bei ihr entschuldigt habe, bekomme ich auch ihre Nummer."

„Du bist ja optimistisch", erwiderte Ian und öffnete nun auch seine Dose. Dass etwas Bier in alle Himmelsrichtungen spritzte, machte weder ihm noch

Blake etwas aus. „Frauen stehen nicht darauf, von einem Ball getroffen zu werden und in einer Getränkebox beinahe zu ersaufen. Die Kleine kannst du dir abschminken."

„Ich denke nicht."

Der blondhaarige Ian schaute ihn irritiert an. Das beinahe verblasste Veilchen unter dessen linkem Auge sagte Blake, dass es schon ein paar Tage her sein musste, dass sein Teamkollege Streit gesucht hatte. Obwohl er seit seiner Teenagerzeit mit Footballspielern zu tun hatte, die naturgemäß ein streitlustiger Haufen waren, war Blake zuvor niemand begegnet, der so oft in Prügeleien verwickelt war wie Ian Carlisle. Mit eigenen Augen hatte er schon mitangesehen, wie sich der Wide Receiver aus augenscheinlichem Spaß an der Freude eine ausufernde Prügelei mit drei Kneipenbesuchern geliefert hatte.

„Ist dir langweilig oder warum scheinst du so versessen darauf zu sein, etwas mit der Kleinen anzufangen?"

„Sie war heiß", antwortete Blake schlicht. „Und ja ... mir ist total langweilig. Der Doc lässt mich immer noch nicht trainieren. Ich werde noch verrückt, wenn ich nicht bald wieder spielen darf!"

Sein kleiner Ausbruch war seinem Kumpel nur ein kurzes Achselzucken wert. „Der Doc und der Coach wollen dich nicht zu früh wieder einsetzen."

„Der Coach hört auf den Doc – und die ist total plemplem, weil Cahill sie angebufft hat. Mir geht es fabelhaft."

Anstatt darauf einzugehen, gluckste Ian. „Angebufft? Was ist das denn für ein bekloppter Ausdruck?!"

„Du kannst mich mal", schnappte Blake und errötete prompt. „Der Doc ist schwanger ..."

„Und du denkst, dass sie dich deshalb nicht spielen lassen will?“

Blake nickte und beschrieb mit seinem Zeigefinger Kreise um seinen Kopf. „Die Hormone. Avery mutiert zu einer Glucke.“

„Ach – und du bist das Küken, oder was?“ Ian lachte schallend.

Unbeherrscht fuhr sich Blake mit einer Hand durchs Haar. „Scheiße, Mann! Ich habe keine Ahnung, was ich mit meiner Zeit anstellen soll! Wenn ich nicht Football spielen kann, fühle ich mich absolut nutzlos.“

„Entspann dich.“ Ian gähnte laut auf und hatte anscheinend kein Verständnis für die Probleme seines Teamkollegen. „Das wird schon.“

„Was wird schon? Avery macht keine Anstalten, mir das Training in nächster Zeit zu erlauben, dabei haben wir schon Oktober! Bis ich wieder in Form bin und zum Einsatz komme, könnten die Play-offs anstehen ...“

„Jetzt mal den Teufel nicht an die Wand. Warum gehst du nicht zum Doc und sprichst mit ihr?“

Gerne hätte er dem schottischen Idioten ein weiteres Veilchen verpasst, so sehr brodelte es in ihm. „Meinst du, das würde ich nicht tun? Sie ist da rigoros und labert ständig etwas davon, dass ich mich gedulden soll.“

„Dann tu es.“ Ian griff nach dem Computerspiel und wedelte damit herum. „Ich suche zuerst meine Waffen aus.“

„Tu, was du nicht lassen kannst“, erwiderte Blake mit kaum unterdrückter Wut. „Hast du eine Idee, was ich in der Zwischenzeit machen soll, während ihr im Training euren Spaß habt und euch auf die Spiele vorbereitet? Ich gehe noch die Wände hoch!“

Ian verdrehte die Augen. „Mann, hör auf zu jammern!“

„Halt doch die Schnauze.“

„Ich meine es ernst. Der Doc ist nicht dämlich und lässt dich bald wieder trainieren. In der Zwischenzeit solltest du ausspannen.“

Kopfschüttelnd brummte er: „Das ist nichts für mich. Ich brauche Action.“

„Scheiße, Blake. Stell dich nicht so an. Fahr in den Urlaub, besuche deine Eltern oder lass dich volllaufen.“

Augenblicklich verfinsterte sich sein Gesicht.

Natürlich konnte Ian nicht wissen, dass es ein Thema gab, über das Blake Stillschweigen behielt. Sein halbes Leben lang war er das armselige Heimkind gewesen, das aus diesem Grund entweder gemobbt oder bemitleidet worden war. Als er an seinem achtzehnten Geburtstag endlich keinem Vormund mehr Rechenschaft schuldig und völlig auf sich gestellt gewesen war, hatte er sich geschworen, den ganzen Scheiß hinter sich zu lassen. Daher konnte er weder seine Eltern besuchen noch die Feiertage bei ihnen verbringen – es gab nämlich keine Eltern. Vermutlich war nicht einmal O’Neill sein Nachname. Ob seine Mom ihm den Vornamen Blake gegeben hatte oder eine der Krankenschwestern ihn so genannt hatte, wusste er auch nicht. Er wusste nur, dass der Name seiner Mutter in der Krankenakte nicht stimmte. Es gab keine Sandra O’Neill aus der Stadt McCook in Nebraska. Im ganzen Staat hatte es keine Frau gegeben, die diesen Namen getragen hatte. Für Blake bedeutete dies, dass er ein Findelkind war, das von seiner Mutter einen Tag nach seiner Geburt im städtischen Krankenhaus von Kearney verlassen worden war. Seine Eltern waren unbekannt.

Selbst jetzt nach neunundzwanzig Jahren kam er nur schlecht damit klar, dass er im Gegensatz zu anderen Menschen keine Ahnung hatte, wo er herkam. Oft sagte er sich selbst, dass er vermutlich froh sein sollte, ohne eine Mutter aufgewachsen zu sein, die ihren Säugling einfach in der Obhut von Fremden gelassen hatte und abgehauen war, als sich ihr die erste Chance geboten hatte. Seine Erzeuger waren höchstwahrscheinlich absolute Asoziale gewesen, die weder sich selbst noch ihm ein halbwegs vernünftiges Leben hätten bieten können – nicht dass seine Kindheit oder Jugend besonders toll gewesen waren. Aber wer sagte ihm, dass er nicht ein totaler Versager geworden wäre, wenn er bei seinen Eltern im Trailerpark groß geworden wäre?

Nichtsdestotrotz war es ein beschissenes Gefühl, überhaupt keine Wurzeln zu haben. Noch sehr viel beschissener war es, wegen des Umstandes, keine Familie zu haben, bemitleidet zu werden. Daher hielt er die Klappe und erzählte niemandem etwas davon.

Nicht einmal sein Team hatte eine Ahnung, dass er abwechselnd im Heim und in Pflegefamilien groß geworden war. Es ging niemanden etwas an. Punkt.

An Ian gewandt erklärte er betont ruhig: „Los, mach das Spiel schon an.“

Mitch Cahill saß an seinem Schreibtisch und tippte sehr konzentriert etwas in seinen PC, als Blake in die offene Tür trat und demonstrativ gegen den Türrahmen klopfte. Der ehemalige Footballspieler und Quarterback, der heute als Generalmanager der Titans arbeitete und die

Teamchefin Teddy MacLachlan-Palmer vertrat, die im Mutterschutz war, blickte auf und beschränkte seine Reaktion auf eine hochgezogene Augenbraue, als Blake ohne Aufforderung dessen Büro betrat und sich mit einem melodischen Stöhnen in den Besuchersessel fallen ließ.

„O'Neill, wie komme ich zu der Ehre? Musst du nicht irgendwo unser Maskottchen ertränken?"

Blake stieß ein krächzendes Lachen aus und streckte die Beine gemütlich von sich, während er die Arme vor der Brust verschränkte. „War ne geile Aktion, oder?"

„Es war eine blöde Aktion, aber das sind wir ja schon von dir gewohnt. Teddy ist im Dreieck gesprungen."

Mit einem achtlosen Schulterzucken erklärte Blake: „Ach, ich bin mir sicher, dass sie sich schon wieder beruhigt hat. Ist ja auch nichts passiert."

„Abgesehen davon, dass die Presse voll von Fotos ist, auf denen unser Maskottchen kopfüber in einer Getränkebox hängt, du dich schlapp lachst und sie dir den Mittelfinger zeigt? Ja, abgesehen davon ist doch alles in Butter." Der Generalmanager verdrehte die Augen und lehnte sich in seinem Sessel zurück. „Denk doch wenigstens kurz nach, bevor du immer wieder so einen Scheiß machst. Der tätliche Angriff auf Mr. Titastic war uns wirklich unangenehm."

„Unangenehm?"

„Findest du das denn etwa besonders erwachsen?"

Er fand lediglich, dass Mitch Cahill sich in einen unerträglichen Spießer verwandelt hatte, seit er sein Footballtrikot mit einem Geschäftsanzug getauscht hatte. „Den Fans hat es gefallen."

„Ich denke, dass Miss Roberts das anders sieht."

„Miss Roberts?“

Mitch rümpfte die Nase. „Madison Roberts. Du solltest sie eigentlich kennen, schließlich hast du sie beinahe ertränkt.“

„Interessant“, erwiderte er mit einem lässigen Grinsen. „Süß, feurig, Sommersprossen und eine Zahnlücke?“

„Blake“, ließ sich Mitch grimmig vernehmen. „Hände weg von Mr. Titastic. Es reicht doch, dass sich die Cheerleader wegen dir zum Affen machen.“

„Hey“, beschwerte er sich. „Ich kann nichts dafür, dass sich die beiden Cheerleader geprügelt haben.“

„Wenn du nicht mit beiden innerhalb einer Woche geschlafen hättest ...“

„Ja, ja“, unterbrach er den braunhaarigen Mann, der ihn tadelnd ansah. Amüsiert hob er beide Hände in die Höhe. „Woher sollte ich denn wissen, dass sie Freundinnen waren?“

Mitch stöhnte und massierte sich die Nasenwurzel, was Blake ziemlich komisch fand. Der frühere Quarterback nahm seinen Job einfach viel zu ernst, außerdem war er das beste Beispiel dafür, wie wenig Spaß jemand hatte, wenn er sich auf eine Frau einließ und eine Familie gründete.

„Wolltest du irgendetwas, Blake? Sonst kannst du ruhig abhauen und mir eine Migräneattacke ersparen.“

„Wenn du schon davon anfängst“, meinte er gut gelaunt. „Hast du die Nummer von Mr. Titi?“

„Du willst es mit dem Maskottchen treiben? Ich wusste ja gar nicht, dass du *so* pervers bist.“

Grunzend schnitt er eine Grimasse. „Sei kein Arsch. Ich brauche die Nummer der Kleinen.“

„Du meinst von Madison Roberts? Keine Chance.“ Mitch schüttelte diktatorisch den Kopf.

„Ich will mich doch nur bei ihr entschuldigen“, beteuerte er engelsgleich.

„Na klar“, brummte Mitch sarkastisch.

„Komm schon, Mitch.“

„Du wüsstest nicht einmal, was eine Entschuldigung ist, wenn sie dir mit Anlauf in den Arsch treten würde.“

Gut gelaunt legte Blake den Kopf ein wenig schief und fixierte den anderen Mann über die glänzend polierte Tischplatte. „Ich kann mich dumpf daran erinnern, dass ich dir geholfen habe, wieder mit Avery klarzukommen, als sie sauer auf dich war.“

„Und ich kann mich dumpf daran erinnern, dass du vor ihr ständig die Hosen heruntergelassen hast.“

„Mit Traditionen soll man doch nicht brechen.“ Er nickte nachdrücklich. „Einem Bruder in Nöten hilft man, Mitch.“

„Ausgeschlossen. Ich gebe dir nicht die Nummer einer Angestellten, damit du diese belästigen kannst.“

Blake spreizte ein wenig die Beine und legte die Hände auf seine Oberschenkel, während er leise schnaubte. „Wer hat was von Belästigung gesagt?“

„Ich habe das gesagt, immerhin kenne ich dein Verhalten Frauen gegenüber. Du willst die Kleine ins Bett bekommen und die gleiche Masche abziehen, wie du es mit den Cheerleadern machst. Teddy hat dir nicht umsonst striktes Cheerleaderverbot erteilt.“

Mit einem abfälligen Schnauben antwortete er großspurig: „Sie kann es ja versuchen.“

„Von mir bekommst du die Nummer nicht.“

„Mitch ...“

Ein Räuspern ertönte aus der Richtung der Tür, bevor die Stimme der Mannschaftsärztin erklang. „Klopf, klopf!“

Augenblicklich erhellte sich das Gesicht des ehemaligen Quarterbacks, als er Avery im Türrahmen stehen sah. Blake verdrehte die Augen und wandte seiner Ärztin den Kopf zu.

„Klopf, klopf zurück! Komm herein und sag deinem Mann, dass meine Genesung nur dann voranschreitet, wenn er mir eine Telefonnummer gibt.“

Die resolute Ärztin betrat mit einer fragenden Miene das Zimmer und sah verwirrt zwischen beiden Männern hin und her, während sie um den Schreibtisch herumging, um den Generalmanager mit einem Kuss zu begrüßen.

„Was für eine Telefonnummer?“

Mitch legte seiner Freundin einen Arm um die immer noch schlanke Taille, wie Blake mit einem interessierten Blick wahrnahm, und erwiderte erheitert: „Blake hat die verrückte Vorstellung, dass er ein Date mit der jungen Frau bekommen würde, die er beinahe ertränkt hätte.“

Seine Ärztin reagierte mit einem erstaunten Gesichtsausdruck und starrte ihn verwundert an. „Du willst ein Date?“

Mit heruntergezogenen Mundwinkeln antwortete er: „Irgendwie muss ich doch die Zeit herumkriegen, bis du mich endlich für gesund genug befindest, damit ich wieder spielen kann.“

Nicht im Mindesten beeindruckt lachte Avery fröhlich auf. „Wenn du verknallt bist, kannst du es ruhig zugeben, Blake.“

Abfällig runzelte er die Stirn. „Verknallt? Erzähl keinen Scheiß ...“

„Hey, hey", mischte sich Mitch nun finster ein, der eine beschützende Pose einnahm.

„Ich bin nicht verknallt", wiederholte Blake fest an die gutgelaunte Frau gewandt, die ihre Hormone nicht im Griff hatte und ihm deshalb verbot, seiner Arbeit nachzugehen. Eigentlich hätte er sehr viel schlechter auf sie zu sprechen sein sollen. Doch das war irgendwie nicht der Fall. Dr. Avery Lancaster war eine gute Ärztin, auch wenn es seine Zeit gebraucht hatte, dass er dies eingesehen hatte. Natürlich hätte er es niemals offen zugegeben, aber nach seiner Verletzung war er ziemlich froh gewesen, sie bei sich zu haben. Beinahe hätte er sich vor lauter Schiss in die Hosen gemacht, weil er befürchtet hatte, dank seiner Schulterverletzung nie wieder spielen zu können. Er wusste nicht, was er getan hätte, wenn er diese Hiobsbotschaft vernommen hätte. Sicherlich wäre er völlig wahnsinnig geworden und ausgeflippt. Avery war jedoch absolut ruhig geblieben. Ohne sie wäre er die Wände hochgegangen. Das vergaß er ihr nicht.

Dennoch hätte sie seiner Meinung nach ein Auge zudrücken und ihn endlich wieder auf den Platz lassen sollen. Wenn Mitch nicht auf die Idee gekommen wäre, die Mannschaftsärztin zu schwängern und ihren Hormonhaushalt völlig durcheinanderzubringen, müsste sie jetzt nicht die besorgte Oberglucke spielen, die Blake wie einen verweichlichten Schmusebären behandelte.

„Und warum willst du dann mit ihr ausgehen?"

Sein lässiges Grinsen sollte sie auf die Palme bringen, doch tatsächlich verfinsterte sich allein Mitchs Gesicht, als Blake erklärte: „Süße, anscheinend bringt es der alte Mann nicht mehr, wenn du mich das fragen musst."

„Oh Mann, Blake.“ Kopfschüttelnd stöhnte Avery auf. „Hast du es schon so nötig, dass du einem Maskottchen hinterherläufst?“

Zähneknirschend ignorierte er das Feixen des ehemaligen Footballspielers. „Wie gesagt, Doc, wenn du mich endlich wieder spielen lassen würdest ...“

„Ich lasse dich erst wieder spielen, wenn du völlig genesen bist, Blake.“

„Aber ich bin wieder fit“, widersprach er ein wenig zu laut und ballte beide Hände zu Fäusten. „Verdammt, wenn du weiter so trödelst, ist die Saison für mich gelaufen!“

Obwohl er mittlerweile kurz vor der Lautstärke eines ausgewachsenen Gorillas stand, blieb die zierliche Ärztin total ruhig und ließ sich nicht ins Bockshorn jagen. Eigentlich hätte ihm dies Respekt abgenötigt, aber in seinem jetzigen Zustand war es ihm ziemlich scheißegal.

„Besser eine gelaufene Saison als beendete Karriere.“ Sie zuckte mit der Schulter, fuhr ihrem Freund durchs Haar und gab ihm einen Kuss auf den Mund. „Ich wollte nur kurz hallo sagen, Schatz. Bringst du heute Abend Burger mit? Seth möchte ...“

„Hallo?“ Blake runzelte finster die Stirn. „Könnten wir vielleicht weiter über mein Problem reden?“

„Dein Problem ist, dass du deine Hose öfter oben lassen solltest“, schnaubte Mitch.

„Das kann ich bestätigen.“ Avery zog eine Augenbraue in die Höhe und bedachte ihn mit einem durchdringenden Blick, der ihm plötzlich die Röte ins Gesicht schießen ließ. „Woher kommt bloß der Drang, allen Frauen in deiner Nähe dein Ding zu zeigen?“

Mitch lachte auf. „Armer Mr. Titastic, der wird wohl als Nächstes daran glauben müssen.“

„Wenn du mir ihre Nummer geben würdest, dann ...“

„Vergiss es, Blake.“

Langsam erhob er sich und warf Mitch einen strafenden Blick zu. „Vielen Dank auch.“

Avery klopfte Mitch auffordernd auf die Schulter. „Gib ihm doch die Nummer, wenn er verknallt ist.“

„Er hat zwar einen Knall, aber verknallt ist er deswegen noch lange nicht.“

„Von mir aus.“ Blake zuckte mit der Schulter. „Die Nummer finde ich auch ohne deine Hilfe raus.“

Sein Kumpel lachte. „Viel Glück.“

4. Kapitel

Beinahe wäre sie mit dem muskelbepackten Mann zusammengestoßen, der vor ihrer Haustür Stellung bezogen hatte, als sie eilig die Tür hinter sich zuwarf und mit ihrem Skateboard unter dem Arm die Treppen hinunterstürmen wollte.

„Was machen Sie denn hier?“ Entsetzt und ziemlich genervt verschob Madison die dunkelblaue Sonnenbrille auf der Nase und verzog abfällig den Mund, als Blake O’Neill grinsend die Hände in die Taschen seiner Lederjacke schob und interessiert das Skateboard musterte.

„Ein Skateboard?“

„Ja, ein Skateboard“, antwortete sie so bedächtig, als spräche sie zu einem lernbehinderten Primaten. „Ein Brett, vier Rollen. Ein Skateboard.“

„Gut, dass Sie es sagen. Ich hatte es beinahe für ein Surfbrett gehalten.“

Stirnrunzelnd schaute sie ihm ins kantige Gesicht. „Lustig war das nicht. Sie sollten an Ihrem Humor feilen.“

„Darf ich Sie auf einen Kaffee einladen?“

„Sehen Sie“, antwortete sie ihm zuckersüß und steckte ihren Hausschlüssel in die rechte Tasche ihrer abgeschnittenen Jeans, unter der sie ein Paar löchriger Strumpfhosen trug. „Ihre Scherze werden von Sekunde zu Sekunde besser.“

„Eigentlich bin ich ziemlich witzig.“

„Das bezweifle ich“, ächzte sie und hörte gleich darauf sein belustigtes Lachen. Was fand der Idiot eigentlich ständig so lustig? Vermutlich lachte er über irgendwelche hirnverbrannten Witze, die ihr völlig entgingen, weil sie keine Stimmen hörte, die sich in ihrem Kopf miteinander unterhielten. Ob das die Folge von zu häufigen Schlägen auf den Kopf war?

Unverhohlen starrte sie ihn durch die dunklen Gläser ihrer Sonnenbrille an, die sie aufgesetzt hatte, weil die Herbstsonne ziemlich grell werden konnte und weil nicht jeder Mensch auf der Straße ihr Veilchen sehen musste. Sobald sie im Café angekommen war, würde sie sich etwas Camouflage-Make-up auf die verfärbte Stelle geben, aber dazu war sie zuhause nicht mehr gekommen, weil die Zeit es nicht zugelassen hatte. Apropos Zeit ... wenn der Gorilla sie nicht in Ruhe ließ, würde sie ganz sicher zu spät kommen.

Räuspernd nickte sie ihm zu. „Danke für das aufschlussreiche Gespräch, aber ich fürchte, Sie müssen sich selbst Ihre Witze erzählen."

„Also kein Kaffee?"

„Nein." Madison verdrehte die Augen und schulterte ihren Rucksack, während sie an dem aufdringlichen Footballspieler vorbeilaufen wollte. Doch der hatte nichts Besseres zu tun, als sich ihr in den Weg zu stellen und ein lässiges Grinsen aufzusetzen. Sie konnte sich gut vorstellen, dass die Mädels reihenweise in Ohnmacht fielen, wenn er sie anlächelte, schließlich musste sie selbst gegen den plötzlichen Drang ankämpfen, ihn wie ein debiles Püppchen anzuhimmeln und wie ein Teenager zu kichern. Nun gut, seine Nase schien mehr als einmal gebrochen gewesen zu sein und eine Narbe verlief genau durch seine rechte Augenbraue, außerdem war sein ganzes Gesicht ziemlich kantig – genau wie die breiten Schultern, die sie unter der Lederjacke ausmachen konnte. Auch der linke Schneidezahn schien bereits einiges abbekommen zu haben, da er nur halb so lang wie der rechte war, doch wer war sie mit ihrer Zahnlücke, über die Zähne anderer Menschen zu richten?

Nein, Blake O'Neill war nicht unattraktiv. Madison fand ihn sogar extrem sexy, schließlich gab es nichts, was heißer war als ein Mann mit Narben. Wenn das so weiterging, musste der Runningback nichts weiter tun, als ihr seine Tätowierungen und Verletzungen zu zeigen, damit sie mit ihm ins Bett ging. Daher hielt sie es für ratsamer, so viel Abstand wie möglich zwischen sich und ihn zu bringen.

„Ich muss arbeiten", erwiderte sie mit fester Stimme.

„Sie arbeiten?"

Ihr Schnauben hätte nicht abfälliger klingen können. „Nein, ich lebe von Luft und Liebe."

„Der Punkt mit der Liebe gefällt mir gut."

„Da bin ich mir sicher." Madison legte den Kopf schief und zog die Mundwinkel abschätzig hinunter. „Ich muss jetzt wirklich los."

„Dann begleite ich Sie."

Oh Mann! Liebend gern hätte sie ihm das Skateboard gegen den Kopf geschlagen, um ihm ein wenig Verstand einzubläuen, aber das war vermutlich sinnlos. Wortlos quetschte sie sich an ihm vorbei, ignorierte dabei das prickelnde Kribbeln am ganzen Körper sowie den sauberen Geruch nach Mann und überquellenden Hormonen, die dafür verantwortlich waren, dass vor ihrem inneren Auge das Bild des Werbeplakats mit einem halbnackten Blake O'Neill aufstieg, und schluckte hart. Warum musste sie auch auf Weiberhelden und Machos stehen? Ihr Dad war Universitätsprofessor und ihre Mom richtete noch heute Debütantinnenbälle aus, aber Madison konnte nur daran denken, einem unterbelichteten Footballspieler das Shirt vom Leib zu reißen und mit ihrer Zunge die Tattoos auf seiner nackten Haut nachzufahren. Der Mann hätte sie beinahe ertränkt und hatte nach allem, was Taylor ihr berichtete, mit mehr als der Hälfte der Cheerleader seines Vereins geschlafen. Dennoch schreckte sie das nicht ab. Im Gegenteil ...

Scheiße – sie war ein verkommenes Flittchen.

„Wo arbeiten Sie?"

Hastig schüttelte sie alle Gedanken, die sich um einen nackten Blake O'Neill drehten, ab und erwiderte griesgrämig: „Hören Sie, ganz sicher haben Sie doch gerade irgendetwas zu tun, oder? Zum Beispiel gibt es bestimmt neue Cheerleader, die Sie sexuell belästigen können. Außerdem wartet vermutlich irgendwo jemand, den Sie ertränken können ..."

Nicht im geringsten beleidigt lachte er auf. „Sexuelle Belästigung bei Cheerleadern?"

Ihr stellten sich buchstäblich die Haare im Nacken auf, während sie den Kopf zu ihm herumschwang. „Was wollen Sie damit sagen? Dass Cheerleader Freiwild sind? Dass alle Cheerleader mit Ihnen schlafen wollen?"

„Nicht alle." Er zuckte mit der Schulter.

„Gott! Sie sind so ... so ..."

„So?"

„So ein Vollidiot!"

Wieder lachte er.

Madison gab ein weiteres abfälliges Schnauben von sich und stürmte die Treppen hinunter, nur um zu bemerken, dass sie mal wieder die Schnürsenkel ihrer uralten Chucks, die kaum noch eine Sohle besaßen, nicht richtig zugebunden hatte. Beinahe wäre sie kopfüber die Treppe hinuntergefallen, wenn ein starker Männerarm sich nicht um ihre Taille geschlungen hätte.

Sie hatte keine Ahnung, ob sie nicht lieber auf die Nase gefallen wäre, als den direkten Körperkontakt des Footballspielers zu ertragen. Nachdem sie unzählige Male vom Skateboard gefallen war und auch ihre anderen Freizeitaktivitäten naturgemäß nicht verletzungsfrei waren, hätte ihr ein kleiner Sturz nicht viel ausgemacht. Der starke Arm um ihrer Taille, der warme Atem des Mannes an ihrer Wange sowie der maskuline Geruch ließen ihre Pheromone durchdrehen. Nichts half gegen die eigene verräterische Libido besser als Zickereien, also befreite sie sich hastig von ihm und keifte los: „Nehmen Sie Ihre Flossen weg! Ich bin keine von Ihren Cheerleadern!“

„Was haben Sie immer nur mit den Cheerleadern?“

„Das wollte ich eigentlich Sie fragen.“ Demonstrativ strich sie sich das karierte Hemd unter ihrer Jeansjacke glatt.

„Scheiße“, lachte er. „Sie klingen ziemlich eifersüchtig.“

„Genau, ich bin tierisch eifersüchtig“, antwortete sie mit dem entsprechenden Ernst. „Tun Sie sich das lieber nicht an und hauen schnell ab.“

„Keine Chance.“

Ob sie geschmeichelt sein sollte oder nicht, wusste Madison nicht. Sie wusste nur, dass sie zu spät zur Arbeit kommen würde und lieber aus seinem Dunstkreis verschwinden sollte. Daher warf sie das Skateboard auf den Boden, winkte lässig mit einer Hand und nickte ihm zu. „Viel Spaß beim Cheerleader-Belästigen. Ich bin dann mal weg.“

„Kriege ich nun Ihre Nummer?“

Mit einem genervten Seufzer ließ sie die Schultern sinken. „Warum?“

„Damit ich Sie anrufen kann.“

„Wenn Sie jemanden anrufen wollen, empfehle ich Ihnen die Auskunft oder die Sex-Hotline.“

Normalerweise kam nicht jeder mit ihrem Humor klar. Ihr Großonkel Alfred beispielsweise hatte keine Ahnung, was Sarkasmus war, und hielt sie für lesbisch, weil sie vor einigen Jahren eine saloppe Bemerkung in diese Richtung gemacht hatte. Abgesehen davon, dass ihr Großonkel ein Fachidiot war, der sein Leben lang archäologische Ausgrabungen geleitet hatte, war er der Meinung, dass es sich für Frauen nicht gehörte, ein loses Mundwerk zu haben. Willkommen im einundzwanzigsten Jahrhundert!

Blake O'Neill jedoch war nicht im Mindesten konsterniert oder beleidigt, sondern legte den Kopf zurück und lachte. Vielleicht hatte er auch einfach die Bedeutung hinter ihren Worten nicht kapiert. Zuzumuten war es ihm.

„Hey, ich hätte Sie fast ertränkt. Kann ich das mit einem Bier wiedergutmachen?“

Anstatt auf seine Frage einzugehen, deutete sie demonstrativ auf ihr linkes Handgelenk. „Ihretwegen komme ich noch zu spät.“

„Dann geben Sie mir Ihre Nummer und ich lasse Sie in Ruhe.“

„Versprochen?“

„Versprochen.“ Er hob die Hand zum Schwur.

Schwer genervt kramte sie in ihrem Rucksack herum, zückte einen schwarzen Edding und griff ungefragt nach seiner Hand, auf dessen Handinnenfläche sie eine Telefonnummer aufschrieb.

„Wenn Sie Redebedarf haben, rufen Sie an.“

„Danke.“

„Nichts zu danken“, erwiderte sie, lächelte zuckersüß und ließ ihn einfach stehen.

„Madison, da fragt jemand nach dir.“

Sie nickte Max, dem Barkeeper, zu und schielte zum Ende der Theke, an der niemand anderes als Blake O’Neill stand und ihr zunickte.

Ein wenig ungläubig blieb sie mitten im Schritt stehen und hatte keine Ahnung, was er hier zu suchen hatte. Erst war er einfach bei ihr vor der Haustür aufgetaucht und jetzt stand er am nächsten Tag in der Bar, in der sie gelegentlich arbeitete. Woher zum Teufel wusste er bloß, wo er sie finden konnte? Von Taylor konnte er das nicht erfahren haben, da ihre Cousine eine heftige Abneigung gegen den selbstherrlichen Footballspieler empfand und sich eher eine Glatze rasieren würde, als ihm nur die kleinste Information zu ihrer Cousine zu geben.

Automatisch straffte sie die Schultern und trat hinter die Theke, um ein wenig Abstand zu dem Mann zu bringen, der sein Haar unter einer groben Strickmütze versteckte und ein verwaschenes Jeanshemd über einem Shirt trug, das mit der Aufschrift *Van Halen Tour 1984* versehen war. Sie hatte keine Ahnung, woher er das Shirt hatte, aber am liebsten hätte sie es ihm vom Leib gerissen und wäre damit abgehauen. Sie hätte alles für das Shirt gegeben und einen Mord begangen, wenn sie dafür die Tour von 1984 live erlebt hätte. Vermutlich hatte der Footballspieler nicht die geringste Ahnung, welches

Schätzchen er da besaß oder dass Van Halen eine der geilsten Rockbands der ganzen Welt war.

Da sie selbst nicht im Besitz eines solchen coolen T-Shirts war, war es kein Wunder, dass sie mit angepisster Miene zu ihm trat und unfreundlich fragte: „Was suchen Sie hier?“

„Sie haben mir eine falsche Nummer gegeben.“

„Ach?“

„Ja.“ Er setzte sich auf einen Barhocker und legte seine Hand auf den Tresen. „Ich hatte die Suchtberatung an der Strippe.“

„Und?“

„Die Frau an der anderen Leitung klang zwar ganz nett, aber ich würde doch lieber mit Ihnen einen Kaffee trinken gehen.“

Madison stützte beide Hände auf der Theke ab und rümpfte die Nase. „Probieren Sie es lieber mit der Frau von der Suchtberatung. Ich bin nicht interessiert.“

Der Mann ließ nicht locker, sondern legte den Kopf zur Seite und trommelte mit seinen Fingern auf der Oberfläche der Theke herum, auf der noch Wachsreste und diverse Glasränder zu sehen waren. Die Bar, in der sie manchmal arbeitete, rühmte sich der besten Burger New Yorks – so wie ungefähr jede Bar, in der man auch Burger essen konnte – und gleichzeitig hatte sie ein besonderes Grunge-Flair, was davon kam, dass diverse Bands hier auftraten. Die Gäste interessierten sich demnach nicht dafür, wie oft die Theke geputzt wurde. Auch der Footballspieler zeigte sich unbeeindruckt von seiner Umgebung, sondern schien sich relativ wohl zu fühlen. Selbst die Tatsache, dass er gerade eine Abfuhr kassiert hatte, berührte ihn nicht wirklich.

„Die Frau von der Suchtberatung wollte mit mir über meinen Alkoholkonsum sprechen."

„Und?"

Er zuckte mit der Schulter. „Die gute Frau kannte mich nicht einmal. Stellen Sie sich das erste Date mit ihr vor, wenn sie mir schon bei unserem ersten Telefonat solche intimen Fragen stellt."

Gerade rechtzeitig konnte sie ein amüsiertes Glucksen unterdrücken und bemühte sich um einen gelangweilten Gesichtsausdruck. „Ich bin mir sicher, dass sie es nur gut mit Ihnen meinte."

„Denken Sie, dass ich ein Suchtproblem habe? Oder warum haben Sie mir die Nummer gegeben?"

„Ich wollte Ihnen nicht meine Nummer geben und dachte, dass eine Suchtberatung niemals falsch sein könnte. Vor allem nicht bei Footballspielern. Wissen Sie, diese Hotline hilft nicht nur bei Alkoholismus oder Drogenmissbrauch, sondern auch bei Pornosucht und Satyriasis ..."

„Bei *was*?"

„Satyriasis", erwiderte sie schulterzuckend. „Das ist das männliche Pendant zu Nymphomanie – Sexsucht."

Er lachte schallend. „Buchstabieren Sie das Wort!"

„Wieso?", wollte sie misstrauisch wissen.

Schulterzuckend erwiderte er: „Man kann ja nie wissen, wofür man es noch braucht."

„Hören Sie, Blake", seufzte sie schwer. „Ist Ihnen langweilig oder warum verfolgen Sie mich ständig?"

„Kann ich was zu trinken bekommen?"

Sie fixierte seine blauen Augen und antwortete trocken: „Wir haben noch geschlossen."

Eine schwarze Augenbraue wanderte in die Höhe, bevor er sich zurücklehnte und demonstrativ in den Raum blickte, an dessen Tischen Gäste saßen und voll beladene Teller vor sich stehen hatten.

Stöhnend griff Madison nach einem Glas und füllte Wasser hinein, bevor sie es ihm hinschob. „Das geht aufs Haus."

„Wasser?"

„Wenn Sie etwas anderes haben wollen, sollten Sie einen Block weiter in die nette Bar an der Ecke gehen. Kann ich Ihnen nur empfehlen. Ich denke, dort wird es Ihnen viel besser gefallen als hier", meinte sie überdeutlich.

Stur schob er seine Lippen vor und schüttelte glucksend den Kopf. „Hier ist es doch ganz gemütlich." Er nahm das Glas entgegen, prostete ihr zu und trank mit zwei großen Schlucken das Wasser, während Madison beobachtete, wie sich sein breiter Hals dabei bewegte.

Um sich ein wenig abzulenken, begann sie Erdnüsse und Studentenfutter in kleine Schüsseln zu füllen und Blake O'Neill absolute Nichtbeachtung zu schenken.

„Wie lange müssen Sie heute arbeiten?"

Ihre Augen blieben starr auf die fettigen Erdnüsse gerichtet, als sie unfreundlich antwortete: „Lange."

„Und das heißt?"

„Das heißt, dass ich lange arbeite. Sehr lange."

Er griff direkt nach der kleinen Schüssel, die sie auf die Theke stellte, und warf sich eine Handvoll davon in den weit geöffneten Mund, bevor er großzügig schmatzte. „Dann haben Sie Glück, dass ich lange warten kann."

„Oh Mann", murmelte sie mit einem Stöhnen.

„Wir können ja miteinander ausgehen, wenn Sie mit der Arbeit fertig sind."

Frustriert ließ sie den Kopf nach vorne sinken. „Ich gehe grundsätzlich nicht mit Männern aus, die mich bei der ersten Begegnung beinahe ertränkt hätten. Beantwortet das Ihre Frage?“

„Nicht wirklich.“ Voller Selbstvertrauen betrachtete er sie. „Ich bin ein netter Kerl.“

„Aber sicher.“ Madison stieß sich von der Theke ab und griff nach einem Handtuch, mit dem sie sich die Hände abtrocknete, nachdem sie sich diese gewaschen hatte. „Ich glaube Ihnen aufs Wort, zumal unsere erste Begegnung so verdammt erfreulich war und meine Cousine Cheerleader bei den Titans ist, die mir bereits erzählt hat, was für ein netter Kerl Sie sind.“

Er runzelte die Stirn und fragte völlig unaufgeregt. „Habe ich mit Ihrer Cousine geschlafen?“

Ihre Augen rundeten sich entsetzt, weil er derart oberflächlich klang. „Nein! Das sollten Sie doch am besten wissen, oder nicht?“

„Wir haben ziemlich viele Cheerleader.“

Sprachlos schüttelte sie den Kopf, bevor es aus ihr herausplatzte: „Sie bitten mich um ein Date und prahlen gleichzeitig damit, wie viele Cheerleader Sie bereits ins Bett bekommen haben?!“

„Ich würde es nicht unbedingt prahlen nennen.“

„Was auch immer“, blökte sie und presste kurz die Lippen aufeinander. „Danke für Ihre Einladung, aber ich fürchte, dass ich zu beschäftigt für ein Date bin.“

„Okay“, erwiderte er freundlich.

Sofort regte sich das Misstrauen in ihr und sie kniff die Augen zusammen. „Was soll das bedeuten?“

„Das bedeutet, dass ich verstanden habe, dass Sie zu beschäftigt für ein Date sind. Nur gut, dass ich extrem viel Zeit habe.“

Madison biss die Zähne zusammen, bevor sie gottergeben nachhakte: „Und das bedeutet?“

„Das bedeutet, dass ich meine ganze Freizeit damit verbringen kann, hier an der Theke zu sitzen und darauf zu warten, dass Sie etwas Zeit für mich erübrigen können."

Sie atmete tief durch. „Sie haben doch sicherlich eine Wette laufen, oder?"

„Was für eine Wette?"

„Tun Sie doch nicht so scheinheilig", warf sie ihm vor. „Mit welchem Ihrer Teamkollegen haben Sie darum gewettet, ob Sie mich in die Kiste bekommen?"

Sein schallendes volltönendes Gelächter hätte sie richtig attraktiv gefunden, wenn sie nicht derart misstrauisch gewesen wäre. Eins war klar – der Mann war nicht ganz dicht.

„Dürfte ich fragen, warum Sie so sehr lachen?"

Seine Augen funkelten vergnügt, als er mit einem hinreißenden Lächeln erklärte: „Ich bin nicht der Typ für Wetten. Das ist eher was für meinen Kumpel Brian."

„Warum sind Sie dann so erpicht darauf, mich ins Bett zu bekommen?"

„Gegenfrage." Er nickte ihr zu und verhielt sich völlig zwanglos – fast schon so, als wäre es normal, dass er mit einer beinahe wildfremden Frau über Sexdates sprach. Wahrscheinlich war dies sogar der Fall.

„Warum glauben Sie, dass ich Sie ins Bett bekommen will?"

Ihre Mimik triefte geradezu vor Ironie. „Ich bin keine Idiotin. Warum sonst wollen Sie mit mir ausgehen?"

„Vielleicht will ich meinen Angriff vom letzten Sonntag wiedergutmachen."

„Dann wären Blumen ganz nett gewesen." Oder das T-Shirt, das er trug, dachte Madison insgeheim, hielt jedoch lieber die Klappe, weil es dem durchgeknallten Footballspieler zuzutrauen war, dass er sich hier mitten in der Bar auszog, um ihr das Shirt zu geben.

Der Gedanke verursachte ihr eine Hitzewelle, die sie befürchten ließ, bereits mit siebenundzwanzig in die Wechseljahre zu kommen.

„Ich hätte Sie nicht für den Blumentypen gehalten." Er betrachtete sie zweifelnd.

„Jede Frau ist ein Blumentyp." Frustriert rieb sie sich über das Gesicht. „Hören Sie, Blake, Sie müssen mir nicht überall auflauern. Ihre Entschuldigung ist angenommen. Ende."

„Sehr gut." Der dunkelhaarige Hohlkopf nickte – völlig unempfindlich für ihr abweisendes Verhalten. „Wenn Sie nicht mehr sauer auf mich sind, kann ich Sie ja auf einen Drink einladen."

Einen kurzen Moment schloss Madison die Augen und zählte bis zehn. Wenn er nicht langsam aufhörte, würde sie wirklich noch mit ihm ausgehen und am Ende des Dates womöglich mit ihm schlafen. Unverbindlicher Sex war eine schöne Sache, wenn man keine Lust auf eine Beziehung hatte und ab und zu die Sau rauslassen wollte. Blake O'Neill schien der richtige Kandidat dafür zu sein, doch sie hatte sich kurz nach ihrem letzten Geburtstag geschworen, die Finger von One-Night-Stands zu lassen, die morgens zusammen mit ihrem Fernseher verschwunden waren. Zwar gehörte der Footballspieler höchstwahrscheinlich nicht zu den Kerlen, die es nötig hatten, einen drei Jahre alten Flachbildfernseher zu stehlen, dennoch hatte Madison entschieden, die Suche nach den falschen Männern zu lassen und ihr Höschen öfter anzubehalten. Diesen

Schwur wollte sie nicht kurz darauf brechen, indem sie mit Blake O'Neill in die Kiste sprang.

„Ich gehe nicht mit Ihnen aus."

„Es muss ja kein Date sein, nur ein Drink."

Sie schluckte und starrte in sein gut geschnittenes Gesicht, bevor ihr Blick auf die verführerisch gekräuselten Lippen fiel. Sie hätte sich ohrfeigen können, als sie widerstrebend fragte: „Nur ein Drink?"

„Ein Drink", bestätigte er mit der Zufriedenheit eines Mannes, der von Anfang an gewusst hatte, dass er sich durchsetzen würde.

Nach einem kurzen Moment des Zögerns griff Madison nach einem Bierdeckel und kritzelte eine Adresse darauf, während sie sich selbst verfluchte. „Das ist ein Club im Meatpacking District. Dort können Sie mich heute Abend finden."

Schweigend nahm er den Bierdeckel entgegen und rutschte von dem Barhocker. „Sind Sie wirklich dort oder schicken Sie mich zu einem Treffen der anonymen Alkoholiker?"

Sie zuckte mit der Schulter. „Finden Sie es selbst heraus."

5. Kapitel

Blake kannte den Meatpacking District ganz gut, schließlich gab es dort die abgefahrensten Clubs, die man sich nur vorstellen konnte. Außerdem verirrten sich heiße Models und karrieregeile Schauspielerinnen gerne in die angesagtesten Locations der Stadt, doch der Club, den er durch eine winzige Stahltür betrat, war ihm absolut neu. In den Zeiten von Rauchverbot und Brandschutzbestimmungen war der enge verqualmte Gang, den er entlanglief, ganz sicher illegal, schoss es ihm durch den Kopf, während er sich an anderen Clubbesuchern vorbeidrängelte, die mit Kippen in den Händen überall standen und sich blendend zu unterhalten schienen.

Einen Moment fragte er sich, ob Madison ihn schon wieder verarscht hatte, als er ein Treppengeländer erreichte, von dem er einen Blick auf den Underground-Club werfen konnte, der sich direkt unter ihm befand. An Tischen und an einer riesigen Bar tummelten sich zahlreiche Gäste, deren Nikotinkonsum zu der rauchgeschwängerten und heißen Luft beitrugen, die nach oben aufstieg. Auf einer kleinen Bühne standen einige Musikinstrumente und Mikrofone herum und vor der Bühne hatten sich Menschen zusammengefunden, die alle mehr oder minder betrunken zu sein schienen. Es war brechend voll, wahnsinnig laut und abartig heiß.

Blake dankte dem Herrn, dass es keiner dieser Clubs war, in denen man kein Bier, sondern nur knallbunte Cocktails bekam, die in so filigranen Gläsern serviert wurden, dass er befürchtete, diese in seiner Hand zu zerquetschen. Die Schickimicki-Clubs waren ja ganz nett, um dort eine Gespielin für die Nacht zu finden, aber die Sau konnte man dort leider nicht rauslassen. Da bevorzugte er doch sehr viel lieber solche Lokalitäten, in denen es etwas rauer zuging und in denen niemand einen Schreikrampf bekam, wenn ein Schuhabsatz abbrach oder eine Prügelei begonnen wurde. Kurzum: Der Club war ganz nach seinem Geschmack.

Sobald er die Treppen nach unten erklomm, versuchte er einen braunhaarigen Schopf mit Sommersprossen auf der Nase auszumachen, doch leider hatte er kein Glück. Ein wenig angepisst kämpfte er sich durch die Menge und begab sich an die Bar, um sich dort erst einmal ein Bier zu holen.

Vielleicht hatte es etwas mit seiner aktuellen Langeweile zu tun, dass er ihr nachrannte und dermaßen verbissen darum kämpfte, sie zu einem Date zu überreden. Er wusste nur, dass er sie extrem süß fand und mit einem Ständer zu kämpfen hatte, wenn er sie sah. Außerdem stachelte es seinen Ehrgeiz an, wenn eine Frau nicht so leicht rumzukriegen war. Daher würde er auch nicht aufgeben, wenn sie ihn heute schon wieder versetzt hatte.

Relativ schnell bekam er ein Bier, das glücklicherweise eiskalt war, erwiderte das Lächeln einer winzigen Rothaarigen, deren komplettes linkes Ohr gepierct war, und lehnte sich gegen die Bar, während seine Augen über die Menschen im Club schweiften und noch immer nicht die Frau ausmachten, die er hier hatte treffen wollen.

Gerade als er die Bierflasche wieder an die Lippen heben wollte, brandete plötzlich Applaus auf und lautes Grölen erklang. Interessiert blickte Blake nach links und sah mit an, wie eine fünfköpfige Band die Bühne betrat.

Verwundert zuckten seine Augenbrauen in die Höhe, als er Madison Roberts erkannte, die mit einer Gitarre bewaffnet nach vorne ans Mikrofon trat. Anders als sonst wirkte ihr Gesicht keineswegs angefressen, sondern absolut entspannt und gut gelaunt.

Neugierig musterte er die schlanke Frau, deren eindrucksvolle Möpse beinahe das weiße Tanktop sprengten, das sie trug. Mit einem breiten Grinsen ließ er seine Augen über die knallengen verwaschenen Jeans wandern, starrte einen langen Moment ihre Oberweite an, bevor er eine Tätowierung auf ihrem Schlüsselbein wahrnahm, die er bald genauer untersuchen wollte – genauso wie die pralle Oberweite, die seinen Jagdtrieb vollends geweckt hatte. Die Frau auf der Bühne, die an den Handgelenken Lederarmbänder trug, ihre Haare unter eine saloppe Mütze gesteckt hatte, eine schwarze Hornbrille aufgesetzt und pinken Lippenstift auf ihrem Schmollmund aufgetragen hatte, war es sicherlich wert, am Ball zu bleiben.

Blake hatte keine Ahnung, wann ihn jemals zuvor ein solches Nerd-Outfit angemacht hatte.

Wahrscheinlich niemals zuvor.

„Hallo, Leute! Danke, dass ihr da seid. Heute präsentieren wir euch unseren neuen Song – Lullaby. Viel Spaß mit Mad Max!"

Wieder brandete Applaus auf, als wenige Sekunden später die Musik einsetzte, die jedoch überhaupt nichts mit einem Schlaflied zu tun hatte, sondern eher nach hartem Rock klang. Was überhaupt nicht hart klang, war die Stimme der jungen Frau, die mit geübten Griffen den Bass spielte und gleichzeitig mit geschlossenen Augen ins Mikrofon sang.

Ihm lief ein Schauer über die Haut, als die raue Stimme an sein Ohr drang, die ohne den geringsten Wackler über jemanden sang, der ohne sein Schlaflied keine Träume finden konnte. Der Text war ein wenig schnulzig, die harten Bässe, die den Raum erfüllten und die Zuschauer ekstatisch auf und ab springen ließen, waren es nicht.

Obwohl er selbst absolut unmusikalisch war, konnte er mit voller Ehrlichkeit von sich behaupten, dass er den Song gut fand. Die Stimme, die gleichzeitig seidenweich und so rau wie Schmirgelpapier klingen konnte, fand er sogar noch um einiges besser.

Fasziniert schaute er zu, wie Madison zusammen mit ihrer Band auf der Bühne abging und ins Mikrofon sang. Dass sie Mitglied einer Rockband war, hatte er nicht gewusst, aber es turnte ihn unglaublich an, ihr bei ihrem Auftritt zuzuschauen.

Als die Band ihren Song beendete und dem applaudierenden Publikum kurz zuwinkte, reckte Blake seinen Kopf in die Höhe und hoffte, ihren Blick einzufangen. Tatsächlich schien sie ihn entdeckt zu haben, da sie ihm ein kurzes Zeichen gab, bevor sie ihren Bass abstellte, ihren Bandkollegen etwas sagte und anschließend von der Bühne hüpfte. Mittlerweile liefen Rocksongs von einem Band und die Menge vor der Bühne entwirrte sich langsam. Nichtsdestotrotz konnte er sehen, wie der eine oder andere Madison auf die Schulter klopfte, ihr einen herzhaften Kuss auf die Wange gab oder sie kurz an sich drückte. Als sie endlich bei ihm ankam, grinste sie von einem Ohr zum anderen, war etwas außer Atem und glühte vor Freude. Der Anblick ihrer Hornbrille aus der direkten Nähe wirkte zwar fremd auf ihn, dennoch machte sie einen entzückenden Anblick.

„Hey.“ Sie grüßte ihn zur Abwechslung freundlich und hob die Hand in Richtung Bar, als wolle sie etwas bestellen. „Sie sind gekommen.“

„Ja.“ Blake senkte den Kopf ein kleines Stückchen, um ihr in die Augen sehen zu können. „Ich hatte keine Ahnung, dass Sie in einer Band singen.“

„Sie hätten ja fragen können.“ Amüsiert langte sie nach einer Bierflasche, die ihr der Barkeeper vor die Nase stellte. „Danke, Dave!“

Da er keine Ahnung hatte, was er sagen sollte, fragte er wie der letzte Vollidiot: „Sind Sie öfter hier?“

„Der Club gehört einem alten Kumpel von mir.“ Gut gelaunt stieß sie mit ihrer Bierflasche gegen seine und nahm anschließend einen tiefen Schluck.

„Okay.“ Um der peinlichen Stille zu entgehen, nahm er ebenfalls einen Schluck und merkte, dass er tatsächlich ahnungslos war, worüber er sich mit ihr unterhalten sollte. Bisher war ihm dies nie zuvor passiert.

„Also, Blake?“ Fragend schaute sie auf. „Erzählen Sie mal.“

„Was soll ich denn erzählen?“

Sie deutete amüsiert auf ihre Flasche. „Ich habe Ihnen einen Drink versprochen. Da ich sehr schnell trinke, sollten Sie mal anfangen.“

Lässig legte er den Kopf schief und bedachte sie mit einem dieser Blicke, die er normalerweise einsetzte, wenn er jemanden aufreißen wollte. „Können wir nicht das Kriegsbeil begraben?“

„Kriegsbeil? Ich bin Pazifistin!“ Ahnungslos hob sie die schmalen Schultern in die Höhe und lenkte seine Aufmerksamkeit prompt auf die schmale Tätowierung an ihrem Schlüsselbein.

Da er nichts von Zurückhaltung hielt, umfasste seine Pranke ihren Oberarm und hielt sie fest, während er den Kopf ein wenig senkte, um sich den Schriftzug genauer anzusehen.

Madison zuckte einen kurzen Moment abwehrend zusammen, schien es sich dann jedoch anders zu überlegen, da sie sich weder wehrte noch einen Ton von sich gab. Stattdessen hob sie mit der freien Hand die Flasche ein weiteres Mal an ihren Mund und trank einen Schluck.

Weiche Frauenhaut, ein lieblicher Geruch sowie eine Tätowierung ... Blake kam sich wie im siebten Himmel vor. „Was steht da?“

„Kennen Sie etwa nicht Janis Joplin?“

Natürlich kannte er Janis Joplin. Er war doch kein Idiot. Dennoch fragte er neugierig: „Wen?“

„Janis Joplin“, empörte sie sich. „Das hier ist ein Satz aus einem ihrer Songtexte!“

Da ihre Stimme derart ungläubig klang, meinte er wie ein Sonderschüler: „Hat die nicht den Song für die Mercedes-Werbung gesungen?“

Augenblicklich wurde sie kreidebleich und starrte ihn entsetzt an. „Was?!“

Blake begann zu lachen. „Keine Sorge. Natürlich weiß ich, wer Janis Joplin war!“

„Warum sagen Sie dann so etwas?“ Noch immer erschüttert schüttelte sie den Kopf. „Oh Mann! Ein Mann, der ein Shirt von Van Halen besitzt, tut so, als wüsste er nicht, wer Janis Joplin war. Sagen Sie das nicht zu laut! Es könnte sonst vorkommen, dass Sie heute noch verprügelt werden.“

„Wie kommen Sie auf mein Van-Halen-Shirt?“

Mit finsterer Miene gestand sie: „Wissen Sie eigentlich, was Sie da besitzen? Ich würde für das Ding glatt einen Mord begehen und darin beerdigt werden wollen!“

Sie war zum Schießen. Am liebsten hätte er laut gelacht, meinte jedoch gespielt abfällig: „Was? Für das alte Ding? Ich ziehe es an, wenn ich die Wohnung putze.“

Sie schnappte nach Luft und sah ihn an, als hätte er einen Welpen getreten. „Wie bitte? Wenn Sie es nicht mehr wollen, können Sie es gerne mir geben!“

Darauf ging er gar nicht ein, sondern ließ langsam ihren Oberarm los. „Haben Sie noch weitere Tätowierungen?“

„Ja, aber die zeige ich Ihnen nicht.“ Kategorisch schüttelte sie den Kopf. „Haben Sie eine Ahnung davon, dass Van Halens Tour von 1984 legendär war?“

Nachdenklich kratzte er sich am Kopf. „Eine Tour? Was denn für eine Tour? Ich dachte, Van Halen hätte was mit Eiskrem zu tun.“

Ihre hellbraunen Augen rundeten sich empört. Beinahe hätte man meinen können, dass sie gleich ohnmächtig würde. „Häagen Dazs hat was mit Eiskrem zu tun! Sie sprechen gerade über eine der großartigsten Rockbands unserer Zeit ...“

Da er sein Gelächter nicht mehr unterdrücken konnte, verstummte sie abrupt und musterte ihn eine Weile nachdenklich, bevor sie zähneknirschend fragte: „Haben Sie mich etwa verarscht?“

„Schuldig.“ Er hob reuelos eine Hand. „Es war einfach zu verlockend, so empört wie Sie waren.“

„Na, toll.“ Nach einem kurzen Augenblick lachte sie selbst. „Häagen Dazs! Sie haben echt einen Vogel.“

„Das wurde mir schon oft nachgesagt“, erwiderte Blake mit einem ernsten Nicken. „Also? Was ist mit Ihren anderen Tätowierungen?“

„Ho!“ Kopfschüttelnd stellte sie die Bierflasche auf die Theke. „Die bekommen Sie nicht zu Gesicht.“

„Schade.“ Mit einer knappen Handbewegung griff er nach dem Saum seines Shirts und zog dieses in die Höhe.

Madison schien sich zu verschlucken und wollte mit ungläubiger Stimme wissen: „Was tun Sie da?“

Blake bemerkte mit purer Befriedigung, dass sich ihre Augen an den Muskeln seines Oberkörpers festsaugten, während er mit seiner freien Hand auf seine Tätowierung deutete. „Ihnen meine zeigen.“

„Ihre *was*?“

Hocherfreut, sie aus dem Konzept gebracht zu haben, entgegnete er unschuldig: „Meine Tätowierung. Sehen Sie?“

„Ja“, krächzte sie. „Ich sehe sie sehr gut. Sie wissen aber schon, dass wir uns an einem öffentlichen Ort befinden, oder?“

Er ließ das Shirt wieder fallen und schlug mit samtweicher Stimme vor: „Dann sollten wir uns woandershin verziehen, damit wir uns gegenseitig unsere Tätowierungen zeigen können.“

Augenblicklich richteten sich ihre Augen auf sein Gesicht. „Sie fallen mit der Tür wohl gerne ins Haus.“

Grinsend zwinkerte er ihr zu. „Keine Ahnung, was Sie meinen.“

„Was meine ich wohl?“ Sie verdrehte die Augen. „Wir hatten einen Drink ausgemacht. Jetzt fangen Sie mit Sex an.“

„Mit Sex?“

Eine ironische Augenbraue wanderte in die Höhe. „Wollen Sie mir weismachen, dass Sie nicht auf Sex anspielen, wenn Sie mir vorschlagen, Ihre restlichen Tätowierungen zu sehen?“

„Was Sie immer denken.“ Blake schnaubte empört und bemühte sich darum, vor lauter Belustigung nicht zu lachen.

„Ich denke, dass Sie ein selbstherrlicher Footballspieler mit zu viel Freizeit sind, der unter Sexsucht leidet.“

„Unter Satyriasis“, korrigierte er sie.

Verwundert blinzelte sie und nickte anschließend. „Genau.“

„Kein Lob, dass ich mir das Wort gemerkt habe?“

Ihr Mund verzog sich. „Kein Einspruch bezüglich der Bemerkung mit der Sexsucht?“

„Machen Sie sich darum keine Sorgen. Dazu wollte ich gleich kommen.“

Das tiefe Stöhnen, das sie ausstieß, sollte ihm wohl zeigen, wie genervt sie von ihm war, doch Blake machte es einfach nur an. Er konnte sich allzu gut vorstellen, mit Madison Roberts ins Bett zu gehen und ihr ganz ähnliche Stöhnlaute zu entlocken.

„Hören Sie, Madison.“ Er stellte seine Bierflasche ab und wollte ihr gerade ins Gesicht sehen, als sie plötzlich seine Hand packte.

„Zeigen Sie mal her.“

„Was?“

„Ihre Tätowierung.“

Anscheinend war sie ebenfalls nicht besonders schüchtern, weil sie sein Handgelenk festhielt und sich die breite Tätowierung auf der Innenseite seines

Unterarms ansah, die er sich zu Ehren des Superbowlsieges hatte stechen lassen.

Seine Augen schweiften über die Mütze auf ihrem Scheitel, als ihre Fingerspitzen über seine Haut strichen, während er sich fragte, ob in Madison Roberts eine Sadistin steckte. Die Berührung ihrer Fingerspitzen machte ihn nämlich derart scharf, dass er kurz davor war, sie mit Schwung auf den Barhocker zu setzen und zu vernaschen.

„Sagen Sie mir nicht, dass Sie sich etwas Footballmäßiges unter die Haut haben stechen lassen?"

Um sich seine Erregung nicht anmerken zu lassen, erklärte er gespielt lapidar: „Manche stehen auf Songtexte, andere auf Football."

Ihre braunen Augen verdrehten sich, während sie ihm einen ironischen Blick schenkte, der ihm durch und durch ging. „Sie haben den Superbowl gewonnen ... schön für Sie. Aber warum müssen Sie sich das in den Unterarm stechen lassen? Haben Sie Angst, dass Sie das Ereignis sonst vergessen?"

„Sie meinen wegen der vielen Schläge auf meinen Kopf?"

„Da ich selbst erst vor kurzem einen Ball an den Kopf bekommen habe, kann ich mir gut vorstellen, dass das Gedächtnis darunter leiden kann", entgegnete sie spitz.

Blake setzte alles auf eine Karte, hob seine Hand und strich der Frau, die noch immer sein anderes Handgelenk umfasst hielt, mit seinen Fingerknöcheln über die babyweiche Wange, während er murmelte: „Wie kann ich das wieder gutmachen?"

Einen Moment dachte er, dass sie ihm eine scheuern würde, doch stattdessen musterte sie ihn relativ gelassen, sah ihm direkt in die Augen und sagte anschließend wie die Ruhe in Person: „Ich bin angeheitert genug, um das Angebot anzunehmen.“

Verdattert zwinkerte er und ließ die Hand sinken. Da er fürchtete, sich verhört zu haben, fragte er irritiert: „Was?“

Sie lachte leise. „Die ganze Zeit machen Sie mich an. Also lassen Sie uns zur Sache kommen.“

Ihm verschlug es für einen Moment die Sprache. „Äh …“

„Kommen Sie schon, Blake.“ Das braunhaarige Püppchen mit den vollen Lippen und den funkelnden Augen grinste ihn an. „Sie wollen es doch auch.“

Stirnrunzelnd trat er einen Schritt zurück. „Wollen Sie mich verarschen?“

„Oh Mann.“ Seufzend verdrehte sie die Augen und ließ sein Handgelenk nun doch los, nur um im nächsten Moment seine Hand zu umfassen.

Blake war dermaßen geschockt, dass er auf ihre Hände sah, bevor er mit trockener Kehle zurück in ihr Gesicht blickte, das ihn ernst musterte.

„Wieso sollte ich Sie verarschen?“

Mit ironischem Ton brummte er: „Vielleicht weil Sie mich augenscheinlich nicht leiden können, mir bereits mehrere Male den Mittelfinger gezeigt und mir die Telefonnummer der Suchtberatung gegeben haben?“

„Das war doch nur das Vorspiel“, erwiderte sie unbefangen.

„Sobald ich die Hosen runtergelassen habe, machen Sie ein Foto und veröffentlichen es auf irgendeiner schwulen Homepage, richtig?“

Sie trat ein Stückchen näher, legte ihre andere Hand auf seine Brust und erklärte mit rauer Stimme: „Wieso so schüchtern?“

„Madison ...“

„Ich hätte Sie nicht für einen Mann gehalten, der sich die Chance auf unverbindlichen Sex entgehen lässt.“

Das Gefühl, dass hier etwas nicht stimmte, ließ sich einfach nicht abstellen, auch wenn er Probleme hatte, ruhig und gemächlich weiterzuatmen, da die Berührung ihrer Hand ihn beinahe in den Wahnsinn trieb. Die Frau hatte ihn ständig abblitzen lassen und bot ihm von jetzt auf gleich einen One-Night-Stand an? Da konnte doch irgendetwas nicht stimmen!

„Nennen Sie es Selbsterhaltungstrieb“, krächzte er und kam sich wie der letzte Vollidiot vor. „Aber ich bin ein wenig skeptisch, schließlich haben Sie mich mehrmals abblitzen lassen.“

Mit einem leisen Lachen fixierte sie seinen Mund. „Sie glauben nicht, dass ich Sie heiß finde?“

Okay, hier stimmte etwas definitiv nicht! Selbst wenn Frauen mit ihm schlafen wollten, gaben sie sich anfangs unterkühlt und wollten hofiert werden. Keine von ihnen wäre jemals auf die Idee gekommen, ihm offensiv zu sagen, dass sie es mit ihm treiben wollte.

„Ich glaube, dass Sie mich verarschen wollen.“

Ihr Gesicht nahm einen entschlossenen Ausdruck an, als sie sich umsah und plötzlich nickte. „Dann kommen Sie mal mit.“

Er hatte nicht einmal die Zeit, etwas zu entgegnen, weil sie ihn einfach hinter sich herzog und er sich dies wie der Trottel vom Dienst gefallen ließ. Erst als sie sich durch die Menschenmenge gekämpft hatten und in einen winzigen Gang gelangt waren, war Blake dazu in der

Lage, den Mund zu öffnen. Bevor er jedoch etwas sagen konnte, stieß die Frau, die noch immer seine Hand umfasst hielt, eine Tür auf und zog ihn in einen winzigen Lagerraum, bevor sie die Tür hinter ihm ins Schloss warf.

„Was ...?“

„Halt die Klappe, du Idiot“, unterbrach sie ihn mit belegter Stimme, stieß ihn mit dem Rücken gegen die geschlossene Tür und schlang ihm die Arme um den Hals.

Bevor er wusste, wie ihm geschah, bekam er den geilsten Kuss seines Lebens und konnte nichts anderes tun, als mit einem Stöhnen gegen die Tür zu sinken, die Augen zu schließen und den Kuss zu erwidern.

Sie schmeckte nach einer Mischung aus Bier, Fruchtbonbons und Lust, die ihm die Eingeweide hochstieg, während er ihren Mund verschlang und voller Befriedigung das leise Stöhnen hörte, das sie ausstieß, als seine Hände sich über ihren Rücken hinab arbeiteten. Seine Hände streichelten über ihren schlanken Rücken, sein Mund kam dem unendlich aufregenden Kuss entgegen, den sie ihm gab, und sein Atem stockte, als sie sich eng an ihn presste und sich ein Paar weicher Brüste gegen seine harten Muskeln schmiegten. In seinem Kopf drehte sich alles, und er kam kaum zu Atem, weil der Kuss einem Angriff gleich kam, schließlich zerrte Madison nicht gerade sanft an seinem Nacken und drückte sich so eng an ihn, dass er befürchtete, über kurz oder lang kastriert zu werden, wenn sie weiterhin so hart gegen seinen Ständer stieß.

Sterne explodierten hinter seinen Augen, und er konnte sich nur mit Mühe und Not von ihr befreien, indem er nach ihren Händen griff, die sich hinter seinem

Nacken ineinander verschlungen hatten, und den Mund von ihrem löste.

Schwer atmend blickte er in ihre hellbraunen Augen, fixierte den geschwollenen Schmollmund und merkte, wie seine Knie weich wurden, als er die aufgeregte Röte in ihren Wangen wahrnahm. Keine Frage. Die Kleine war genauso erregt wie er und atmete nicht weniger schwer.

Während er ihr weiter in die verschleierten Augen sah, ließen seine Hände ihre los und fuhren langsam über ihre nackten Arme, machten an ihren Schultern Halt und glitten anschließend zu ihren Brüsten, die er mit beiden Händen umfasste. Augenblicklich stöhnte sie auf und löste ihre Hände hinter seinem Nacken, bevor sie sich wieder auf seinen Mund stürzte und sich an ihn klammerte.

Blake kam sich ein wenig wie ein unerfahrener Teenager vor, als Madison seine Hände beiseiteschob, ihn währenddessen jedoch ungebremst wild küsste und sich hastig das weiße Tanktop samt Mütze und Brille über den Kopf zog. Die kurze Unterbrechung ihres Kusses nutzte sie dazu, den Mund zu seinem Hals zu senken und ihre Hände zu dem Bund seiner Jeans wandern zu lassen.

Nach Luft schnappend ließ er es geschehen, dass sie seinen Gürtel öffnete und ihm vermutlich gerade einen monströsen Knutschfleck auf der Schulter verpasste. Innerlich wollte er sich zur Besinnung rufen und es langsamer angehen lassen, aber bevor er einen klaren Gedanken fassen konnte, merkte er, wie seine Jeans auf den Boden fielen und er lediglich in Boxershorts an eine Tür gelehnt stand, während ein weißer BH ebenfalls zu Boden segelte und ihm jemand in die Kehle biss.

Er griff nach ihr und zog sie in seine Arme, um ihr einen weiteren heißen Kuss zu geben, den sie nicht gerade zurückhaltend erwiderte. Obwohl er kein Kind von Traurigkeit war, war es noch nie vorgekommen, dass jemand ihn nach nicht einmal einem Drink in einen Lagerraum schleppte und ihm die Klamotten vom Leib riss. Sollte er geschmeichelt sein oder an seinem Geisteszustand zweifeln? Ehrlich gesagt hatte er keine Ahnung.

Außerdem hatte er keine Zeit mehr, darüber nachzudenken, weil er ein beeindruckendes Paar nackter Brüste in den Händen hielt und ein unterdrücktes Stöhnen von der Frau hörte, die ihm in die Unterlippe biss und an ihn gelehnt vor Erregung zitterte. Wieder küsste er sie und zog ihre Zunge in seinen Mund, während seine Hände ihre Brüste kneteten und sie ein Bein zwischen seine schob, um sich wohlig an ihm zu reiben.

Blake atmete schwer und wollte seine Hände gerade tiefer wandern lassen, als er einen harten Stoß im Rücken spürte und hilflos gegen sie taumelte.

„Was ist denn hier los?“

Grelles Licht blendete Blake, als jemand den Schalter fand und gleich darauf die Neonröhren an der Decke aufflackerten. Zwinkernd stand er einem anderen Mann gegenüber, der abschätzig an ihm hinabblickte und die Jeans fixierte, die sich um seine Knöchel ringelten, während er schwer atmete und Madison hinter seinem Rücken verbarg.

Scheiße!

Der Typ hatte ihn um die vermutlich schärfste Nummer seines Lebens gebracht und machte jetzt nicht einmal Anstalten, wieder die Kurve zu kratzen.

„Was machst du denn hier, Andrew?“ Madison regte sich hinter ihm und schien ihm über die Schulter zu schauen, was Blake nur aus den Augenwinkeln wahrnahm.

„Das wollte ich euch fragen, denn das ist eigentlich mein Club.“ Der Kerl namens Andrew schnaubte, bückte sich und hob den weißen BH auf, den er Madison hinhielt. „Ich brauche ein neues Fass. Wenn ich gewusst hätte, dass ihr hier ... beschäftigt seid, wäre ich fünf Minuten später aufgekreuzt.“

Fünf Minuten?

Empört wollte Blake den Mund öffnen, als Madison sich das weiße Stoffstück griff und sich hinter seinem Rücken anzuziehen schien. Am liebsten hätte er dem Typen den Arsch aufgerissen, beugte sich stattdessen hinab, um die Jeans hochzuziehen und rasch zu schließen. Eine heiße Nummer im Lagerraum schien er sich für heute abschminken zu können, wie er frustriert bemerkte.

„Könntest du wenigstens abhauen, damit wir uns anziehen können?“, erklang es hinter Blake säuerlich.

„Wenn ihr auf Publikum verzichten wollt, würde ich vorschlagen, das nächste Mal die Tür abzuschließen.“

„Vielen Dank“, ächzte Madison und tätschelte Blake zu dessen absoluter Überraschung den Hintern. „Wir werden es uns merken und jetzt verpiss dich!“

Der Mann lachte dröhnend und ignorierte die Frau hinter Blakes Rücken, da er lediglich ihn ansah und fragend den Kopf zur Seite legte. „Sind Sie nicht der Footballspieler, der Madison einen Ball an den Kopf geworfen hat?“

Misstrauisch musterte Blake den hochgewachsenen Kerl, der ihm die Hand hinhielt und sich so unverfänglich benahm, als hätte er ihn nicht gerade eben mit einem Ständer in seinem Lagerraum ertappt.

„Ja, das bin ich“, brummte er und ergriff zögernd die Hand.

„Ich fand die Aktion geil. Können Sie mir Karten für das nächste Spiel besorgen?“

„Andrew“, beklagte sich Madison und hob ihr Tanktop hoch, in das sie gleich darauf schlüpfte. „Hau endlich ab, bevor ich deiner Freundin erzähle, warum du an ihrem letzten Geburtstag wirklich zu spät dran warst.“

„Okay.“ Der Mann nickte ihm zu und klopfte kurz gegen die Tür. „Das Fass kann ich auch gleich noch holen. Reichen fünf Minuten?“

„Raus!“

Widerstandslos hob er die Hände und verschwand gleich darauf durch die Tür, die mit einem Knall ins Schloss fiel.

Unschlüssig drehte sich Blake zu Madison um, die damit beschäftigt war, ihre Brille und Mütze vom Boden aufzuheben. Abgesehen davon benahm sie sich völlig normal und nicht so, als hätten sie gerade hier wie hormongesteuerte Teenager herumgemacht.

Er atmete tief durch und fragte mit neutraler Stimme: „Zu dir oder zu mir?“

Mit klaren Augen sah sie ihm ins Gesicht und seufzte. „Ich gehe heute zu mir. Was du machst, weiß ich nicht.“

Stirnrunzelnd trat er einen Schritt näher. „Sollten wir nicht das beenden, was wir angefangen haben?“

„Hör mal, Blake. Es war nett mit dir, aber ich habe keinen Bock auf einen One-Night-Stand.“

Verwundert hob er die Augenbrauen hoch und verschränkte die Arme vor der Brust. „Und was war dann gerade hier los?“

„Ach, Scheiße“, murmelte sie und senkte kurz den Blick.

„Also? Ich verstehe das nicht. Gerade noch wolltest du mir die Klamotten vom Leib reißen.“

Madison blickte wieder auf und schnitt eine Grimasse. „Du bist heiß und ich war ... ich war heiß auf dich. Okay? Keine große Sache.“

„Und jetzt bist du nicht mehr heiß auf mich, oder was?“

Sie stopfte sich die Haare unter die Mütze. „Sagen wir es so: Ich bin abgekühlt.“

Blakes Miene verfinsterte sich. „Aber ich bin nicht abgekühlt.“

Augenblicklich richteten sich ihre Augen auf seine Leistengegend, bevor sie mit der Schulter zuckte. „Tut mir leid, dass du jetzt mit einem Ständer durch die Gegend laufen musst, aber ...“

Er wusste nicht, ob er weinen oder lachen sollte. Auch wenn ihm besagter Ständer gerade zu schaffen machte, musste er zugeben, dass er Madison Roberts köstlich fand. Welche Frau stand schon vor einem und sprach mit frecher Stimme völlig ungezwungen über seinen Ständer? Es mochte sein, dass er einen Knall hatte, aber sie gefiel ihm.

„Aber?“

„Aber ich bin mir sicher, dass du weißt, was du dagegen tun kannst.“

Protestierend stellte er sich ihr in den Weg, als sie an ihm vorbei zur Tür laufen wollte. „Madison.“

„Du bist süß – irgendwie“, flüsterte sie, stellte sich auf die Zehenspitzen und drückte ihm einen Kuss auf die Wange.

Dann war sie weg und Blake stand allein im grellen Licht des Lagerraums. Mit einem schmerzhaften Ständer.

6. Kapitel

„Hast du irgendwo noch Schlagsahne?“

„Schlagsahne?“ Madison steckte den Kopf durch die Küchentür und betrachtete das Hinterteil ihrer Cousine, während die den Kopf in den Kühlschrank steckte und frustriert seufzte.

„Ja! In deinem Kühlschrank braucht man einen Kompass, um etwas zu finden. Warum räumst du hier nicht einmal auf?“

Großzügig überging sie die Bemerkung ihrer Cousine über ihren Kühlschrank und fragte neugierig: „Bist du schwanger, oder was? Schlagsahne? Wir essen Sushi, meine Liebe!“

„Schwanger!“ Taylor schnaubte abfällig, schlug die Kühlschranktür zu und drehte sich anschließend zu Madison um. „Wie kommst du denn auf so eine Idee?“

„Wie gesagt, wir wollen Sushi essen, doch du fragst nach Schlagsahne ...“

„Und das ist für dich ein Indikator, dass ich schwanger sein soll?“

„Sag doch bitte nicht Indikator“, stöhnte Madison, kickte einen einsamen Schuh beiseite und betrat ihre Küche, in der das Gesundheitsamt einen Schlaganfall bekommen hätte. Nachdem eine feierwütige Rockband vor ein paar Tagen bei ihr eingefallen war, sah es einfach grauenvoll aus, denn sie hatte noch nicht die Zeit gefunden, alle Spuren der Party zu beseitigen. In ihrer Wohnung, in der sie normalerweise penible Ordnung hielt, schließlich hatte sie einen Haufen Geld ausgegeben, als sie diese gekauft hatte, herrschte striktes Rauchverbot, weshalb sich ihre Gäste gerne in die Küche verkrümelten, um dort zu paffen. Solange sie sich auf die Küche beschränkten, sollte es ihr recht sein, doch ein Blick ins Gesicht ihrer Cousine sagte ihr, dass Taylor leicht schockiert über das Chaos war.

Ihrer blonden und stets perfekten Cousine, die ihre eigene Wohnung hygienisch steril hielt, konnte es sowieso nie sauber genug sein. Vermutlich war dies auch ein Grund, weshalb sie Zahnmedizin studierte. Für Taylor musste es der Himmel auf Erden sein, sich den ganzen Tag mit Desinfektionsmittel zu waschen und anderen Menschen den Dreck aus den Zähnen zu pulen.

„Was hast du gegen das Wort Indikator?“

Madison verdrehte die Augen und zupfte gleichzeitig an ihrem BH herum, was ein untrügliches Zeichen dafür war, dass sie müde wurde. „Es klingt, als säße ich in einer Vorlesung oder würde mir Werbung für eine Hämorrhoidensalbe ansehen.“

„Du hast vielleicht Probleme.“ Taylor rümpfte die Nase und griff nach einer geöffneten Schokoladenpackung, die auf dem kleinen Küchentisch lag und seit Tagen standhaft von Madison ignoriert wurde. Sobald sie einmal anfing, sich mit Süßkram vollzustopfen, gab es kein Entrinnen mehr.

„Anscheinend bin ich nicht die Einzige mit Problemen. Was ist bei dir los?“

Taylor stopfte sich eine Handvoll Schokolade in den Mund und erklärte aufgebracht: „Abgesehen davon, dass du keine Schlagsahne im Haus hast?“

„Sei mal ernst.“

Seufzend ließ sie sich auf einen Küchenstuhl fallen. „Das Leben ist scheiße.“

„Oje.“ Madison zog die Augenbrauen in die Höhe und schaute ihre Cousine verwundert an. „Wie bitte?“

Tatsächlich war Taylor das Paradebeispiel einer rundum glücklichen Frau, der Intelligenz, Schönheit, Humor und Beliebtheit bereits in die Wiege gelegt worden war. Die Blondine mit dem strahlenden Lächeln, den blauen Kulleraugen und dem perfekten Körperbau war zudem so furchtbar nett, dass Madison es seit fünfundzwanzig Jahren nicht schaffte, sie zu hassen. Nein, sie empfand nicht einmal das kleinste Quäntchen Neid, sondern wünschte Taylor das Allerbeste. Bisher hatte sie gedacht, dass die Tochter ihres Onkels das große Los gezogen hatte, doch der sauertöpfischen Miene nach zu schließen, war nicht alles Gold, was glänzte.

„Ist irgendetwas passiert, von dem ich wissen sollte?“

„Was ist nicht passiert? Ich bin durch eine Prüfung gerasselt, Dad flippt deshalb aus und gibt dem Cheerleading die Schuld ...“

Lachend unterbrach Madison sie. „Das ist doch kein Grund, das Leben scheiße zu finden!“

„Aber ich bin noch nie durch eine Prüfung gerasselt!“

„Dann wurde es aber wirklich mal Zeit.“ Eher amüsiert als alles andere grinste sie breit und ergötzte sich ein wenig an dem ratlosen Gesicht ihrer Cousine.

„Madison, du magst das vielleicht besonders amüsant finden, aber ich bin fertig mit den Nerven.“ Taylor schluckte und warf ihre blonde Mähne zurück, während sie sich gegen die Stuhllehne fallen ließ. „Zu Moms Vorwürfen, dass Adam und ich getrennt sind, fängt nun auch Dad an, mir Vorwürfe wegen meines Studiums zu machen. Ich möchte beide doch nur glücklich machen, aber ...“

„Stopp.“ Madison schüttelte den Kopf und hob eine Hand. „Dein letzter Satz klingt ein wenig schräg. Du willst deine Eltern glücklich machen?“

„Natürlich.“ Taylor blickte mit einem so verzweifelten Gesicht auf, dass Madison beinahe gelacht hätte. „Bislang waren beide immer stolz auf mich, aber seit ein paar Monaten scheine ich alles falsch zu machen.“

„Du machst gar nichts falsch“, protestierte Madison sofort.

„Vielleicht hätte ich Adam noch eine Chance geben sollen.“

Stöhnend ließ sich Madison auf einen Stuhl fallen. „Weißt du, wie verrückt das klingt?“

Abwägend legte ihre Cousine den Kopf schief. „Adam war nicht so schlecht, weißt du.“

Das klang nach einem dieser Gespräche, die man am besten mit einer ordentlichen Portion Alkohol beginnen sollte. Da Taylor jedoch nicht mehr als ein halbes Glas Champagner bei besonderen Gelegenheiten trank, ließ Madison es gleich bleiben, ihrer Cousine etwas anzubieten. Stattdessen räusperte sie sich.

„Das einzig Gute an Adam war, dass du schnell genug bemerkt hast, was der Mann für ein Idiot war. Darf ich dich daran erinnern, dass er neben dir noch eine andere Freundin hatte?“

Unsicher blinzelte Taylor. „Nun ja ... er hatte nur noch nicht mit ihr Schluss gemacht, weil wir ja nicht offiziell ein Paar waren.“

Ihr klappte die Kinnlade hinunter. „Er hat dich mit zu seinen Großeltern auf deren goldene Hochzeit genommen und war auf Onkel Freddys Beerdigung dabei. Offizieller geht es nicht!“

„Ich weiß“, murmelte Taylor. „Aber Mom ist so schrecklich enttäuscht ...“

„Taylor“, ermahnte sie ihre Cousine streng. „Hast du Tante Pam überhaupt gesagt, was sich dieser Musterknabe erlaubt hat?“

„Nein, natürlich nicht! Dad will doch mit Adams Vater zusammen zum Golf gehen.“

Fassungslos lachte Madison auf und fragte sich zum wiederholten Mal, wie es eigentlich kam, dass sie sich mit ihrer erzkonservativen Cousine, die sich bereits mit fünfundzwanzig so kleidete wie ihre achtzig Jahre alte Großmutter, die sich rühmte, ein originales Kostüm von Coco Chanel zu besitzen, dermaßen gut verstand. Generell fragte sie sich, ob sie bei ihrer Geburt nicht mit einem anderen Kind vertauscht worden war. Vermutlich saß genau jetzt ein blondhaariges Püppchen irgendwo in New Jersey, sehnte sich nach Perlenohrringen und rümpfte die Nase, während ihre Eltern Hardrock hörten und sich einen Joint drehten.

„Willst du etwa bei einem Kerl bleiben, der dich betrügt, weil deine Mom ihn so toll findet? Taylor, also wirklich!“

„Wir haben so gut zueinandergepasst.“

„Ja, und er hat auch so gut zu anderen Frauen gepasst“, erwiderte sie trocken.

„Was soll ich denn machen? Mom und Dad erwarten von mir, dass ...“

„Scheiß doch drauf, was Onkel Dan und Tante Pam von dir erwarten“, unterbrach Madison das Geschwafel ihrer Cousine, die erschrocken aufblickte. „Du bist fünfundzwanzig und solltest dich nicht danach richten, was deine Eltern von dir erwarten. Lass die Sau raus, fall durch eine Prüfung und suche dir einen Typen, den *du* magst."

„Das ist nicht so einfach", widersprach Taylor seufzend. „Ich bin ein Einzelkind. Dad hat einen Haufen Geld für meine Ausbildung ausgegeben. Ich kann nicht so einfach alles aufgeben."

„Davon redet auch niemand."

„Du hast es viel leichter."

Madison lachte auf. „Wie bitte?"

Arglos zuckte Taylor mit der Schulter. „Du bist das jüngste Kind. Deine Eltern hatten kein Problem damit, dass du dein Studium abgebrochen hast, schließlich haben sie Matt und Maura."

Mit einer Grimasse prustete Madison los. „Mom und Dad haben nur nichts gesagt, weil sie wussten, dass es mich nicht gekümmert hätte, wenn sie es getan hätten, Taylor. Verdammt, du bist erwachsen. Tu das, was du willst, und lass dir nicht diktieren, wie dein Leben auszusehen hat. Du springst seit deiner Kindheit durch alle Reifen, die deine Eltern dir hinhalten, und applaudierst auch noch, wenn sie diese immer höher halten. Warum setzt du dich nicht einfach auf deinen Arsch und zeigst ihnen einen Vogel?"

Das hübsche Gesicht ihrer Cousine verzog sich missmutig. „Die Familie erwartet nun einmal gewisse Dinge."

„Ich gehöre auch zu dieser Familie", entgegnete Madison ein wenig belustigt.

„Du hast aber schon immer das getan, was du wolltest. Niemand stört sich daran, wenn du aus der Reihe tanzt. Sobald ich eine kragenlose Bluse zu einem Paar Hosen trage, bekommt Grandma einen Herzinfarkt."

„Dann solltest du Grandma vielleicht einfach sagen, dass du sie nicht länger zu den Treffen ihrer Frauengruppe begleitest, wenn sie nicht endlich aufhört, sich so bescheuert zu benehmen.“

Mit großen Augen sah Taylor sie an. „Wie bitte? Das könnte ich nie!“

Und da lag vermutlich auch das Problem. Ihre Familie war sehr elitär, sehr angesehen und sehr gut betucht. Alle Mitglieder dieser Familie nahmen an gesellschaftlichen Veranstaltungen teil, konnten sehr gute Universitätsabschlüsse vorweisen, hatten Privatschulen besucht und in der Gesellschaft debütiert. Taylor hatte stets danach gelebt, was ihr zuhause vorgebetet worden war. Madison dagegen hatte nie etwas darauf gegeben, was ihre Familie von ihr erwartet hatte.

Während sie also tun und lassen konnte, was sie wollte, und sich niemand darüber aufregte, wunderte sich die ganze Familie, wenn Taylor einmal nicht das tat, was von ihr erwartet wurde. Ihr Job als Cheerleader war die bislang erste und einzige Entscheidung gewesen, die sie allein getroffen hatte.

Wenn Madison ehrlich war, wartete sie schon seit Jahren darauf, dass ihre perfekte Cousine durchdrehte, mit einem Trucker durchbrannte und als Nacktmodell berühmt wurde.

„Taylor, du bist erwachsen. Tu doch einfach das, was dich glücklich macht.“

„Wenn ich wüsste, was das ist, ginge es mir um einiges besser.“

Verwundert zog Madison die Augenbrauen hoch. „Oha.“

Ihre blondhaarige Cousine warf ihr einen unschlüssigen Blick zu, senkte die Augen und seufzte tief. „Es gibt da einen Footballspieler ..."

Entsetzt entfuhr es ihr: „Doch nicht etwa Blake O'Neill?!"

Taylor war nicht minder entsetzt. „Blake O'Neill? Nein! Oh Gott! Doch nicht *der*!"

Erleichtert und gleichzeitig ein wenig beleidigt verschränkte sie die Arme vor der Brust. „Was hast du gegen Blake O'Neill?"

„Abgesehen davon, dass er mit der Hälfte aller Cheerleader geschlafen hat, ein unerträglicher Rüpel ist und dir einen Ball an den Kopf geworfen hat? Abgesehen davon ist er ein Schatz", ächzte Taylor ironisch. „Du musst ihn dir doch nur einmal ansehen!"

„Wieso?"

„Wieso?! Er ist riesig, bullig und sieht gefährlich aus."

„Er ist Footballspieler", schränkte Madison ein und verspürte das irrationale Bedürfnis, den Runningback zu verteidigen. „Soll er mit einem Tutu herumlaufen?"

Taylor schnaubte. „Er sieht eher aus, als würde er auf Hahnenkämpfe in Hinterhöfen wetten."

„Taylor ..."

„Nein, verzeih", unterbrach ihre Cousine sie sofort. „Das war nicht richtig. Blake O'Neill sieht so aus, als würde er selbst an Hahnenkämpfen teilnehmen und in einen Käfig gesperrt werden."

„Hey", empörte sich Madison. „Das war gar nicht nett!"

„Der Mann hätte dich beinahe ertränkt ..."

Madison schluckte und murmelte: „Na ja ... dafür konnte er doch nichts."

Augenblicklich verstummte ihre Cousine, maß sie kritisch und schwenkte den Kopf zu dem Strauß roter Rosen, den Madison in einer schönen Vase auf die Fensterbank gestellt hatte, nachdem ein Bote ihr diesen am frühen Morgen überreicht hatte. Obwohl Madison ziemlich taff war, schoss ihr peinliche Röte ins Gesicht, als Taylor die Augen zusammenkniff und entsetzt rief: „Hast du es etwa mit Blake O'Neill getan?!"

„Nein!" Hastig schüttelte sie den Kopf. „Natürlich habe ich nicht mit ihm geschlafen!"

„Madison ..."

Mit einem anschließenden Grinsen seufzte sie. „Wir haben nur ein bisschen gefummelt."

Ihre Cousine bekam Stielaugen. „Was?!"

„Und es war so gut!"

„Madison! Nein! Bist du verrückt geworden?"

Sie zuckte mit der Schulter und entschied sich dazu, ihr nicht zu verraten, wie süß sie es gefunden hatte, dass er ihr einen Strauß Rosen geschickt hatte, obwohl er sie nicht für einen Blumentypen gehalten hatte.

Madison trug ihre Einkäufe die Straße entlang und hätte die schwere Tasche beinahe fallen gelassen, als sie den baumlangen Mann erkannte, der auf den Treppenstufen zu ihrem Wohnhaus saß und ihr erwartungsvoll entgegensah.

Automatisch wurden ihre Schritte langsamer, weil sie die Zeit nutzen wollte, sich einige coole Sprüche zurechtzulegen, bevor sie auf ihn traf. Irgendwie schaffte es Blake O'Neill nämlich, dass ihr Kopf wie leergefegt war, wenn sie ihm begegnete. Doch das Einzige, an das sie denken konnte, war das vergangene Wochenende, an dem sie den Footballspieler in den Lagerraum ihres Kumpels geschleift und sich dort auf ihn gestürzt hatte, als wäre er ein verführerisches Sahnetörtchen und sie seit Jahren auf einer strengen Diät. Daher kam es auch, dass sie an die Stufen ihres Wohnhauses trat und keinen blassen Schimmer hatte, was sie ihm sagen sollte.

Im Grunde war es ihr sogar außerordentlich peinlich, wie sie sich verhalten hatte. Der Mann musste sie für notgeil und untervögelt hoch zehn halten.

Natürlich war sie untervögelt, aber das musste Blake O'Neill sicherlich nicht wissen.

„Hallo." Sie nickte ihm zu und stellte die schweren Einkäufe neben ihm ab. „Du warst vermutlich nur mal eben in der Gegend, richtig?"

„Nein." Er legte den Kopf zurück und sah ihr ins Gesicht. „Ich wollte dich sehen."

„Oh." Madison senkte den Blick und vergrub eine Hand in der Tasche ihrer abgeschnittenen Jeans. „Wie komme ich zu der Ehre?"

Blake erhob sich und war um einiges größer als sie, zumal er eine Treppenstufe über ihr stand. „Nach unserer letzten Begegnung dachte ich, dass wir uns vielleicht unterhalten sollten."

„Blake", seufzte sie und bückte sich, um die schwere Tasche wieder aufzunehmen, doch er kam ihr zuvor und hob die Tasche auf.

„Wenn du willst, können wir auch hier auf der Treppe darüber sprechen, dass du mich erst total scharfgemacht und dann mit einem Ständer in dem Lagerraum deines Kumpels stehen gelassen hast."

Madison verdrehte die Augen. „Glaubst du wirklich, dass es mir peinlich ist, wenn du hier vor meinen Nachbarn über deine Erektion sprichst?“

Er schwieg grimmig und starrte sie unergründlich an. Dabei wirkte er wieder so süß und scharf zugleich, dass Madison ihn unter keinen Umständen mit in ihre Wohnung nehmen wollte. Auf seine rüpelhafte Art konnte er sehr charmant sein, wenn er wollte, und Madison bemerkte immer wieder, dass hinter dem Anschein eines Dorftrottels nicht nur ein cleverer Typ steckte, sondern sich auch ein Mann mit einem urkomischen Humor verbarg. Abgesehen davon stand sie einfach auf sein Äußeres. Es mochte oberflächlich klingen, aber sie begann schon zu sabbern, wenn sie ihn aus der Ferne bemerkte. Kuscheltypen mit Waschbärbäuchen waren nicht ihr Ding – sie mochte lieber Männer, die aussahen, als wären sie einem Wikingerfilm entsprungen oder könnten es mit einer ganzen Motorradgang aufnehmen.

Blake O’Neill besaß Ecken und Kanten, er war raubeinig, tätowiert und bestand nur aus Muskeln. Dazu machten ihn die kleine Narbe in seiner Augenbraue und die verbogene Nase einfach unwiderstehlich.

„Danke für die Blumen.“

„Bitte“, erwiderte er schlicht.

Unschlüssig rümpfte sie die Nase, bevor sie sich zu einem tiefen Seufzen hinreißen ließ. „Wenn du die Hose oben lässt, kannst du mit reinkommen.“

Er antwortete mit einem Schnauben. „*Du* hast *mir* die Hose ausgezogen, wenn ich dich erinnern darf.“

Sie kramte nach ihrem Schlüssel und lief die Treppen vor ihm her. „Ich war betrunken.“

„Fuck, du warst stocknüchtern.“

Darauf antwortete Madison nicht, sondern schloss die Tür auf und ließ ihn herein, bevor sie die Treppen zum ersten Stockwerk nahm und hörte, wie er hinter ihr das Treppenhaus bestieg. Eigentlich sollte es ihr nichts ausmachen, einen Mann mit in ihre Wohnung zu nehmen, schließlich hatte sie sowieso ständig Besuch, doch bei Blake O'Neill traute sie sich selbst nicht über den Weg und schimpfte sich eine Idiotin, ihn nicht einfach in die Wüste geschickt zu haben.

In ihrer Wohnung angekommen lief sie direkt in die Küche und nahm ihm die schwere Einkaufstasche ab, wobei sie darauf achtete, jeglichen Körperkontakt zu vermeiden. Stattdessen senkte sie den Blick und packte die Tasche auf die Arbeitsfläche ihrer Küchenzeile, bevor sie sich wieder zu ihrem Gast umdrehte, der mitten in ihrer Küche stand und sie beobachtete. Nervös zog sie sich ihre Jeansjacke aus und legte diese über die Lehne eines Küchenstuhls.

Befangen lehnte sie sich gegen den Herd und schob beide Hände in die Taschen ihrer Hose.

„Kann ich dir etwas zu trinken anbieten?"

„Nein, danke."

Madison schöpfte Atem und setzte zum Sprechen an, als sich sein Gesicht verfinsterte.

„Was hast du da?"

Ahnungslos, was er meinte, zwinkerte sie und bemerkte, wie sich seine Stirn runzelte und sein Gesicht einen grimmigen Ausdruck annahm.

„Was?"

Er nickte in Richtung ihrer Schulter und kam im nächsten Moment schon auf sie zu. Als er direkt vor ihr stand und eine warme Hand auf ihren bloßen Oberarm legte, zog sich abrupt eine Gänsehaut über ihren Körper.

„Was ... was tust du da?“

„Du hast hier einen blauen Fleck.“ Seine Stimme vibrierte geradezu vor Anspannung. „Madison, wo hast du den her?“

Fassungslos drehte sie den Kopf in seine Richtung und bemerkte, dass er so angespannt war, dass sich sein ganzer Körper versteift hatte. Gleichzeitig bereitete der Ausdruck seiner Augen ihr einige Kopfschmerzen. Was war denn plötzlich los, dass er aussah, als wolle er irgendjemanden umbringen?

„Madison“, wiederholte er mit rauer Stimme.

„Hey.“ Sie schob seine Hand beiseite und schüttelte kurz den Kopf. „Was ist denn los? Ich habe einen blauen Fleck. Na und?“

„Du hattest letztens ein Veilchen, oder? Erst hielt ich es für ein missglücktes Make-up ...“

„Oh Mann.“ Sie verdrehte die Augen und prustete vor Lachen, nur um einen Moment später an beiden Schultern gepackt zu werden.

Sein Gesicht war beinahe mörderisch und seine blauen Augen funkelten – jedoch nicht vor Humor. „Wer war das?“

„Blake ...“

„Wer hat dich geschlagen?“

„Ich wurde nicht geschlagen“, erwiderte sie so unbefangen wie möglich.

Mit vorgeschobenem Kinn erklärte er rau: „Erzähl mir nicht, dass du die Treppen hinuntergefallen bist.“

„Ich bin auch nicht die Treppen hinuntergefallen.“

Es war, als hätte er sie gar nicht gehört. „Wie ist sein Name?“

„Blake“, unterbrach sie ihn ruhig, schluckte und schaute ihm ins besorgte Gesicht. „Niemand hat mich geschlagen. Ich habe nun einmal ab und zu blaue Flecken."

„Erzähl doch keinen Scheiß ..."

Madison verdrehte die Augen. „Dieser Beschützerdrang ist vielleicht ganz süß, aber völlig unnötig. Ich habe ab und zu blaue Flecken, weil ich viel Sport treibe."

Zynisch wollte er wissen: „Ach, spielst du auch Football?"

„Nein", antwortete sie leicht belustigt. „Ich gehe zum Kickboxen."

Einen Moment schwieg er, bevor er ungläubig wissen wollte: „Was?"

Ihre Hände fuhren zu seinen, um sie langsam beiseitezuschieben. „Niemand schlägt mich. Sollte das jemand versuchen, wüsste ich, was ich machen muss."

„Du gehst zum Kickboxen?"

Sie nickte nachdrücklich. „Ja, Kickboxen. Außerdem fahre ich Skateboard. Was denkst du denn, woher ich blaue Flecken und Veilchen habe?"

Die Lippen, die sich aufeinanderpressten, verrieten ihr, dass er damit nicht gerechnet hätte. Madison brauchte ein wenig Abstand zu ihm und quetschte sich an ihm vorbei, um zum Kühlschrank zu gehen und sich dort eine Dose Cola herauszunehmen.

„Bist du sicher, dass du nichts trinken willst?"

„Danke", brummte er abwehrend und schien sich noch immer nicht gefangen zu haben.

Madison dagegen machte sich keine weiteren Gedanken um sein merkwürdiges Verhalten, sondern öffnete die Dose und trank einen hastigen Schluck, um sich von seiner Nähe abzulenken. Ein paar Meter Abstand taten wirklich Wunder, da sie sich relativ gefasst zu ihm umdrehte und mit einem Seufzer fragte: „Warum bist du eigentlich hier?“

„Kannst du dir das nicht denken?“

Nach einem weiteren Schluck gestand sie: „Ich denke, dass ich keine Ahnung habe, was in deinem Kopf vorgeht. Mir ist klar, dass du mit mir schlafen willst, aber eigentlich hatte ich angenommen, dass es dir zu langweilig sei, bei mir abzublitzen.“

Die Verwunderung war ihm ins Gesicht geschrieben.

Mit einem kleinen Lachen wollte sie wissen: „War das zu direkt?“

„Ein wenig.“

„Hör mal, Blake.“ Sie stellte die Dose beiseite und verschränkte nun ihrerseits die Arme vor der Brust. „Ich weiß, was du vorhast. Das ist normalerweise auch kein Problem ...“

„Was habe ich denn vor?“

„Sex“, erwiderte sie schlicht. „Wie gesagt: Normalerweise würde ich auf das Angebot eingehen, aber da ich in nächster Zeit euer Maskottchen spielen werde, wäre es keine gute Idee, mit dir ins Bett zu gehen, auch wenn die Cheerleader da weniger Skrupel zu haben scheinen. Warum hältst du dich nicht wieder an die?“

Er brauchte einen Moment, bevor er ihr antworten konnte. Als er dann sprach, klang seine Stimme belegt. „Wenn du das verschissene Maskottchen nicht spielen würdest, wäre Sex also kein Problem für dich?“

Madison schnitt eine weitere Grimasse. „Hey, ich mag zufälligerweise Sex ...“

„Gut zu wissen.“

„Ernsthaft.“ Sie nickte nachdrücklich. „Ich bin froh, dass Andrew uns in dem Vorratslager erwischt hat. Hätten wir es miteinander getan, wäre es ganz schön peinlich geworden, wenn ich weiterhin Mr. Titastic spielen soll. Es reicht doch, wenn sich die Cheerleader deinetwegen gegenseitig zerfleischen."

„Ach? Und du meinst, dass du irgendjemanden meinetwegen zerfleischen würdest?"

„Mach dich nicht lächerlich", schnaubte sie indigniert. „Sex am Arbeitsplatz ist nun einmal scheiße."

„Jetzt vermasselt mir das blöde Maskottchen schon die Tour", murmelte Blake mit Leidensmiene.

Lachend schüttelte Madison den Kopf. „Ich bin sicher, dass du bald Ersatz findest."

„Und was ist, wenn ich keinen Ersatz finden will?"

Das ließ sie einen Moment verstummen, bevor sie misstrauisch die Augen zusammenkniff und den Kopf zurücklehnte. Ihre Stimme troff vor Ironie. „Vorsicht, Blake. Ich fange an zu glauben, dass du nicht bloß alle verfügbaren Frauen in deinem Umfeld vögeln willst."

„Das ist unfair."

„Vielleicht", schränkte Madison ein, holte tief Luft und meinte ein wenig unbefangener: „Ich kenne deinen Ruf. Du schläfst mit vielen verschiedenen Frauen und bindest dich nicht. Dagegen spricht auch nichts, aber ich habe wirklich keinen Bock, mich in die Reihe der Cheerleader und anderer Frauen ohne Selbstbewusstsein einzureihen."

„Und was war das am Samstag?"

Sie atmete laut aus. „Das war zu viel Adrenalin und ein Footballspieler, der extrem heiß aussah, okay? Keine große Sache."

Ein Grinsen breitete sich auf seinem Gesicht aus. „Ein extrem heißer Footballspieler?"

„Bilde dir mal nichts ein." Madison schluckte. „Wenn du kein Spieler der Titans wärst, dann spräche nichts gegen einen One-Night-Stand, aber mir ist nicht danach, dich aus meinem Bett zu stoßen und ein paar Stunden später mit anzusehen, wie du einen Cheerleader anbaggerst."

„Verstehe ich dich richtig?" Er schien zwischen Unglauben und Gelächter hin- und hergerissen zu sein. „Du würdest mit mir schlafen, wenn du wüsstest, dass ich die Finger von den Cheerleadern lasse?"

„Du missverstehst mich absichtlich", protestierte Madison. „Ich will nicht mit dir schlafen!"

„Aber am Samstag ..."

„Ja, ja ... der Samstag", unterbrach sie ihn ungeduldig und beinahe grob. „Mein Gott! Ich war scharf und du hast mir deine Tätowierungen gezeigt. Was erwartest du bitte?"

Unschuldig hob er seine Hände und konnte das breite Grinsen nicht unterdrücken.

„Wie auch immer", setzte Madison wieder an. „Ich will und werde nicht mit dir schlafen, weil mein Arbeitsplatz dort ist, wo auch du arbeitest. Das kann nicht gut gehen."

Stöhnend schüttelte er den Kopf. „Und das nur wegen der Cheerleader?"

„Falls es dir noch nicht aufgefallen ist, aber ich bin relativ liberal", ächzte sie. „Dennoch habe auch ich Prinzipien. Du kannst schlafen, mit wem du willst, musst dabei jedoch auf mich verzichten. Ich bin mir zu schade, um mich zwischen zwei Cheerleader schieben zu lassen."

„Oh Mann", seufzte er. „Du bist vielleicht stur."

Langsam rieb sie sich über das Gesicht. „Stur? Weil ich nicht sofort mit dir in die Kiste hüpfe?"

„Anscheinend stehst du auf mich."

Während sie die peinliche Röte in ihren Wangen unterdrücken wollte, fragte sie lässig: „Und?“

„Und ich stehe auf dich.“

Unschlüssig zuckten ihre Mundwinkel. „Danke für das Kompliment.“

Er zuckte mit der Schulter. „Wir stehen aufeinander und waren am Samstag kurz davor, übereinander herzufallen.“

„Was wir jedoch nicht getan haben. Und das war gut so.“

„Ich habe dir schon gesagt, dass ich ein netter Kerl bin.“

„Jetzt willst du mir wahrscheinlich sagen, was für ein großartiger Liebhaber du bist.“ Madison verdrehte die Augen. „Es ist ja nicht so, als würde ich eine Beziehung mit dir führen wollen, Blake.“

„Wie ist es denn dann?“

Verdammt! Da standen sie mitten in ihrer Küche und diskutierten darüber, ob sie miteinander schlafen sollten oder nicht. In so einer Situation hatte sie sich niemals zuvor vorgefunden.

„Auch wenn ich nicht der Typ bin, der seinen Besitzanspruch geltend machen möchte, Blake, widerstrebt es mir, eine von vielen zu sein, zumal ich bei der Arbeit nicht ständig daran erinnert werden will.“

„Was schlägst du vor?“

Da er es einfach nicht kapieren wollte, erklärte sie mit ironischer Stimme: „Wenn du vier Wochen lang abstinent lebst und weder mit Cheerleadern noch mit anderen Frauen schläfst, dann kriegst du mich vielleicht rum.“

„Vier Wochen?“

Madison öffnete den Mund, um ihm zu sagen, dass sie es ganz sicher nicht ernst gemeint hatte, als er mit einem tiefen Seufzer nickte. „Okay, vier Wochen dürfte ich schaffen."

7. Kapitel

„Wenn du mich weiter so nervst, schreibe ich dich noch länger krank.“

„Komm schon, Doc“, schmeichelte er ihr. „Habe ich dir eigentlich schon gesagt, dass du heute ganz bezaubernd aussiehst?“

Avery schenkte ihm einen zynischen Blick, was angesichts ihres derangierten Aussehens verständlich war. Die schwangere Mannschaftsärztin der Titans hatte nämlich tiefe Ringe unter den Augen und war entsetzlich blass um die Nasenspitze. Seit Blake vor ein paar Minuten ihr Untersuchungszimmer im Gebäude des Vereins betreten hatte, fragte er sich, ob nicht eher die Mannschaftsärztin einen Arzt brauchte. Bereits mehrmals war er aufgeschreckt, weil ihre Augen glasig geworden waren und sie den Anschein erweckt hatte, ihn jeden Moment vollzukotzen.

Seit er bei den Titans spielte, hatte er mehr Menschen kotzen sehen als während seines gesamten Studiums – und das waren nicht wenige gewesen. Zuerst hatte sein Mannschaftskollege Dupree in dessen erster Saison vor jedem Spiel kotzen müssen, dann war die Ehefrau seines anderen Mannschaftskollegen Julian schwanger geworden und hatte ihm einmal beinahe ins Auto gekotzt. Fast zeitgleich war es bei Brian so weit gewesen, als dieser am Abend vor einem Charitylauf zugunsten der New Yorker Brustkrebshilfe zu viel gebechert und sich während des Laufs gleich zweimal übergeben hatte. Kurz darauf hatte Blake mitansehen müssen, wie sich die kleine Tochter des Cornerbacks Tom von oben bis unten vollgekotzt hatte. Anschließend hatte er im Flugzeug eine Reihe vor der schwangeren Ehefrau seines Coachs gesessen, als sich diese lautstark in eine Tüte übergeben hatte. Und zuletzt war es seine Chefin Teddy gewesen, die vor der versammelten Mannschaft ihr Frühstück von sich gegeben hatte, als sie bemerkte, dass sie schwanger war. Nun ja, *er* hatte sie darauf aufmerksam machen müssen, dass sie in anderen Umständen war.

Wie es aussah, war es auch bei Avery bald so weit, weshalb er taktvoll einen halben Meter beiseite rückte und sich ans Ende der Untersuchungspritsche begab.

Mit all den schwangeren Frauen um ihn herum kam er sich beinahe wie Claires Freund Grant vor, der Gynäkologe war. Er selbst nannte Grant gerne Dr. Muschi, weil er sich sicher sein konnte, dass Claire jedes Mal vor Wut rot anlief, wenn sie den Begriff hörte. Die junge Mutter, die Liv Scotts beste Freundin war und ein erst drei Wochen altes Baby hatte, mochte es gar nicht, wenn er ihren zukünftigen Ehemann so nannte, daher tat er es aus Prinzip.

„Bist du sicher, dass du dich nicht hinsetzen willst?" Er musterte Avery, die ein wenig schwankte.

„Mir geht's gut."

„So siehst du aber nicht aus." Blake rutschte von der Pritsche, auf der er lediglich mit seinen Jeans bekleidet gesessen hatte, und zwang Avery mit sanftem Griff dazu, darauf Platz zu nehmen.

„Ehrlich. Mir geht's gut", protestierte die Ärztin, die sich jedoch widerstandslos hinsetzte. „Mir ist nur ein wenig schwindelig."

„Das sieht man", schnaubte er und musterte ihren Scheitel missmutig. Wenn sie jetzt kotzen würde, wären seine heißgeliebten Sneaker im Arsch. Erst vor ein paar

Monaten hatte Teddy die Sonderedition eines Turnschuhpaares seines Sponsors versaut, als ihre Fruchtblase geplatzt war. Die Dinger hatte er anschließend in den Müll geworfen.

„Ich war schon einmal schwanger“, seufzte die Ärztin frustriert. „Damals war mir weder übel noch wurde mir schwindelig.“

Erschrocken zuckte Blake zusammen, denn er hatte nicht die Absicht, mit seiner Ärztin über deren Schwangerschaftssymptome zu reden. Eigentlich wollte er nur, dass sie ihm eine Unbedenklichkeitserklärung ausstellte, damit er wieder spielen konnte.

„Äh ... na ja ...“

Avery klang ratlos und stöhnte leise. „Bei der Schwangerschaft mit Seth habe ich mich neun Monate lang pudelwohl gefühlt. Aber das ist ja auch ein paar Jahre her.“

Da er keine Ahnung hatte, was er sagen sollte, scherzte er relativ verzweifelt: „Wie es scheint, haben Mitchs Schwimmer ganze Arbeit geleistet.“

Ihr Stöhnen klang genervt. „Gott, Blake!“

„Was denn?“

Sie schüttelte kurz den Kopf und sah ihn anschließend abschätzig an. „Ich bin ja schon froh, dass du wenigstens deine Hosen oben lässt.“

Nun verdrehte auch er die Augen und trat einen Schritt zurück, bevor er die Arme vor seinem nackten Oberkörper verschränkte. „Das wirst du mir wohl noch die nächsten Jahre vorhalten, oder?“

„Mindestens.“ Sie schaute mit gerümpfter Nase auf. „Was habt ihr Footballspieler eigentlich immer mit euren Schniedeln ...?“

Blake gab ein Würgegeräusch von sich und kniff die Augen zusammen. Gleichzeitig hielt er sich die Ohren zu. „Avery ... bitte, nicht dieses Wort!“

Gedämpft ertönte ihre Stimme. „Schniedel, Schniedel, Schniedel.“

Er zog seine Hände beiseite und öffnete die Augen. „Musste das sein?!“

„Werde erwachsen, Blake.“

„Schniedel“, verächtlich schüttelte er sich. „Du weißt ja nicht, was du einem Mann antust, wenn du dieses Wort in den Mund nimmst!“

„Warum?“

„Weil es einer Kastration gleichkommt.“ Tadelnd verzog er den Mund. „Kein Mann will, dass eine Frau seinen Schwanz einen Schniedel nennt.“

Ächzend erhob sie sich. „Und keine Frau will, dass ein Mann seinen Schniedel Schwanz nennt, wenn er mit ihr redet.“

Grinsend und ein wenig großspurig zwinkerte er ihr zu. „Da muss ich dir widersprechen. Ich kenne da einige junge Damen ...“

„Du kennst zu viele junge Damen, wenn du mich fragst.“ Avery fuhr sich durch ihre braune Lockenmähne.

„Gut, dass ich dich nicht gefragt habe“, erwiderte er fröhlich. „Eigentlich sollte ich noch immer angepisst auf dich sein. Sei froh, dass ich so ein sanftes Gemüt habe.“

Ungläubig schaute sie auf. „Ein sanftes Gemüt?“

„Aber sicher“, erwiderte er und rieb sich geistesabwesend über die Brust.

„Blake“, schnaubte seine Ärztin. „Du hast ein ausgeprägtes Selbstbewusstsein, immerhin bist du öfter nackt als angezogen, und du besitzt eine ordentliche Portion Arroganz, aber sanft? Guter Witz.“

Er lachte und hatte nicht die Absicht, sich von Avery die Laune vermiesen zu lassen. Sobald sie ihm endlich das Okay für seine Genesung gegeben hätte, würde er sich auf die Socken machen und Madison treffen, die ihm mehr oder weniger freiwillig verraten hatte, was sie heute Abend vorhatte. Vier Wochen Abstinenz klangen zwar grauenhaft, aber da sich seine Gedanken pausenlos um Madison drehten und er merkwürdigerweise keinen Drang verspürte, die neue Cheerleaderin anzubaggern, hatte er keine andere Wahl.

Avery riss ihn aus seinen Gedanken, die sich um eine nackte Madison und tierisch gute Küsse drehten. „Wieso bist du eigentlich noch *angepisst* auf mich? Du weißt, dass ich deine Schulter schonen wollte, als du noch nicht ganz fit warst."

Blake bemühte sich, nicht die Augen zu verdrehen, während er im Plauderton nachhakte: „Wie sieht es denn heute aus? Habe ich deine Genehmigung, wieder am Training teilzunehmen?"

Seine Ärztin schnitt eine Grimasse und lief zu ihrem Schreibtisch, um dort in einer Akte zu kramen. „Du darfst wieder am Training teilnehmen, aber ich möchte, dass du weiterhin zur Physiotherapie gehst. Außerdem muss ich noch mit John sprechen, da ich mir nicht sicher bin, ob du schon wieder für ein Spiel einsatzbereit bist ..."

„Doc", protestierte er sofort und bekam einen derart ernsten Blick geschenkt, dass er abrupt die Klappe hielt.

„Ich verheize keinen Spieler, weil dessen Ego überirdisch ist. Verstanden?"

„Von mir aus", entgegnete er nur mäßig begeistert. „Du wirst schon sehen, dass ich topfit bin."

Avery hob eine Hand. „Nur mit der Ruhe."

„Ruhe? Du hast leicht reden! Die Saison ist im vollen Gang."

„Außerdem wird es eine nächste Saison geben, die du spielen willst, oder?"

Missmutig runzelte er die Stirn und grummelte: „Erst vermasselst du mir die Tour, indem du mir vor der neuen Cheerleaderin ein Mittel gegen Erektionsstörungen empfiehlst, und jetzt hältst du mich vom Rasen fern."

Seine Ärztin gluckste fröhlich auf. „Das hatte ich völlig vergessen."

„Ich aber nicht. Damals ..."

Er wurde unterbrochen, als die Tür zum Untersuchungszimmer aufging und seine blondhaarige Chefin arglos den Raum betrat. Zu seiner grenzenlosen Enttäuschung hatte sie keines seiner Patenkinder dabei, sondern hielt einen Stapel Papiere in der Hand und musterte ihn neugierig.

„Ziehst du mal wieder vor unserem Doc blank, Blake?"

„Hey!" Obwohl er nicht schüchtern war, kam er sich dennoch ein wenig entblößt vor, da sowohl Avery als auch Teddy eine ausgezeichnete Sicht auf seinen nackten Oberkörper hatten und keine Anstalten machten, ihn nicht anzustarren. „Ich wurde gerade untersucht! Könntest du wenigstens anklopfen?"

Teddy überging dies, legte den Kopf schief und merkte mit professioneller Gelassenheit an: „Zum Glück bist du diese grässlichen Rückenhaare losgeworden."

Ihm fiel die Kinnlade hinunter, während Avery ihren Senf dazu beitrug.

„Das finde ich auch. Er hat so einen hübschen Rücken. Glücklicherweise konnte ich ihn überreden, diese chinesischen Kräuter abzusetzen, die er nahm, weil er sich einbildete, davon mehr Muskeln zu bekommen."

Seine Chefin schnaubte. „Noch mehr Muskeln?"

Avery zuckte mit der Schulter. „Zwar verstoßen diese chinesischen Kräuter gegen keine Dopingrichtlinie, aber sie bringen gar nichts, sondern haben Nebenwirkungen."

„Nebenwirkungen wie haarige Rücken?"

„Genau", prustete seine Ärztin. „Und wie kleine Schniedel."

Als beide Frauen in hemmungsloses Gelächter ausbrachen, griff er nervös nach seinem Shirt und zog sich dieses über, bevor er seiner Ärztin durch zusammengebissene Zähne zuzischte: „Doc, das ist schon das zweite Mal, dass du deine Schweigepflicht brichst!"

Keinesfalls reumütig zwinkerte Avery ihm zu. „Du solltest mir danken."

„Das finde ich auch, Blake. Außerdem verrät mir Avery nichts, was ich nicht schon wüsste. Ich komme schließlich jederzeit an deine Krankenakte heran."

Ihm verschlug es den Atem. Unentschlossen sah er von einer zur anderen und musste es sich gefallen lassen, dass beide Frauen ohne Unterlass grinsten. „Nur zu eurer Information: Mit meinem *Schniedel* ist alles in bester Ordnung!"

„Abgesehen davon, dass er wegen Überbeanspruchung schon ganz abgenutzt ist, richtig?"

„Sehr komisch, Teddy", ächzte er und schnappte sich seine Jacke. „Ihr seid echt eine Plage!"

„Wir haben dich auch lieb", kicherte seine Chefin.

Blake verdrehte die Augen, unterdrückte das plötzliche Glücksgefühl, das in ihm aufstieg, und erklärte an seine amüsierte Ärztin gewandt: „Vergiss nicht, mein Attest auszustellen.“

Blake war ein paar Minuten zu früh dran und betrat neugierig das Sportzentrum, vor dem er sich mit Madison treffen wollte. Sie hatte sich dazu breitschlagen lassen, mit ihm einen Kaffee trinken zu gehen, obwohl sie gar nicht glücklich ausgesehen hatte.

Er wusste es besser, schließlich hatte sie ihm in Rekordzeit die Hose ausgezogen und sich so heftig auf ihn gestürzt, dass er nicht mehr gewusst hatte, wo oben und wo unten war. Daher war er ziemlich zuversichtlich, was sie betraf. Mochte sie auch noch so oft beteuern, dass sie kein Interesse an ihm hatte, wusste er es besser.

Mit in den Hosentaschen vergrabenen Händen schlenderte er in das Zentrum hinein und sah sich neugierig um. Da er lediglich Männer entdeckte, die auf Boxsäcke einschlugen oder um Punchingbälle herumstanden sowie in mehreren Boxringen Sparringkämpfe betrieben, glaubte er einen Moment lang, dass sie ihn schon wieder verarscht und zu einer falschen Adresse geschickt hatte.

Kaum war ihm dieser Gedanke gekommen, entdeckte er sie am hinteren Ende des Raums, wie sie lachend und verschwitzt auf einer Bank saß und sich von irgendeinem Typen die Boxhandschuhe ausziehen ließ. Zwar war Blake kein besonders eifersüchtiger Typ, schließlich hielt er nichts von Beziehungen, dennoch störte ihn der Anblick des dürftig bekleideten Typen, der sich vor Madison aufgebaut hatte und ihr die Handschuhe auszog.

Entschlossen senkte er den Kopf und trat auf die beiden zu, die sich blendend zu verstehen schienen. Die Tatsache, dass Madison ein verschwitztes T-Shirt und kaum nennenswerte Shorts trug und so aussah, als wäre sie gerade ordentlich gevögelt worden, dämpfte seine Laune um ein weiteres. Es war zwar nicht so, dass er ihr gerötetes und verschwitztes Gesicht sowie ihren heftigen Atem nicht ziemlich scharf gefunden hätte, aber es wäre ihm lieber gewesen, wenn sie dabei nackt in seinem Bett gelegen hätte.

„Was machst du denn schon hier?“

Eigentlich hätte sich Blake eine nettere Begrüßung gewünscht, zuckte jedoch lässig mit der Schulter und schenkte dem Typen, der ihn belustigt musterte, einen harten Blick. „Hey.“

„Hey“, erwiderte dieser und klang so, als würde er jeden Moment einen Lachkrampf bekommen.

Der blondhaarige Typ mit dem strahlenden Lächeln, der trotz seiner Sportkleidung wie der letzte Snob wirkte, schien ihn genau zu beobachten, was bewirkte, dass sich Blakes Nackenfell aufstellte.

„Du solltest doch draußen warten“, zickte Madison ihn zu allem Überfluss an.

Mit finsterem Blick schwenkte er den Kopf zu ihr herum. „Keinen Bock.“

„Und zu früh bist du auch“, motzte sie.

„Maddie, lass den Mann in Ruhe.“

Madison schnaubte aufgebracht. „Halt dich da raus, Matt. Meine Typen gehen dich nichts an.“

Was Blake davon halten sollte, dass Madison ihn als einen ihrer Typen bezeichnete, wusste er nicht. Er wusste nur, dass es ihm widerstrebte, wie sie ihn anzickte und wie vertraut der fremde Kerl mit ihr umging.

„Ist es dir etwa peinlich, dass ich auf deinen neuen Freund treffe?“

Tatsächlich wurde sie knallrot, was Blake dahingehend deutete, dass der Blonde ihr Verflossener sein musste. Ob Blake nun ein eifersüchtiger Typ war oder nicht, war egal. Fakt war nun einmal, dass kein Mann es besonders geil fand, auf den Typen zu treffen, der vor ihm mit der Frau geschlafen hatte, die er selbst scharf fand.

Sie erhob sich von der Bank und ließ die Boxhandschuhe darauf fallen, während sie abwehrend erklärte: „Er ist nicht mein neuer Freund.“

Der andere Mann gluckste amüsiert. „Okay, ich verstehe schon, was *das* heißt.“

Blake spannte den Kiefer an. „Und was heißt es?“

„Schon gut.“ Der Kerl namens Matt zuckte mit der Schulter und besaß auch noch die Frechheit, ihm zuzuzwinkern. Anscheinend war er geistesgestört oder sehnte sich nach dem Tod. Selbst wenn dieser hier im Boxclub seine Fitness trainierte, wusste Blake, dass er den anderen Typen problemlos auseinandernehmen konnte.

„Matt, halt die Klappe.“

„Wie du wünschst, Süße. Ich mische mich schon lange nicht mehr in dein Sexleben ein.“

„Vielen Dank und jetzt hau ab.“

Lachend tätschelte er Madisons Kopf. „Sehen wir uns am Sonntag?“

„Ich habe Nachtschicht“, erwiderte diese missmutig. „Vielleicht bin ich zu müde und bleibe zuhause.“

„Aha.“ Er schaute zu Blake und nickte wissend. „Viel Spaß euch beiden.“

Sofort boxte Madison den Blondhaarigen gegen den Oberarm. „Matt! Du bist oberpeinlich!“

„*Ich* bin oberpeinlich? Und das sagt die Frau, die halbnackt und stockbetrunken auf meiner Einweihungsparty aufgetaucht ist und mit einem Besenstiel getanzt hat?“

„Danke für die unschöne Erinnerung, die immerhin ein paar Jahre her ist.“

Blake sah zu, wie der andere Mann einen Arm um Madison schlang und ihr einen Kuss auf die Stirn gab. „Die einzige unschöne Erinnerung, die ich an den Abend habe, ist, wie du mein Bett vollgekotzt hast, Süße.“

Okay, jetzt war klar, dass Blake dem Typen heute noch den Arsch aufreißen musste. Ganz sicher war etwas zwischen den beiden gelaufen.

Genervt schob sie den Typen von sich. „Fahre nach Hause und grüße deine Frau von mir, Matt. Die Arme tut mir entsetzlich leid.“

„Die Arme soll sich einkriegen und nicht rumzicken, weil ich etwas Zeit mit dir verbringen wollte.“

Blake klappte beinahe der Unterkiefer herunter, und er kniff die Augen zusammen, um beide zu mustern, wie sie nebeneinander standen und miteinander plauderten. Was zum Teufel ging da vor?

„Du bist echt süß.“ Sie drückte ihm einen dicken Schmatzer auf die Wange und schien sich nicht darum zu kümmern, dass Blake wie auf heißen Kohlen vor ihr stand und sich ausmalte, wie er den Typen krankenhausreif schlagen würde.

„Ich gehe jetzt.“ Blondie nickte Blake zu und meinte an Madison gewandt: „Kümmere dich um deinen ... was auch immer.“

Madison verdrehte die Augen. „Und wehe du erzählst Mom davon, dass ich ihren Debütantinnenball schwänze, Matt. Sie glaubt nämlich, dass wir einen Auftritt haben.“

„Schon gut, Küken. Meine Lippen sind versiegelt.“ Er reichte Blake eine Hand, die dieser automatisch ergriff. „Tolles Spiel gegen Miami in der letzten Saison.“

„Danke“, erwiderte Blake verwirrt.

„Wenn meine Schwester herumzickt, sollten Sie sie am besten ignorieren. Ansonsten gebe ich Ihnen den Tipp, dass sie eine knallharte Rechte hat. Deshalb vermeide ich es, sie zu reizen.“

„Tschüss, Matt“, ächzte Madison bedeutungsvoll.

Blake ignorierte sie und nickte ihrem Bruder zu. „Gut zu wissen.“

Der Blondhaarige, der nach allem, was Blake soeben erfahren hatte, nicht ihr Verflossener, sondern ihr Bruder war, machte sich gleich darauf vom Acker und ließ sie beide im peinlichen Schweigen zurück.

„Das ist also dein Bruder.“

„Ja.“ Sie seufzte und klang schon sehr viel gelassener als zuvor. „Hunger?“

Er schaute in ihre hellbraunen Augen und nickte schließlich.

Eine halbe Stunde später saß er ihr in einem Diner gegenüber und sah zu, wie sie an ihrem Erdbeermilchshake nippte und mit der Serviette spielte, die vor ihr lag.

„Entschuldige, wenn ich gerade etwas zickig war.“

„Schon vergessen.“ Er winkte lässig ab.

„Nein, das war echt nicht okay. Ich war einfach nicht gut drauf und hätte das nicht an dir auslassen sollen." Seufzend fügte sie hinzu: „Matt hatte mich kurz vorher schrecklich genervt, daher war meine Laune ein wenig im Keller."

Blake antwortete nicht sofort, sondern starrte sie kurz an, bevor er zugab: „Im ersten Moment dachte ich, dass dein Bruder dein Ex wäre."

„Matt?" Sie machte große Augen und prustete vergnügt.

„Ja." Etwas peinlich berührt lehnte er sich zurück und betrachtete ihren losen Zopf, mit dem sie nach einer hastigen Dusche aufgetaucht war. Ihren saloppen Kleidungsstil hatte sie beibehalten und trug löchrige Jeans, die mindestens drei Nummern zu groß waren, sowie ein verwaschenes Sweatshirt, auf dem ein heulender Clown zu sehen war. Eigentlich wollte er zu gerne wissen, wie jemand darauf kam, mit einem Kleidungsstück durch die Gegend zu laufen, auf dem so etwas Absurdes wie ein tränenüberströmter Clown abgedruckt war, stattdessen kam er auf ihren Bruder zu sprechen.

„Ihr wart so vertraut miteinander. Daher nahm ich an, dass ihr was miteinander hattet."

„Selbst wenn er nicht mein Bruder wäre ..." Sie schüttelte den Kopf, als sei die Vorstellung allein völlig absurd. „Sagen wir einfach, dass Typen wie Matt nicht mein Fall sind."

„Auch auf die Gefahr hin, dass du mir wieder sexuelle Belästigung vorwirfst, aber was ist denn dein Fall?"

Beim Grinsen entblößte sie die kleine Zahnlücke, die er von Mal zu Mal schärfer fand, und schob sich den linken Ärmel ihres Sweatshirts hoch, so dass er einen kurzen Blick auf die kaum sichtbare Tätowierung an ihrem Handgelenk werfen konnte.

„Ich kann dir nur sagen, was *nicht* mein Fall ist." Ihre Lippen rieben sich kurz aneinander und lösten ein Kribbeln in seinen Händen aus. „Steuerberater, Bürohengste oder Juristen sind nicht mein Fall. Wenn sie dann auch noch Tennis spielen und ihre Jeanshosen bügeln, ist bei mir Schicht im Schacht."

„Ach, und dein Bruder ist so?"

Ihre Mundwinkel kräuselten sich belustigt. „Mein Bruder bügelt sich vermutlich sogar die Unterhosen. Beantwortet das deine Frage?"

Mit einem heiseren Lachen wollte er wissen: „Kannst du ihn nicht leiden?"

„Er ist mein Bruder. Ich liebe ihn." Sie zuckte achtlos mit der Schulter. „Aber ich würde mit jemandem wie ihm nicht ins Bett gehen wollen – geschweige denn eine Beziehung führen."

Beinahe hätte er sich an seinem Kaffee verschluckt. „Klingt einleuchtend."

Madison lehnte sich vor und stützte beide Ellenbogen auf dem Tisch ab. „In meiner Familie bin ich die Durchgeknallte und nicht mein Bruder, der jedes verfügbare Kleidungsstück bügelt und bereits auf der Highschool im Anzug zur Schule gegangen ist."

Wenn sie erzählte und einen Witz machte, leuchteten ihre Augen jedes Mal so hell auf, dass er seinen Blick nicht von ihr wenden konnte. Vermutlich hätte sie ihm ein Brotrezept vorlesen können, er hätte trotzdem an ihren Lippen gehangen.

Um sich seine Faszination nicht allzu sehr anmerken zu lassen, fragte er lässig nach: „Du bist die Durchgeknallte der Familie?“

„Ich bin der Freak“, korrigierte sie ihn fröhlich und dankte der Kellnerin, die ihr ein riesiges Steaksandwich vor die Nase stellte. Sofort griff sie danach und biss herzhaft hinein, bevor sie mit vollem Mund erklärte: „Mein Großvater war Jurist, mein Dad ist Jurist, Matt ist Jurist und meine Schwester arbeitet als Wirtschaftsmathematikerin. Ich singe in einer Band und habe mein Studium geschmissen. Rate, wer bei uns in der Familie aus der Reihe tanzt.“

Mit einem heiseren Lachen nickte er der Kellnerin zu, die nun auch sein Essen auf den Tisch stellte.

„Sie halten sich ziemlich gut, wenn ich bedenke, dass ich meinem Großonkel Alfred weisgemacht habe, dass ich lesbisch bin, und die halbe Familie davon ausgeht, dass ich entweder Satanistin oder Zuhälterin bin.“

„Darf ich fragen, was sie schlimmer finden? Eine Satanistin oder Zuhälterin?“

„Solange ich republikanisch wähle, wäre ihnen alles recht“, scherzte sie. „Abgesehen davon würde ich als Zuhälterin sicherlich besser verdienen als mit dem, was ich jetzt mache!“

Blake biss ebenfalls in sein Sandwich hinein und fragte interessiert: „Was machst du denn?“

Sie rümpfte kurz die Nase und erwiderte immer noch kauend: „Da wir so gut wie kein Geld mit der Band einnehmen, gehe ich kellnern und gebe Unterricht.“

„Habt ihr ein Label?“

Lässig schüttelte sie den Kopf. „Haben wir nicht, aber ehrlich gesagt haben wir es auch nie probiert.“

„Warum das denn nicht? Wartet ihr nicht auf euren Durchbruch?“

„Wir machen Musik, weil wir Spaß daran haben und nicht, um damit berühmt und reich zu werden. Außerdem bin ich die einzige Frau in der Band, daher müsste ich mit den Plattenbossen schlafen, damit wir einen Vertrag bekommen. Nein, danke.“

Blake lachte dröhnend. „Willst du dich etwa nicht für die Band opfern?“

„Für die Idioten? Vergiss es!“ Lachfältchen bildeten sich in ihren Augenwinkeln.

„Du scheinst schwer beschäftigt zu sein.“

„Ach ... meine neue Karriere als Mr. Titastic habe ich vergessen zu erwähnen.“

Das bescheuerte Maskottchen überhörte er geflissentlich. „Du gibst Unterricht?“

Madison schluckte den Bissen hinunter, legte das Sandwich beiseite und nickte. „Ich gebe Gitarrenunterricht und mache einmal in der Woche einen Selbstverteidigungskurs für Frauen.“ Ein breites Grinsen bereitete sich auf ihrem Gesicht aus. „Da fällt mir ein, dass wir einen Freiwilligen brauchen, an dem die Mädels üben können, einem Typen in die Eier zu treten. Wie sieht es aus? Stehst du zur Verfügung?“

Rigoros schüttelte er den Kopf. „Ich brauche meine Eier noch, auch wenn sie in den nächsten vier Wochen nichts zu tun haben.“

Madison kniff die Augen zusammen und legte sich anschließend die Hand über die Stirn. „Warum fange ich Idiotin auch mit dem Thema an?“

„Weil du mich so heiß findest?“, spekulierte er gut gelaunt und schob sich eine Fritte in den Mund.

„Dir ist schon klar, dass die Wette mit den vier Wochen ein Scherz war, oder?“

„Heißt das, dass du schon heute mit mir ins Bett gehst?“

Ihre Hand senkte sich. „Ich habe nicht gesagt, dass ich mit dir ins Bett gehe. Weder heute noch in vier Wochen.“

„Abwarten“, entgegnete er siegesgewiss.

Mit einem ziemlich entschlossenen Ton erklärte sie ihm: „Mit wem ich schlafe, entscheide ich selbst, und du bist nicht so heiß, dass ich sofort mein Höschen ausziehe ...“

„Entschuldigung!“ Die Frau, die mit dem Rücken zu Madison saß, drehte sich mit einem hochroten Kopf um und zischte empört: „Das hier ist ein öffentlicher Ort! Wenn Sie sich über Sex unterhalten müssen, dann tun Sie das bitte woanders.“

Blake wollte bereits eine Entschuldigung murmeln, als sich Madison zu der anderen Frau umdrehte und sie mit einem kühlen Blick musterte. „Gute Frau, wenn es Sie stört, dass wir über Sex reden, dann hören Sie einfach weg.“

„Ich muss doch bitten!“

„Das finde ich auch“, erwiderte Madison freundlich. „Wir sind hier in New York City. Wenn bereits ein harmloses Gespräch über Sex Sie derart ausrasten lässt, würde ich Ihnen nicht empfehlen, die U-Bahn zu nehmen.“

„Wie können Sie es wagen?“

„Hey!“ Madison winkte sie weg. „Wir haben gerade ein Date, und ich würde gerne etwas über die sexuellen Vorlieben dieses Mannes erfahren, bevor wir es miteinander tun, also lassen Sie uns gefälligst in Ruhe.“

Als die Frau empört nach Luft schnappte und schlagartig aufsprang, um sich einen anderen Platz zu suchen, konnte Blake nicht anders und brach vor lauter Lachen über dem Tisch zusammen, während Madison seelenruhig nach ihrem Sandwich griff.

8. Kapitel

1991

Mia und Susan weinten leise vor sich hin. Ihr Weinen klang gedämpft, da sie die Bettdecke über ihre Köpfe gezogen hatten, nachdem sie sich zusammen auf das Bett gesetzt und sich aneinander gekuschelt hatten. Wie gerne hätte er sich dazugesetzt, anstatt allein auf seinem Bett zu sitzen und mit einem Kloß im Hals den lauten Stimmen zu lauschen, die sich gegenseitig anbrüllten. Doch Mia und Susan waren Schwestern und trösteten sich gegenseitig, während er nur ... während er nur Blake war. Der Junge, mit dem sie sich ein Zimmer teilten. Er war nicht ihr Bruder und daher wusste er auch nicht, ob er sich einfach zu ihnen setzen durfte, obwohl er gerne nicht allein auf seinem Bett gesessen hätte.

Unsicher schaute Blake zu dem wimmernden Haufen auf dem entgegengesetzten Bett, bevor er wieder zu der geschlossenen Tür sah, hinter der das Gebrüll ihres Pflegevaters Ron erscholl. Er mochte erst sechs sein, aber er wusste, dass heute Donnerstag war. Donnerstags brüllte Ron jedes Mal herum, wenn er abends nach Hause kam und nach dem Zeug roch, das er gerne vor dem Fernseher trank und von dem er ständig rülpsen musste. Seine Pflegemutter Gwen nannte es *verschissenes Bier* und Ron einen *dreckigen Säufer*. So viel hatte Blake schon mitbekommen. Er hatte auch schon mitbekommen, wie das Auge von Gwen zuschwoll, nachdem sie Rons *verschissenes Bier* nicht mehr kaufen wollte. Anschließend hatte sie im Supermarkt doch nach den rotgesprenkelten Dosen gegriffen und ihm eine Ohrfeige gegeben, weil er wissen wollte, ob er ein Eis haben durfte.

Das Eis hatte er nicht bekommen.

Nein, Donnerstag war kein guter Tag.

Wenn Ron richtig schlimm brüllte, war es okay, weil er sie dann in Ruhe ließ. Aber wenn seine Stimme beim Brüllen seidenweich klang, dann ließ er sie nicht in Ruhe. Dann öffnete er den Gürtel an seiner Hose und schlug sie damit.

Blake schluckte, als er an den breiten Gürtel dachte, mit dem Ron ihn vor ein paar Wochen zum letzten Mal geschlagen hatte. Eine ganze Woche hatte er jedes Mal weinen müssen, wenn er sich hatte hinsetzen wollen. Natürlich hatte Ron gelacht, als er sah, dass Blake die Tränen in die Augen stiegen, und er hatte ihm gesagt, dass sein Pa ihn nicht hatte haben wollen, weil er ein flennendes Weichei sei.

Ob Ron recht hatte, wusste Blake nicht, weil er seinen Pa nicht kannte – und auch seine Mom kannte er nicht. Deshalb wohnte er bei Ron und Gwen. Vor ein paar Monaten hatte er noch im Kinderheim gelebt, bis ihm eine freundliche Frau, die er noch nie zuvor gesehen hatte, erklärte, dass er jetzt Eltern hatte, die auf ihn aufpassen würden.

Eltern hatte er bis dahin niemals gehabt. Eltern ...

Bei Mia und Susan war es anders. Sie kannten ihre Mom und ihren Dad, weil sie noch vor einem halben Jahr bei ihnen gewohnt hatten, doch dann waren Mias und Susans Eltern bei einem Unfall gestorben. Das war auch der Grund, warum die beiden Schwestern so oft weinten. Die beiden waren sehr traurig und hatten große Angst vor Ron. Bei Gwen war es anders, weil Gwen die beiden

Mädchen gut behandelte, schließlich mochte sie Mädchen lieber als Jungs. Mia und Susan bekamen zum Beispiel Nachtisch und wurden auch nicht ohne Abendessen ins Bett geschickt, wenn Gwen böse wurde, weil sie unbezahlte Rechnungen vom Postboten bekam. Bei Blake war es anders.

Er bekam keinen Nachtisch und kein Abendessen, wenn Gwen böse war.

Und er bekam Prügel mit dem Gürtel, wenn Ron böse war.

Das Kinderheim war nicht toll gewesen, aber dort war er wenigstens nie geschlagen worden. Und Abendessen hatte es auch immer gegeben. Die nette Dame, die ihm gesagt hatte, dass er jetzt wie die anderen Kinder Eltern hatte, hätte ihm ruhig sagen können, dass es gar nicht so toll war, Eltern zu haben. Wenn Mia und Susan von ihren Eltern erzählten, klang es immer sehr schön und sehr kuschelig. Mit Gwen oder Ron hätte Blake nicht kuscheln wollen, selbst wenn die beiden etwas netter gewesen wären.

Allein Mia und Susan waren nett.

Mia als die ältere Schwester hatte Blake erst vor ein paar Tagen ihr halbes Sandwich gegeben, nachdem Gwen ihm mal wieder das Abendessen gestrichen hatte. Und Susan, die so klein und so traurig war, hatte ihm ihren Hasen geschenkt, als er nachts geweint hatte, nachdem Ron mit seinem Gürtel Blakes Po gehauen hatte. Das war sehr nett gewesen. Jetzt lag der Hase versteckt unter seinem Kopfkissen in seinem Bett und wartete darauf, nachts mit ihm zu kuscheln, wenn Blake mal wieder nicht schlafen konnte, weil sich Gwen und Ron anschrien.

Weil sein Kinn vor Angst bebte, dass Ron heute wieder gemein zu ihnen werden könnte, presste er die

Lippen aufeinander und vergrub seine Fäuste in der Bettdecke.

„Halt die Schnauze, du Schlampe!“

„Ich rieche doch das Parfüm dieser Hure, du Mistkerl! Hast du sie etwa wieder gepoppt, als du in Fremont warst?“

„Das geht dich einen Scheißdreck an!“

Da Mia und Susan wie die Schlosshunde weinten und Blake Angst bekam, dass Ron das Weinen der beiden Mädchen hören konnte, erhob er sich und kroch auf das Bett der weinenden Schwestern. Ron mochte es gar nicht, wenn jemand in seiner Nähe weinte, und wurde dann nur noch wütender.

„Pst“, flüsterte er und legte seine Hand vorsichtig auf die Bettdecke der beiden.

Augenblicklich verstummte das Weinen und ein Schniefen setzte ein.

„Ihr müsst leise sein“, wisperte er. „Ron wird richtig böse, wenn man so laut weint.“

Das ängstliche Fiepen der kleinen Susan ertönte durch die Bettdecke. „Ich habe Angst. Was ist, wenn er uns haut?“

„Mom und Dad haben uns nie geschlagen“, schluchzte Mia hemmungslos. „Ich will meine Mom und meinen Dad! Mom und Dad ... Mom und Dad ... Mom und Dad ...“

Nervös schielte er zu der geschlossenen Tür, hinter der es sehr viel ruhiger geworden war, was kein gutes Zeichen war. Es bedeutete, dass Ron nämlich sehr wohl hören konnte, was hier vor sich ging.

Blake rechnete jeden Moment damit, dass die Tür aufgerissen werden und Ron ins Zimmer poltern könnte. Dann wäre die Kacke am Dampfen, und nicht einmal

Gwen würde Ron davon abhalten können, die Mädchen mit dem Gürtel zu verprügeln. Bisher hatte Ron Mia und Susan zwar angebrüllt, aber ihnen keine Ohrfeige verpasst oder sie mit dem Gürtel geschlagen. Er wollte sich nicht vorstellen, wie es den beiden Mädchen gehen würde, wenn ihr Pflegevater sie prügelte.

Verzweifelt betrachtete er den schluchzenden Haufen unter der Bettdecke, schob diese beiseite und zog die weinende Mia in seine Arme, die zwar ein Jahr älter, jedoch sehr viel kleiner war als er.

Die jüngere Susan betrachtete ihn mit ernsten Augen und fiepte: „Mia vermisst Mom und Dad ganz schrecklich und sie hat Angst vor Ron."

„Du musst keine Angst haben", erklärte er an den Blondschopf gewandt, dessen Kopf an seiner Schulter ruhte und dessen Tränen sein T-Shirt durchnässte.

„Doch", schluchzte sie. „Er ist böse und gemein."

„Aber du musst keine Angst vor ihm haben", tröstete Blake und tätschelte ihr ungelenk die Schulter. Gleichzeitig dachte er daran, wann ihn zuletzt jemand getröstet hatte. Nach einigen Momenten fiel ihm die nette Nonne ein, die ihm ein Pflaster aufs Knie gedrückt hatte, als er hingefallen war. Damals hatte er sich so sehr gewünscht, dass sie ihn in den Arm nahm ...

„Du hast doch auch Angst vor ihm", warf Mia ihm vor und riss ihn so aus seinen Gedanken.

Blake schluckte und erklärte mit tapferer Stimme: „Aber wir sind doch zu dritt. Wir müssen keine Angst haben. Okay?"

Das ließ Mia aufhorchen, und sie hob langsam den Kopf, um ihn nachdenklich zu mustern.

Seine Stimme zitterte, als er weitersprach. „Ich bin doch ... so etwas wie dein Bruder. Ich passe auf dich auf."

„Ein Bruder?“

„Bei Mom und Dad hatten wir keinen Bruder“, gab Susan zu bedenken und klang dabei sehr euphorisch.

Blake nickte nachdrücklich und drückte Mia tröstend die Schulter. „Brüder passen auf ihre Schwestern auf.“

Hoffnungsvoll fragte Mia: „Bist du wirklich unser Bruder und passt auf uns auf?“

Wieder nickte er fest, jedoch nicht, um sie zu beruhigen, sondern weil das Gefühl zu schön war, eine Schwester zu haben. Und wenn es nur in seiner Vorstellung war.

9. Kapitel

„Hey, komm rein!“

Madison öffnete Blake die Tür, zögerte einen kurzen Moment und stellte sich auf die Zehenspitzen, um ihm einen Kuss auf die Wange zu drücken. Wie es schien, hatte er sich nicht rasiert, denn ihre Lippen prickelten von den rauen Barthaaren, die ihm einen finsteren Ausdruck gaben. Sie wusste nicht, was ihr besser gefiel – sein frisch rasiertes Gesicht, das unglaublich jungenhaft und liebenswert wirkte, oder ein Dreitagebart, der ihr weiche Knie bescherte.

Im Grunde war es egal, ob Blake O’Neill rasiert, gekämmt oder verschlafen aussah. Für sie war er ein besonders heißes Exemplar der männlichen Gattung, das ihr seit einer Woche nicht aus dem Kopf ging und dafür sorgte, dass ihr Hormonsystem gehörig durcheinandergeriet. Auch heute kämpfte sie einen Augenblick mit sich selbst und betrachtete den Mann, der unter seiner Lederjacke ein lässiges Sweatshirt mit dem New-York-Titans-Logo und auf dem Kopf eine dunkelblaue Mütze trug, mit einem zurückhaltenden Lächeln und ließ ihn in den Probenraum hinein, in dem sich Madison mindestens einmal in der Woche mit ihren Bandkollegen traf.

Irgendwie hatte es der Vollidiot in den letzten Tagen geschafft, sie ständig zu Dates zu überreden. Nun ja, sie musste zugeben, dass es nicht viel Überredungskunst gebraucht hatte, sie dazu zu bewegen, mit ihm auszugehen. Taylor hielt sie zwar für absolut verrückt, dass sie sich mit Blake traf, und wurde nicht müde, ihr davon zu erzählen, dass der Footballspieler ein Rüpel, ein

Vollidiot und ein Frauenheld war, aber Madisons Cousine erzählte ihr erstens nichts, was sie nicht schon selbst wusste, und zweitens war es ja nicht so, als wäre Madison davon abgestoßen.

Sicherlich war Blake O'Neill kein Musterknabe, aber Madison fand sowieso nichts grauenvoller als spießige Langweiler, die sich in ihrer Freizeit für Sparfonds und Altersversorgung interessierten oder Weinproben abhielten.

Der Runningback war leider genau ihre Kragenweite und seine Sprüche brachten sie ständig zum Lachen. Wie es schien, hatten sie beide genau den gleichen perversen Sinn für Humor, auch wenn die meisten anderen Menschen damit nichts anzufangen wussten.

„Bist du schon fertig?"

„Fast." Sie zog ihn herein und schloss hinter ihm die Tür. „Unser Drummer ist heute krank, daher haben wir sowieso nicht viel geprobt. Willst du die Jungs kennenlernen?"

„Klar." Seine blauen Augen funkelten amüsiert. „Eine Woche ist schon rum. Wie wäre es mit einer Knutscherei als Belohnung?"

„Eine ganze Woche ohne Sex?", rief sie gespielt erstaunt aus und schlug ihm kräftig gegen den Oberarm. „Nicht zu fassen! Hast du schon nachgesehen, ob mit deinem Schniedel noch alles stimmt?"

Sein Stöhnen klang alles andere als lustvoll. „Du nicht auch noch! Weißt du nicht, dass man den Schwanz eines Mannes niemals Schniedel nennen darf?"

Madison schnaubte und schob sich eine lose Haarsträhne hinter das Ohr. „Sei froh, dass ich Schniedel sage. Normalerweise würde ich sehr viel weniger schmeichelhafte Worte gebrauchen."

„Und welche?“

„Nach den meisten Erfahrungen, die ich seit meinem sechzehnten Lebensjahr machen durfte, fällt mir da vor allem das Wort *Mogelpackung* ein. Gleich dahinter rangiert Mr. Mini.“

„Mr. Mini?“

„Oh ja.“ Madison nickte nachdrücklich. „Natürlich ist mir klar, dass du mir jetzt widersprechen und erklären wirst, dass die Frauen deinen Schniedel Mr. Maxi nennen ...“

„Siehst du, wie gut du mich schon kennst!“

Sein tiefes Lachen verursachte ihr eine Gänsehaut, während er seinen Arm um ihren Nacken schlang und mit heiserer Stimme erklärte: „Mr. Titi und Mr. Maxi? Das passt doch.“

Stocksteif blieb sie stehen und fühlte seinen heißen Atem an ihrer Wange.

„Blake ...“

Aus Prinzip schob sie seinen Arm beiseite, auch wenn das Gefühl gar nicht mal schlecht war. „Vier Wochen waren abgemacht, mein Lieber, nicht nur eine.“

„Du machst mich echt fertig.“

Ernst fügte sie hinzu: „Es steht dir frei, jederzeit eine eurer Cheerleader abzuschleppen.“

„Was?“ Entschlossen schüttelte er den Kopf. „Erst machst du mich so heiß auf Mr. Titi und jetzt soll ich mit einer Cheerleaderin vorliebnehmen? Nein, danke.“

Da sich die Jungs einen Raum weiter hinten befanden, seufzte sie schwer und verschränkte die Arme unsicher vor ihrem Körper. „Ich mag dich, Blake ...“

„Ich mag dich auch.“

Madison schnitt eine Grimasse. „Gut zu wissen.“

„Nein, ehrlich." Er machte einen Schritt auf sie zu und wirkte unsicher. „Ich mag dich."

„Warum?"

„Was meinst du damit?"

Sie musste sich davon abhalten, nicht die Augen zu verdrehen und ernst zu bleiben. „Warum magst du mich?"

„Und warum magst du mich?"

„Ich habe zuerst gefragt", insistierte sie stur.

Nun verdrehte er seine blauen Augen, schob anschließend das Kinn vor und betrachtete versonnen ihr Gesicht. „Willst du eine ehrliche Antwort?"

Ihr war zwar klar, worauf dies hinauslief, dennoch nickte sie. „Ich bitte darum."

„Du bist cool, hast eine große Klappe und einen geilen Arsch. Außerdem lachst du über meine Witze, was bei anderen Frauen meistens nicht der Fall ist."

Madison musterte ihn nachdenklich und merkte zu ihrer eigenen Verwunderung, dass sie den Kommentar über ihren geilen Arsch überhaupt nicht beleidigend fand.

„Und das ist es dir wirklich wert, vier Wochen auf Sex zu verzichten?"

„Nur noch drei", korrigierte er sie.

„Blake ..."

„Nein, ernsthaft." Er leckte sich kurz über die Lippen und schien nach den passenden Worten zu suchen. „Ich wäre ein Lügner, wenn ich behaupten würde, dass ich nicht mit dir schlafen wollte, denn das will ich – unbedingt."

Nervös lachte sie auf und sah beiseite. „Ach?"

„Und wie!" Verdrossen schnaubte er. „Du redest ständig von Sex und wackelst mit deinem Arsch herum, trotzdem darf ich nichts tun. Das beschert mir über kurz oder lang blaue Eier."

Krächzend schnappte sie nach Luft. „Scheiße, Blake! Kopfkino!"

Ein wenig verwundert darüber, dass er nicht sofort besagte Körperteile anfasste, blickte Madison zu seiner Leistengegend.

„Wo schaust du denn bitte hin, Süße?"

Leicht errötet feixte sie: „Nirgendswohin. Nach allem, was du erzählst, kommt es mir so vor, als würdest du ein paar Schlümpfe in deiner Hose beherbergen."

„Schlümpfe?", krächzte er fassungslos, um einen Augenblick später in hilfloses Gelächter auszubrechen. „Meinem Selbstbewusstsein tust du wirklich nicht gut!"

„Entschuldige", säuselte sie übertrieben zerknirscht. „Dabei hast du gerade noch behauptet, dass du meine große Klappe magst."

„Die mag ich auch. Aber das ist nicht alles", führte er weiter aus und legte eine Hand auf ihren Hals. „Du bist cool und lustig. Es ist einfach, Zeit mit dir zu verbringen."

Madison kämpfte gegen einen Kloß im Hals an und stellte fest, dass sie atemlos in seine Augen starrte. Der Mistkerl hätte sie gleich so weit, dass sie ihn für einen Romantiker hielt. Dabei konnte sie mit Romantik doch eigentlich nichts anfangen! Jetzt aber pochte der Puls in ihrem Hals in Rekordtempo.

„Madison! Kommst du jetzt endlich mal?"

Aus der überraschend romantischen Stimmung herausgerissen, drehte sie den Kopf ein wenig zur Seite, um ihrem Gitarristen einen mörderischen Blick zuzuwerfen. „Siehst du nicht, dass ich beschäftigt bin, Ty?"

„Ich sehe nur, dass du unsere Regel brichst, in unserem Proberaum keinen Sex zu haben. Wir wollen nach Hause!“

„Verschwinde, Ty!“

Gleich darauf klapperte eine Tür, was ihr sagte, dass der schmächtige Ty sie allein gelassen hatte.

Zögernd sah sie in Blakes blaue Augen und befreite sich aus seinem Griff. Kategorisch erklärte sie ihm: „Ich hätte nicht mit dir geschlafen.“

„Natürlich nicht.“

Madison kniff die Augen zusammen. „Das hätte ich auch nicht!“

„Okay.“ Blake hob beide Hände in die Höhe, als wolle er sich ergeben. „Gegenfrage: Warum magst du mich?“

Unentschlossen biss sie auf ihrer Unterlippe herum und nestelte am Saum ihres Shirts, bevor sie den Atem ausstieß. „Weil du über blaue Eier sprechen kannst und trotzdem verdammt heiß bist. Zufrieden?“

Mit einem Grinsen fiel sein Blick auf ihren Mund. „Und wie.“

Eine Stunde später hatte sich Madison insofern wieder beruhigt, dass sie neben Blake in einem Kinosessel sitzen und sich mit ihm eine Portion Popcorn teilen konnte. Es war zwar nicht so, dass die sexuelle Spannung zwischen ihnen abgenommen hätte, aber wenigstens lief sie nicht mehr Gefahr, sich in den Vollidioten zu verknallen, obwohl er von seinen blauen Eiern erzählte.

Vermutlich war sie tatsächlich ein Freak, weil sie seine Sprüche auch noch lustig und ihn romantisch fand. Der Typ sprach davon, dass ihr Arsch geil war und er mit ihr schlafen wollte, trotzdem hatte sie weiche Knie bekommen und ihn wie ein schmachtendes Dummchen angeschaut.

Glücklicherweise hatten sie sich für einen Blockbuster entschieden, in dem mordende Zombies auf der Suche nach Frischfleisch durch die Straßen New Yorks zogen und eine Spur der Verwüstung hinterließen. Kurzum: Der Film ähnelte einem Montagmorgen während der Rushhour, doch was wollte sie sich beschweren, dass der Regisseur das New Yorker Leben derart realitätsnah auf die Leinwand brachte? Madison war ganz froh, dass der Anblick blutüberströmter Menschen und zerstückelter Leichenteile sie ein wenig von dem Mann neben ihr ablenkte, der geräuschvoll sein Popcorn mampfte.

Kaum hatte sie an ihn gedacht, bewegte er sich neben ihr und raunte ihr zu: „Ich bin schon gespannt auf den Film. Bisher kenne ich nur das Videospiel."

„Erzähl keinen Scheiß", entfuhr es ihr. „Du spielst Videospiele?"

„Hey", verteidigte er sich und warf ihr einen langen Blick zu. „Nur weil erwachsene Männer Videospiele mögen, heißt das nicht, dass sie Freaks sind!"

Madison griff in die Tüte Popcorn, die er auf seinem Schoß hielt, und rückte automatisch näher an ihn ran. „Welches Level hast du erreicht?"

Einen Moment schien er sprachlos zu sein, bevor er mit stolz geschwellter Brust erklärte: „Level einhundertsiebzehn."

„Pah.“ Abschätzig kräuselten sich ihre Mundwinkel. „Du Amateur! Neben dir sitzt jemand, der Level einhunderteinundvierzig erreicht hat.“

Seine Stimme nahm einen rauen Klang an, als er ungläubig fragte: „Willst du mich verscheißern?“

„Wie käme ich dazu?“ Gemütlich streckte sie die Beine von sich und kaute ihrerseits auf dem Popcorn herum. „Autogramme gibt’s später.“

„Du spielst Videospiele?“

Glucksend stieß sie ihn an. „Ich spiele sie nicht, ich beherrsche sie. Das ist ein Unterschied.“

Immer noch ungläubig glitten seine Augen im Dunkeln des Kinos über sie. „Du hast Level einhunderteinundvierzig erreicht?“

Madison zuckte mit der Schulter. „Was sollte ich denn tun? Ich hatte mir den Knöchel beim Skateboardfahren gebrochen und lag wochenlang auf der Couch. Mein Arsch wurde immer fetter, aber dafür habe ich jedes verfügbare Videospiel gespielt, das ich in die Finger bekommen konnte. Beinahe hätte mich das ins Armenhaus gebracht.“

„Du hättest mich fragen können“, entgegnete er ein wenig großspurig. „W.R. Games ist mein Sponsor.“

„Jetzt willst du mich verscheißern, oder?“ Sie schnappte nach Luft. „Wenn das wahr ist, dann ... oh mein Gott.“ Kerzengerade setzte sie sich auf und zog aufgeregt am Ärmel seines Sweatshirts. „Jetzt sag mir nicht, dass du die neue Version von *Fight or Die* hast!“

Sein Profil machte einen extrem zufriedenen Eindruck, als er lachte. „Schon seit drei Wochen?“

„Was?“ Beinahe hätte sie gekreischt. „Aber das Spiel kommt erst in einem Monat raus!“

Er brummte etwas Unverständliches.

Madison sank gegen die Lehne ihres Kinosessels. „Jetzt werde ich dich wohl heiraten müssen.“

Prompt verschluckte er sich an seinem Popcorn und hustete dröhnend. Amüsiert schlug sie auf seinen breiten Rücken und ignorierte die Proteste aus der Reihe vor ihnen. Zwar lief erst die Werbung, aber es gab immer Menschen, die es nicht einmal ertrugen, auch nur eine Sekunde der unsagbar spannenden Chips-Werbung zu verpassen, die gerade aufflimmerte.

„Scheiße, erschreck mich doch nicht so!“ Blake warf ihr einen tadelnden Blick zu, hustete ein letztes Mal und ließ sich ebenfalls zurücksinken.

Kichernd tätschelte sie seinen Unterarm. „Geht's besser?“

„Bei solchen Bemerkungen wundere ich mich, dass du mich nicht in eine unerträgliche Schnulze geschleppt hast.“

Ein wenig verärgert runzelte sie die Stirn. „Sehe ich etwa aus, als würde ich mir Schnulzen reinziehen?“

Träge zuckte er mit der Schulter und wirkte dabei derart tölpelhaft, dass Madison ihm nicht einmal böse sein konnte. „Du bist eine Frau. Es liegt doch in euren Genen, dass ihr Schnulzen liebt und einmal im Monat eine unerträgliche Laune habt.“

„Nur einmal im Monat?“, ächzte sie ironisch.

„Süße.“ Eine schwere Hand landete auf ihrem Knie, die sie augenblicklich beiseiteschob. „PMS ist kein Fremdwort für mich.“

„Falls PMS für Primaten-Masturbations-Syndrom steht, ist mir schon klar, weshalb du es kennst.“

Anstatt beleidigt zu sein, gluckste er und rieb ihr über die Schulter. „Wie es scheint, leidest du momentan unter PMS.“

Ihr blieb beinahe die Spucke weg. Ungläubig musterte sie sein fröhliches Gesicht. „Und wie es scheint, wirst *du* noch ziemlich lange unter dem Primaten-Masturbations-Syndrom leiden, wenn du nicht bald deine Klappe hältst."

„Ich stehe auf Frauen, die mir Befehle geben", raunte er heiser.

Madison rümpfte die Nase, ignorierte die Wärme in ihrem Bauch und entgegnete stocknüchtern: „Die Army sucht immer Kanonenfutter. Dort gibt es haufenweise Frauen, die dir Befehle geben können."

„Ich habe gesagt, dass ich darauf stehe, wenn Frauen mir Befehle geben. Aber dabei sollten sie doch bitte nackt sein und nicht mit einem Gewehr auf mich zielen."

Sie ließ ihn weiterhin ihre Schulter reiben, lehnte sich einen Millimeter näher an ihn und schnaufte zufrieden. „Vermutlich wäre es nicht das erste Mal, dass eine Frau mit einem Gewehr auf dich zielt."

„Ich fürchte, dass du damit Recht hast."

Gerade als sie den Mund aufmachen wollte, wurde die Werbung für einen bald laufenden Kinofilm eingeblendet, die damit begann, dass das Zischen einer Peitsche zu hören war, bevor eine Frau lasziv einen Namen stöhnte.

„*Tristan*!"

Während es im Kino mucksmäuschenstill wurde und alle Besucher wie paralysiert auf die Leinwand starrten, auf der eine Frau mit einer schwarzen Ledermaske an einen Stuhl gefesselt war, gluckste Blake in der Lautstärke eines Presslufthammers neben ihr: „Ja, Tristan! Versohle ihr den Arsch."

„Pst!"

„Schhhh!"

Madison presste sich eine Hand auf den Mund, um ihr Lachen zu unterdrücken, und hätte am liebsten in den Kinosessel gebissen, als sich empörte Gesichter zu ihnen drehten und Ruhe einforderten.

„Ruhe dahinten!“

Blake hob wie ein Unschuldsengel beide Hände und legte ihr anschließend einen Arm um die Schulter. Da sie sich darauf konzentrieren musste, einen Lachanfall zu unterdrücken, ließ sie seinen Arm, wo er war, und merkte gleichzeitig, wie seine Brust vor unterdrücktem Gelächter bebte.

Lachend informierte er sie – und vermutlich den Rest des Kinosaals: „Eigentlich sollte mein Teamkollege Quinn die Rolle des perversen Milliardärs übernehmen, aber er hatte etwas dagegen, seinen nackten Arsch in die Kamera zu halten.“

Kichernd wischte sie sich eine Träne aus dem Augenwinkel, als wieder empörte Rufe laut wurden, dass Blake seine Klappe halten sollte, während erst das Konterfei des Protagonisten und anschließend das Bild der Protagonistin eingeblendet wurde.

Die leicht atemlose Stimme der Sprecherin ertönte ein weiteres Mal. „*Ein Mann, eine Frau, eine unstillbare Leidenschaft*.“

Angesichts des abfälligen Schnaubens neben ihr schaffte es Madison kaum, normal weiterzuatmen.

„Von wegen unstillbare Leidenschaft! Das Buch ist total schlecht“, raunte er ihr zu.

Eigentlich wollte sie ihn fragen, ob er tatsächlich den allseits bekannten Erotikroman gelesen hatte, lauschte jedoch weiter der lasziven Stimme aus dem Lautsprecher.

„*Sehen Sie bald die schönste Liebesgeschichte unserer Zeit*.“

„Sehen Sie bald den langweiligsten Porno unserer Zeit“, blökte Blake laut auf und schaffte es, dass Madison in unkontrollierbares Gelächter ausbrach.

Ein langhaariger Mann erhob sich vier Reihen vor ihnen und warf Blake einen hasserfüllten Blick zu. Die Tatsache, dass ihm Salsasauce am Kinn hing, milderte jedoch jegliches Bedrohungsgefühl, das Madison hätte empfinden können. „Hey, Kollege! Halt die Klappe.“

„Immer mit der Ruhe, Kojak“, gluckste Blake amüsiert. „Da vorne spielt die Musik.“

„Ich kann aber kaum etwas verstehen“, brüllte der Mann aufgebracht.

Während Madison Tränen lachte und ihr Gesicht an seiner Schulter vergrub, erwiderte ihr Date ebenso ausgelassen wie sie: „Bei dem Film musst du auch nichts verstehen können! Da wird eh nur gevögelt!“

10. Kapitel

„Wenn ich es nicht besser wüsste, würde ich denken, dass du in Mr. Titastic verknallt bist, O'Neill."

Ein Nerv zuckte in seiner Wange, während er auf der Ersatzbank saß und eigentlich das Spiel verfolgen sollte, das im vollen Gang war, doch stattdessen an das Maskottchen dachte, das vor dem Spiel fröhlich vor den Zuschauern auf und ab gehüpft war und nun am Spielfeldrand saß.

Verärgert darüber, dass sein Coach ihn nicht aufgestellt, sondern auf die Ersatzbank verdonnert hatte, weil er der Meinung war, dass Blake noch nicht völlig einsatzbereit war, hätte er eigentlich schlechte Laune haben sollen, doch bereits seit Minuten musste er sich ein Lachen verkneifen, da Mr. Titastic ihm ständig mit diesen riesigen Pratzen zuwinkte und die spaßigsten Posen machte. Bislang hatte er sich niemals von dem riesigen Footballkopf oder dessen Faxen ablenken lassen, aber die Tatsache, dass Madison unter dem Kostüm steckte und ihm ihre volle Aufmerksamkeit schenkte, war gar nicht gut für seine Konzentration.

Ebenfalls weniger gut für seine Konzentration war sein neuer Mitspieler Ian Carlisle, der neben ihm saß und ihn seit Minuten vollaberte. Der blondhaarige Wide Receiver, der ebenfalls auf der Ersatzbank gelandet war, weil er sich bei einer Kneipenprügelei vor zwei Tagen das Handgelenk geprellt hatte, erzählte völlig unbekümmert, dass ihre Chefin ihm beinahe an die Gurgel gegangen war, als ihr mitgeteilt worden war, weshalb er sich verletzt hatte.

Blake hielt lieber die Klappe, was Mr. Titastic, Ian oder Teddys Wutanfall betraf. Er fand es jedoch zur Abwechslung ganz angenehm, dass nicht er im Mittelpunkt des Ärgers seiner Chefin stand. Ian dagegen schien es überhaupt nichts auszumachen, dass die Teambesitzerin seinetwegen im Dreieck sprang.

„Sag schon, O'Neill. Läuft da was zwischen dir und dem Maskottchen?"

„Halt die Klappe, Carlisle", erwiderte er großzügig und hielt den Atem an, als Brian von der gegnerischen Defense getackelt wurde.

Er verzog das Gesicht, als sein Quarterback zu Boden ging und den Ball fallen ließ. Wegen des Fumbles unterdrückte er einen Fluch, warf den Kopf zurück und verfluchte seinen Coach, weil er ihn nicht aufs Feld ließ. Er hätte den Idioten von der Westküste schon gezeigt, wie sie sich auf seinem Feld zu benehmen hatten.

„Jetzt erzähl mal ..."

„Hast du nichts Besseres zu tun, als mit mir über mein Liebesleben zu reden?"

„Aha." Carlisles Stimme klang mehr als zufrieden. „Also hast du ein Liebesleben?"

„Hast du etwa keins und interessierst dich daher so brennend für meins?"

Sein Teamkollege lehnte sich zurück, spreizte die Beine und schien sich keinen Deut auf das Spiel zu konzentrieren. „Wenn du es mit Mr. Titastic treibst, interessiert es uns alle."

„Ich treibe es nicht mit Mr. Titastic, verdammt."

„Gut zu wissen", schnaubte sein Kumpel unbekümmert. „Wenn du mir erzählt hättest, dass du es mit unserem Maskottchen tust, hätte ich für immer das

Bild vor mir gesehen, wie du den riesigen Footballkopf bumst.“

„Verdammt, Ian.“ Er schauderte abrupt. „Hör auf mit dem Scheiß.“

Mit interessierter Stimme fragte Ian nach: „Fällt das eigentlich unter Sodomie? Das Viech ist zwar kein Tier …“

Hitzig unterbrach er ihn. „Da ich das Maskottchen nicht bumse, erübrigt sich diese Frage, oder?“

„Bumst du denn die Kleine, die in dem Maskottchen steckt?“

Aus den Augenwinkeln musterte er seinen Teamkollegen, bevor er wieder aufs Spielfeld sah und sehr ruhig erwiderte: „Kümmere dich um deinen eigenen Kram. Teddy ist ziemlich angefressen, weil du dich bei einer Prügelei verletzt hast. Mach dir lieber darum Gedanken.“

Sorglos zuckte der Wide Receiver mit der Schulter. „Du hast Mr. Titastic beinahe ertränkt, trotzdem war unsere Chefin nicht besonders nachtragend.“

„Ich bin auch der Patenonkel ihrer Söhne“, betonte er geduldig. „Ich gehöre sozusagen zur Familie.“

Weshalb ihm plötzlich ein Kloß in die Kehle stieg, wusste er nicht. Mit einem Mal hatte er das Gefühl, dass ihm irgendjemand die Luft abschnürte und sich auf seinen Brustkorb setzte. Er wollte kein Weichei sein, das wegen seiner beschissenen Kindheit herumheulte und dieser die Schuld an seinem Versagen gab. Er hatte sich von seiner Vergangenheit befreit und schenkte ihr keine Beachtung mehr.

Warum also brachte ihn eine einfache Bemerkung derart durcheinander, zumal er sie selbst gemacht hatte?

Niemals hatte er eine Familie gehabt und sich irgendwann als Teenager mit dieser Situation abgefunden, weil er es satt gehabt hatte, sich zu fragen, warum ausgerechnet er keine Mutter und keinen Vater hatte. Das Kind in ihm hatte sich ständig gefragt, was er falsch gemacht hatte oder was nicht mit ihm stimmte, dass ihn niemand haben wollte. Die Welt war damals so verdammt ungerecht erschienen, und er hatte den Fehler gemacht, allem Schlechten, das ihm passiert war, die Schuld an seinem Ärger zu geben.

An seiner Lage war nichts zu ändern gewesen, also hatte er sich gesagt, dass er auch ohne eine Familie sein Leben bewältigen musste. Wenn ihn niemand haben wollte, war das nicht sein Problem. Von da an war es komischerweise leichter gewesen.

Keine Familie zu haben, bedeutete auch, dass man auf niemanden Rücksicht nehmen musste und sich ganz auf sich selbst konzentrieren konnte. Falls er jemanden zum Reden gebraucht hätte, wären immerhin seine Kumpels da gewesen, mit denen er hätte quatschen können. Da Blake jedoch niemals mit irgendjemandem über seine Probleme gesprochen hatte, sondern alles mit sich selbst ausgemacht hatte, war auch das nicht nötig gewesen.

In den letzten Jahren hatte sich sein Team zu einer richtigen Familie entwickelt. Viele seiner Kumpels hatten geheiratet und Kinder bekommen, was gar nicht schlecht war, wenn man davon absah, dass sie sehr viel weniger Zeit in Stripclubs verbrachten und sich kaum noch auf irgendwelchen Partys blicken ließen.

Für Blake bedeutete es jedoch, dass er an Feiertagen endlich jemanden hatte, bei dem er sich blicken lassen konnte, und dass er nicht länger Tiefkühlgerichte essen sowie einen Star-Wars-Marathon veranstalten musste. Es war eine nette Abwechslung, an einem langen Tisch mit Freunden zu sitzen und nicht allein in seiner Wohnung zu hocken, während er hoffte, dass der Feiertag schnell vorüberging, damit er nicht ins Grübeln geriet.

Dass niemand seiner Kumpels oder deren Frauen wusste, warum er die Feiertage stets bei ihnen verbrachte, hatte damit zu tun, dass er nicht als das arme Heimkind abgestempelt werden wollte. Auf das, was aus ihm geworden war und was er geleistet hatte, war Blake stolz und er wollte es sich nicht kaputt machen lassen, indem er mit Mitleid überschüttet wurde.

Mitleid war etwas für Verlierer.

Und wenn Blake O'Neill eins nicht war, dann war es ein Verlierer.

Er stand wieder auf, wenn er niedergeschlagen wurde, er schaffte alles, was er sich in den Kopf setzte, und er ließ sich von niemandem etwas vorschreiben. Ein vernachlässigtes Heimkind, das in dem Wissen aufgewachsen war, dass es überall unerwünscht war, passte nicht in das Bild eines erfolgreichen NFL-Spielers hinein. Den Gedanken, dass ihn jemand nicht länger mit Respekt, sondern mit Mitleid betrachtete, war ihm unerträglich. Da er sich nicht selbst leidtat, sollte es auch niemand anderes tun.

Ian riss ihn aus seinen Gedanken heraus, als er neugierig fragte: „Warst du wirklich bei der Entbindung der Chefin dabei?"

„Geht dich nichts an."

Sein Kumpel zuckte mit der Schulter. „Dann frag ich halt beim nächsten Mal die Chefin."

Blake beobachtete das Spielfeld und wandte automatisch den Blick nach links, um zu Mr. Titastic zu schauen, der Kusshände ins Publikum warf. Als sich das breite Footballgesicht mit dem debilen Grinsen zu ihm drehte und ihm aufgeregt zujubelte, musste er wohl oder übel lächeln.

„An deiner Stelle würde ich die Chefin nicht reizen, Carlisle. Bei ihr stehst du eh auf dünnem Eis.“

„Ein Versuch ist es wert.“

Kurzerhand beschloss Blake, seinen Teamkollegen in sein Unglück rennen zu lassen. Ian musste selber wissen, ob er sich mit Teddy MacLachlan-Palmer anlegen wollte.

Er selbst ließ alle Gedanken um seine Chefin und seinen nervigen Kumpel fallen und konzentrierte sich lieber auf das Maskottchen, dem er einen kurzen Gruß schickte, indem er seine Hand hob, woraufhin einige Zuschauer in Begeisterungsstürme ausbrachen.

Der knappe Sieg war kein Grund zum Feiern. Jedenfalls empfand Blake das so und hatte sich in missmutiger Stimmung umgezogen, während seine Teamkollegen stöhnend unter die Dusche gewankt waren. Die Tatsache, dass er nicht zum Einsatz gekommen war, hatte ihn tierisch gestört, daher war er ziemlich froh, dass sein Coach den Reportern den Zugang zu den Umkleiden der Spieler versagt hatte. Heute von einem Quälgeist eines Journalisten belästigt zu werden, der ihm ein Mikrofon ins Gesicht hielt und dämliche Fragen zu seiner Verletzung stellte, hätte ihm gar nicht gepasst.

Jeder musste schließlich wissen, dass er angepisst war, dass er immer noch nicht spielen durfte. Da musste kein Reporter nachfragen und in der Wunde bohren.

Generell hatte er keinen guten Draht zu der schreibenden Zunft, schließlich hatte sich diese nicht gerade zurückhaltend gezeigt, als Blake zum Pin-up der Schwulenvereinigung aufgestiegen war. Die ständige Veröffentlichung der Fotos, die ihn und den nackten Flitzer gezeigt hatten, nahm Blake den TV-Sendern immer noch übel und gab den Journalisten, die pausenlos darüber berichtet hatten, keine Interviews mehr.

„O'Neill, hast du eine Sekunde?"

Er ließ seine Tasche auf den Boden des Flurs fallen und nickte seinem Coach zu, der mit gerunzelter Stirn auf ihn zukam.

„Was gibt's, Coach?"

„Bist du wahnsinnig geworden?" Der blondhaarige John Brennan war so aufgebracht, dass er ihn am Arm packte und von der Tür zu der Mannschaftsumkleide wegzog.

Im ersten Moment war Blake viel zu verwirrt und überrumpelt, um gegen die Behandlung seines Trainers zu protestieren, und ließ sich widerstandslos zur Seite ziehen. An den interessierten Blicken einiger anderer Spieler, die nach ihm die Umkleide verließen, erkannte er, dass irgendetwas nicht stimmen konnte.

„Was ist denn los?" Er schob seinen Trainer beiseite und richtete seine Jacke wieder einigermaßen.

„Ich habe gerade gehört, dass du was mit dem Mädchen am Laufen hast, das unser Maskottchen spielt. Hast du den Verstand verloren?"

Augenblicklich versteifte sich Blake. „Erzählt Carlisle irgendwelche Geschichten?"

„Wenn du wissen willst, ob er dem ganzen Team erzählt, dass du es Mr. Titastic besorgst: Ja, das ist der Fall."

Blake fluchte gotteslästerlich und nahm sich vor, dem Veilchen seines Teamkollegen ein weiteres hinzuzufügen. Als er den prüfenden Blick seines Trainers bemerkte, der ihn tadelnd betrachtete, sträubte sich sein Nackenfell und sein Gesicht verfinsterte sich.

„Ich besorge es Mr. Titastic nicht, aber ich treffe mich mit Madison Roberts."

John schüttelte kategorisch den Kopf. „Teddy hat dir doch klargemacht, dass du die Finger von den Cheerleadern lassen sollst, nachdem sich zwei von ihnen fast die Köpfe deinetwegen eingeschlagen haben, oder? Sie wird völlig ausflippen, wenn sie das mitbekommt."

„Hey", protestierte er aufgebracht. „Mein Privatleben geht niemanden was an!"

„Das mag schon stimmen, aber dein Privatleben", ächzte der Coach ironisch, „spielt sich dank deiner Vorliebe für Frauen in kurzen Röcken zu oft hier im Verein ab."

Gerne hätte er dem Coach gesagt, dass er seinen Kopf aus seinem Arsch ziehen sollte, doch einen John Brennan zu reizen, war keine Option. Der Mann mochte ein paar Jahre älter sein als er und war der umgänglichste Typ der ganzen NFL, dennoch vergaß Blake nicht, dass sein Coach als aktiver Spieler berüchtigt gewesen war. Außerdem war er vor einigen Jahren Zeuge gewesen, wie mühelos er Brian am Schlafittchen gepackt und unter die Dusche gezerrt hatte, als dieser nach einem Spiel ausgeflippt war.

Nein, mit ihm würde er sich nicht anlegen, aber das hieß nicht, dass er sich seinem Ärger nicht Luft machen würde.

„Ist es gegen das Gesetz, dass ich mich mit ihr treffe, oder was?"

„Sei nicht blöd, aber was, denkst du, wird Teddy tun, wenn sich unser Mr. Titastic während eines Spiels auf eine Cheerleaderin wirft, weil du mit beiden gleichzeitig schläfst? Teddy ist momentan sowieso außer Rand und Band. Mit Palmer möchte ich gerade nicht tauschen.“

Gerne hätte er seinem Trainer gesagt, dass er weder mit einer Cheerleaderin schlief noch mit Mr. Titastic und auch nicht beabsichtigte, mit beiden gleichzeitig Sex zu haben, doch er hielt die Klappe. Stattdessen verschränkte er die Arme vor der Brust und fragte lässig: „Hat sie schon wieder einen Braten in der Röhre?“

„Gott, Blake!“ John verdrehte die Augen. „Halt bloß die Klappe, wenn sie mit dir spricht. Ich schwöre dir, dass sie dir den Kopf abreißen wird. Erst ersäufst du das Maskottchen beinahe und jetzt schläfst du mit ihm?“

Stirnrunzelnd grollte er: „Teddy ist doch wohl die Letzte, die deshalb Terror machen darf. Sie hatte Sex mit Palmer ...“

John stöhnte und warf ihm einen ironischen Blick zu. „Willst du das deiner Chefin sagen?“

Verärgert schob Blake das Kinn vor. „Sie kann mir nicht vorschreiben, mit wem ich mich treffe, wenn sie selbst Sex mit einem ihrer Spieler hatte.“

„O’Neill“, erklang warnend die Stimme seines Trainers.

„Und was ist mit Mitch? Der ist unser GM und hat was mit der Teamärztin angefangen“, warf er ein. „Komisch, dass jeder hier im Verein etwas mit einem anderen anfangen darf. Nur bei mir ist das ein Problem?“

„Bei dir besteht auch die Gefahr, dass es zu Gewalttätigkeiten unter deinen Betthasen kommt“, schnaubte John.

„Coach“, grollte er warnend. „Das ist meine Sache und geht außer mir niemanden was an.“

John warf die Hände in die Höhe. „Tu, was du nicht lassen kannst, aber falls Teddy deswegen ausrastet, komm nicht zu mir, damit ich dir aus der Patsche helfe.“

Blake sah zu, wie sein Coach sich umdrehte und in Richtung Trainerraum verschwand, als er ihm hinterherbrüllte: „Beim nächsten Spiel sitze ich nicht mehr freiwillig auf der Ersatzbank!“

Keine fünf Minuten später hatte er sich ein wenig beruhigt und starrte auf sein Handy, weil er auf eine Antwort von Madison wartete, die noch immer nicht aufgetaucht war, obwohl sie verabredet waren, als die piepsige Stimme der kleinen Zoey Peacock durch den Flur schallte.

„Blake!“

Lächelnd sah er auf und schob sein Handy in die Jeanstasche, während er sich von der Wand abstieß. „Hi, Zoey! Was tust du denn hier?“

„Daddy anfeuern!“

Zoeys Stiefmutter lief hinter der Kleinen her und schenkte ihm einen gequälten Blick. „Das kann sie sehr gut. Ich dachte, mein Trommelfell würde platzen, so laut hat sie jedes Mal gekreischt, wenn Toms Name genannt wurde.“

Das kleine Gesicht der blonden Fünfjährigen strahlte. „Hast du mich gehört? Ich habe gaaaaaanz laut geschrien, als ich deinen Namen gehört habe.“

„Klar habe ich das.“ Etwas unbeholfen tätschelte er ihren Kopf und musste es sich gefallen lassen, dass Erin vergnügt prustete.

Die Kleine legte den Kopf zurück und sah zu ihm auf. „Und ich habe ein Autogramm von Mr. Titastic bekommen! Erin hat ein Foto von uns gemacht!“

So aufgekratzt wie Toms Tochter wirkte, vermutete Blake, dass sie einen ziemlich coolen Tag gehabt hatte. Obwohl er mit Kindern nicht viel am Hut hatte, musste er zugeben, dass das blondhaarige Mädchen ein richtiger Sonnenschein war. Als die Kleine ihn vor einigen Wochen im Krankenhaus besucht und nach seiner Schulteroperation aufgemuntert hatte, war sie ihm irgendwie ans Herz gewachsen. Natürlich hatte er sie schon vorher gerne gehabt, immerhin hatte er ein Kostüm angezogen, um für sie und die kleine Brianna den Osterhasen zu spielen, aber seit sie ihm die Fingernägel lackiert und dabei vor sich her geplappert hatte, freute er sich besonders, wenn er sie sah.

„Vor dem Spiel durften wir das Maskottchen treffen“, erklärte Erin und zwinkerte ihm zu. „Zoey hat Tom angebettelt, dass sie Mr. Titastic kennenlernen wollte, nachdem sie ihn im Fernsehen gesehen hatte.“

Er wollte lieber nicht wissen, ob Erin auf sein Zusammentreffen mit dem Maskottchen anspielte, und fragte Zoey neugierig: „Hat dir denn auch das Spiel gefallen, Zoey?“

„Mhh“, erwiderte das Mädchen mit mäßiger Begeisterung, bevor sie an seinem Ärmel zog. „Du, Blake? Kommst du zu meiner Party?“

„Party? Was denn für eine Party?“

Erin legte ihre Hand auf die Schulter ihrer Stieftochter. „Zoey feiert mit ein paar Freundinnen Halloween und geht mit Tom und Dupree danach auf Süßigkeitenjagd ...“

„Und wir alle müssen Kostüme tragen! Ich verkleide mich als Pandabär und Daddy auch. Als was gehst du?“

„Äh ... Zoey.“ Erin schnitt ihm eine Grimasse und erklärte dem Mädchen: „Blake hat bestimmt schon etwas anderes vor.“

Tatsächlich klang die Party nicht nach seiner normalen Freizeitaktivität zu Halloween, doch angesichts der enttäuschten Miene der Kleinen gab er sich einen Ruck und nickte langsam. „Wenn ich eingeladen bin, komme ich gerne.“

„Ehrlich? Kommst du auch mit, wenn wir auf Süßigkeitenjagd gehen?“

„Klar.“ Blake schluckte und fragte Erin murmelnd: „Kann ich jemanden mitbringen?“

„Sicherlich.“ Seufzend fügte sie hinzu: „Wenn du Ian damit meinst, wäre ich dir verbunden, wenn du ihm vorher den Alkohol wegnimmst und selbst auch nichts becherst. Es werden nämlich sechs andere Mädchen da sein und ich möchte ihren Eltern nicht erklären, warum ihre Töchter mit ansehen mussten, wie ein Footballspieler bei uns aus dem Fenster pinkelt.“

„Ich habe nie aus irgendeinem Fenster gepinkelt“, verteidigte er sich prompt und wurde rot, als er das Kichern des kleinen Mädchens hörte.

„Nein“, schnaubte Erin. „Ian hat aus dem Fenster gepinkelt. *Du* hast das ganze Spektakel gefilmt und dich vor Lachen kaum eingekriegt.“

Kopfschüttelnd murmelte er: „Ich will nicht Ian mitbringen, sondern eine Freundin.“

„Eine Freundin?“ Bedeutungsvoll zog sie eine rote Augenbraue hoch. „Eine *Freundin*?“

Auch Zoey quietschte entzückt. „Hast du eine Freundin, Blake? Ich habe auch eine Freundin und sie heißt Nikki. Wir gehen zusammen zum Ponyreiten."

„Ich denke, dass Blake etwas anderes meint", kicherte Erin und strich dem Mädchen durchs Haar, während sie ihn vergnügt musterte. „Obwohl Blake mit seiner Freundin bestimmt auch zum ... äh ... Reiten geht."

Schockiert starrte er sie an und zischte: „Erin!"

„Schon gut." Als sie lachte, begann auch Zoey zu lachen, obwohl Blake nicht glaubte, dass das Mädchen wusste, worüber es überhaupt so laut kicherte.

„Wissen die Jungs Bescheid?"

Griesgrämig schüttelte er den Kopf. „Nein. Könntest du bitte aufhören, so laut zu lachen?"

„Plötzlich freue ich mich riesig auf Halloween", gluckste die rothaarige Erin amüsiert, beugte sich hinunter und gab Zoey einen Kuss auf den Kopf. „Komm, Schatz. Ich glaube, dass Blake noch eine Verabredung hat."

„Tschüss, Blake!"

Blake nickte der Kleinen zu und ignorierte mit zusammengebissenen Zähnen das Gekicher der Frau seines Teamkollegen, während er sich überlegte, welche dummen Sprüche er sich bald von seinen Kumpels anhören musste.

Als er Madison jedoch entdeckte, die gerade den Flur betrat und ihm ein breites Lächeln schenkte, traten die Überlegungen in den Hintergrund.

11. Kapitel

1996

Für jemanden, der in einem Heim wohnte, war es verdammt schwierig, in der Schule Freunde zu finden.

Blake hatte relativ früh herausgefunden, dass man in seiner Klasse zum Außenseiter wurde, wenn die anderen Kinder herausbekamen, dass man nach der Schule nicht nach Hause zu seinen Eltern ging, sondern von einem Bus abgeholt wurde, auf dem in großen Buchstaben der Name des Kinderheims stand, in dem man wohnte. Inmitten der Klassenkameraden, die völlig selbstverständlich von ihren Familien sprachen, war derjenige, der als Einziger keine Eltern hatte und auch keinen Stammbaum malen konnte, ein Außenseiter. Die anderen Kinder mieden ihn, als ob allein die Tatsache, dass sie mit ihm sprachen, auch aus ihnen ein Heimkind machen könnte.

Es war kein schönes Gefühl, sich anders und nicht normal zu fühlen.

In der Schule wurde ihm dies immer wieder deutlich.

Zu den Schulaufführungen kam niemand, denn wer hätte schon im Publikum sitzen und für ihn applaudieren sollen?

Wenn er irgendetwas ausfraß, dann wurde die Heimleitung in die Schule bestellt.

An Elternabenden blieb sein Platz leer.

Und wenn einer seiner Klassenkameraden eine Geburtstagsfeier gab, dann bekamen alle eine Einladung – mit Ausnahme von ihm. Offiziell hieß es, dass die

Organisation zu schwierig sei, eine Genehmigung der Heimleitung zu bekommen, doch Blake wusste genau, weshalb er nie eingeladen wurde, immerhin hatte er gehört, wie sich zwei Klassenkameraden darüber unterhalten hatten.

Niemand wollte Blake bei sich haben, weil alle Welt dachte, dass Heimkinder wie die Raben stahlen. Außerdem wollte sich kein Geburtstagskind die Stimmung versauen lassen, indem ein vernachlässigtes Kind mit von der Partie war und alle übrigen Gäste daran erinnerte, wie schlecht es diesem Kind ging.

Mit seinen elf Jahren wusste er genau, wie der Hase lief.

Sein einziger Freund war vor kurzem adoptiert worden. Derek war bereits zwölf Jahre alt und gehörte damit zu der Gruppe Kinder, die so gut wie keine Chance hatten, adoptiert zu werden. Bei Pflegefamilien war es etwas anderes, weil viele Pflegeeltern das Geld einstreichen wollten, das sie dafür bekamen, ein unerwünschtes Kind zu nehmen und zu versorgen. Bei Adoptionen sah es etwas anders aus.

Adoptiveltern wollten am liebsten Babys haben. Je kleiner sie waren, desto mehr Menschen wollten sich um sie kümmern. Bei älteren Kindern war es anders. Wenn Paare das Kinderheim besuchten, dann fühlte sich Blake wie in einem Tierheim. Die älteren Hunde saßen in ihren Zwingern und machten durch lautes Gebelle auf sich aufmerksam, doch sie warfen sich völlig umsonst in Schale, weil alle Besucher sowieso nur auf der Suche nach Welpen waren. Die älteren Hunde blieben im Tierheim, bis sie starben. Niemand wollte sie haben.

Das Gefühl kannte er nur zu gut.

Obwohl er erst elf Jahre alt war, fühlte er sich wie ein alter Hund, der in seinem Zwinger saß und den kleinen Welpen dabei zusah, wie sie ein neues Zuhause fanden und von ihren neuen Familien geliebt wurden. Blake hatte keine Familie, die ihn geliebt hätte, und kam sich in solchen Situationen, in denen kleine Kinder von ihren neuen Eltern abgeholt wurden, immer schrecklich wertlos und unbeachtet vor. Was war bloß mit ihm los, dass ihn niemand gern hatte? Irgendetwas musste doch nicht mit ihm stimmen! Er gehörte nirgends dazu. Selbst zu Mia und Susan hatte er nicht dazugehört, obwohl sie sich geschworen hatten, Geschwister zu sein. Kaum waren sie Gwen und Ron weggenommen worden und zurück nach St. Joseph gekommen, hatten die beiden Mädchen ein neues Zuhause gefunden. Niemand hatte ihm zugehört, als er protestiert und erklärt hatte, dass Mia und Susan seine Schwestern waren und bei ihm bleiben sollten. Sie waren ihm einfach weggenommen worden.

Und er war allein zurückgeblieben.

Obwohl er erst sieben Jahre alt gewesen war, als Mia und Susan aus seinem Leben verschwunden waren, dachte er heute mit elf immer noch an sie und fragte sich, ob es ihnen gut ging. Den Stoffhasen, den Susan ihm geschenkt hatte, nachdem er von Ron verprügelt worden war, besaß er noch immer.

„Meine Mom hat mir ein Darth-Vader-Kostüm gemacht! Und mein Dad hat mir versprochen, dass wir Star Wars schauen dürfen!“

„Das ist so cool!“

„Als was gehst du, Brandon?“

„Als Batman. Und du, Edward?“

„Mein Onkel hat mir ein Zombiekostüm gemacht. Meine Mom hat sich total erschrocken, als sie das ganze Blut darauf gesehen hat. Halloween wird richtig klasse!“

„Dad hat mir versprochen, dass wir allein auf Süßigkeitenjagd gehen dürfen, wenn wir den Film gesehen haben.“

„Deine Party wird so genial, Zack!“

Blake senkte den Kopf und starrte auf seinen Tisch, während seine Klassenkameraden sich laut über das anstehende Halloween unterhielten und polternd das Klassenzimmer betraten. Er wollte es nicht zugeben, aber nur zu gerne wäre er ebenfalls auf Zacks Party gegangen. In den vergangenen drei Wochen hörte er nichts anderes als Informationen über die Übernachtungsparty des beliebtesten Schülers der ganzen Klasse.

Zacks Eltern würden das gesamte Haus dekorieren. Es würde den ganzen Abend Süßigkeiten geben. Auf einem Matratzenlager würden die Jungs schlafen dürfen. Ohne Erwachsene könnten Zack und seine Gäste auf Süßigkeitenjagd gehen. Außerdem liefen alle Star-Wars-Filme und sogar ein Horrorfilm stand auf dem Plan.

Sehnsüchtig hörte Blake jedes Mal mit gespitzten Ohren zu, wenn sich seine Klassenkameraden über die bevorstehende Party unterhielten, und wünschte sich verzweifelt, daran teilnehmen zu dürfen. Er war noch nie auf einer Party gewesen – auf einer Übernachtungsparty mit Halloweenkostümen sowieso nicht. Ein Halloweenkostüm hatte er nie zuvor besessen, weil in St. Joseph nur Allerheiligen gefeiert wurde. Die Nonnen wurden niemals müde, den Kindern zu erklären, dass allein das christliche Fest wichtig sei und dass Halloween lediglich ein heidnisches Fest sowie eine Erfindung der Süßigkeitenindustrie sei, dennoch sehnte sich Blake mit jeder Faser seines Herzens danach, ein ebenso cooles Kostüm wie Zack zu haben und von Haus zu Haus gehen zu können, um dort *Trick-or-Treat* zu spielen.

„Alle meine Freunde dürfen zur Party kommen. *Nur* meine Freunde! Niemand sonst.“

Augenblicklich versteifte sich Blake, denn er wusste genau, dass Zack nun Späße auf seine Kosten machen würde. Das tat Zack immer. Wenn er neue Schuhe hatte, rieb er Blake diesen Umstand unter die Nase, weil dieser keine neuen Schuhe bekam. Wenn er Geburtstag hatte und ein neues Fahrrad geschenkt bekam, fragte er Blake nach dessen Fahrrad, weil er wusste, dass Blake gar keines besaß. Und wenn Zacks Dad in die Schule kam, um seinen Sohn abzuholen, wurde Blake am nächsten Tag gefragt, wo sein Dad war, weil jeder in der Klasse wusste, dass Blake keine Eltern hatte.

Da Blake dem anderen Jungen nie etwas getan hatte, vermutete er, dass Zack ihn ständig piesackte, weil Blake immer bessere Noten als er bekam. Seine Klassenarbeiten waren stets besser, er konnte bei weitem flüssiger lesen und im Kopfrechnen schlug er Zack problemlos. Dass Blake der Klassenbeste war, bedeutete ihm nichts. Er wäre tausendmal lieber auf Zacks Party gegangen, doch der blondhaarige Junge verzieh ihm nicht, dass seine Noten viel besser waren.

Gleich darauf ertönte Zacks Stimme. „Hey, Blake! Was machst du an Halloween?“

Er schluckte und zwang sich dazu, weiter auf seinen Tisch zu starren, während sich die Hand in seiner abgetragenen Jeans zu einer Faust ballte. Das dreckige Kichern seines Klassenkameraden zerrte an seinen Nerven.

Brandon fragte neugierig: „Feiert ihr auch Halloween im Kinderheim?"

Während Brandon tatsächlich neugierig und in keiner Weise gemein geklungen hatte, triefte Zacks Stimme vor Boshaftigkeit. „Die feiern jeden Tag eine Kostümparty im Kinderheim. Warum sonst sollten sich ihre Wärterinnen wie Pinguine verkleiden?"

Zwei andere Kinder fielen in sein Lachen ein, doch Blake fand das gar nicht komisch. Neben den brennenden Tränen in seinen Augen stieg eine unglaubliche Wut in ihm auf, die seine Kehle zuschnürte.

„Zack, lass ihn in Ruhe", mahnte Edward leise.

„Ich hätte ihn ja eingeladen, aber mein Dad meint, dass Blake gar kein Kostüm hat."

„Vielleicht hätte einer der Pinguine ihm ja sein Kostüm überlassen", schlug Stuart vor und grölte dabei vor Lachen. Stuart war eigentlich ganz in Ordnung, wenn er nicht versuchte, sich bei Zack einzuschleimen. Da Stuart Blake eigentlich mochte und ihn in der Pause sogar mit seinem Gameboy spielen ließ, vermutete Blake, dass der rothaarige Junge Späße auf seine Kosten machte, um dazuzugehören. Er nahm es ihm nicht übel.

Aber Zack nahm er es übel, dass er sich über ihn lustig machte, denn Zack hatte all das, was sich Blake wünschte. Er hatte keinen Grund, ihn auch noch auszulachen, wo er doch sowieso nicht viel zu lachen hatte.

„Wir könnten ja eine Pinguinparty machen. Dann darf sogar Blake kommen!"

Einen kurzen Augenblick schloss er die Augen und erklärte anschließend mit ruhiger Stimme: „Eine Pinguinparty wäre sowieso viel cooler als deine lahme Halloweenparty."

Einen Moment lang herrschte erschrockene Ruhe, bis Zack sichtlich verärgert brüllte: „Woher willst du das denn wissen? Du ... du weißt ja nicht einmal, was eine Party ist! Du Heimkind!“

Bei Gwen und Ron hatte er gelernt, dass Menschen erst recht richtig wütend wurden, wenn man bei einem Streit ruhig blieb, daher erwiderte er mit sanfter Stimme: „Ich bin ein Heimkind, aber du musst dich hinter einer Darth-Vader-Maske verstecken, damit die Leute, bei denen du *Trick-or-Treat* machst, nicht schreiend die Tür zuwerfen, wenn sie dein hässliches Gesicht sehen.“

Mit einem Wutschrei schlug Zack ihm ins Gesicht.

Blake war sofort auf den Beinen und ging auf seinen Klassenkameraden los, der bedeutend kleiner und bedeutend gemeiner war als er selbst.

Kurze Zeit später packte sein Lehrer seinen Arm und schleifte ihn zum Direktor, damit er sich dort eine Standpauke anhören durfte. Seine Nase blutete und ihm fehlten ein paar Haare, doch er hatte sich niemals zuvor besser gefühlt. Zwar war es unfair, dass nur er und nicht Zack Ärger wegen der Prügelei bekam, aber die Tatsache, dass Zack wie ein Baby geheult hatte, wog diese Ungerechtigkeit wieder auf.

12. Kapitel

Halloween hatte Madison bisher damit in Verbindung gebracht, Unmengen von Süßigkeiten in sich hineinzustopfen oder auf Kostümpartys mit stark geschminkten Piraten oder ihr unbekannten Batmans herumzuknutschen. Am nächsten Tag war ihr immer entsetzlich schlecht gewesen – entweder von den zuckrigen Süßigkeiten oder in späteren Jahren von den entsetzlich alkoholhaltigen Getränken, die ihr einen mörderischen Kater bescherten.

In diesem Jahr schien sie mit dieser Tradition zu brechen, da sie bereits am frühen Abend neben Blake O'Neill eine Wohnung betrat, in der zwar auch eine Party stattfand, diese jedoch für eine sehr viel jüngere Zielgruppe ausgerichtet wurde. Die Partygäste sprangen in rosafarbenen Prinzessinnenkleidern durch die Wohnung, kreischten ohrenbetäubend und stopften Kuchen in sich hinein, als Madison hinter Blake das Wohnzimmer betrat und sich belustigt umsah.

Das war also die Party, zu der er sie hatte mitnehmen wollen? Die kleinen Mädchen mochten nicht älter als sieben Jahre alt sein und waren, wie es schien, die einzigen Gäste weit und breit.

„O'Neill! Gut, dass du da bist." Der hochgewachsene Tom Peacock stieß einen Seufzer aus, der pure Erleichterung ausdrückte, und stellte ein Tablett mit leeren Tellern ab, um seinem Teamkollegen auf die Schulter zu klopfen. Dass er ein lebensgroßes Pandakostüm trug und seine Augen mit schwarzer Schminke umkreist waren, machte ihn plötzlich so sympathisch, dass Madison jegliche Ehrfurcht vor dem bekannten Footballspieler verlor.

Etwas beruhigter nickte sie dem kostümierten Mann zu und merkte, wie sie durchatmen konnte. Bis gerade hätte sie Blake nämlich dahin treten können, wo normalerweise keine Sonne schien.

Erstens hatte er ihr kein Sterbenswörtchen darüber verraten, dass sie auf eine Party im Haus Peacock gingen und zweitens trug dieser Vollidiot überhaupt kein Kostüm, während sie selbst sich die größte Mühe gegeben hatte und voll kostümiert bei seinen Freunden auftauchte. Anfangs hatte sie sich gewundert, dass die Party, auf die er sie hatte mitnehmen wollen, derart früh begann, doch in dem ganzen Wirbel, dass Blake O'Neill sie zu seinen Freunden mitnehmen wollte, hatte sie dieser Kleinigkeit keine große Aufmerksamkeit geschenkt.

Nun stellte sie fest, dass sie sich auf einer Kinderparty befand, ihr Date keinerlei Kostüm trug und sie selbst mit Kunstblut überströmt war und ein Plastikauge neben ihrem Mund baumelte. Wieso hatte dieser Trottel ihr nicht gesagt, dass sie auf eine Party für Kinder gingen! Mit ihrer Aufmachung musste sie den Kleinen vermutlich den Schrecken ihres Lebens einflößen ...

Abgesehen davon wirkte sie höchstwahrscheinlich wie der letzte Freak vom Dienst. Es war zwar nicht so, als würde sie es darauf anlegen, auf Blakes Freunde Eindruck zu machen, aber neben einem Mann auf einer Party zu erscheinen, der lässige Jeans und ein Hemd samt Lederjacke trug, während sie sich das ultrakurze Dress ihrer Cousine gemopst hatte und wie ein Zombie aussah, der die Kinder seiner Freunde zu Tode erschrecken würde, war nicht die schönste Situation, die sie sich vorstellen konnte.

„Hey.“ Das Pandagesicht von Tom Peacock grinste breit, als er ihr die Hand reichte. „Mr. Titastic, richtig?“

Sie erwiderte den Handschlag und erwiderte fröhlich: „Madison geht auch zur Not.“

„Schön, dich kennenzulernen, Madison. Möchtest du uns mit deinem Kostüm irgendetwas sagen?“

Glucksend sah sie an ihrem blutverschmierten Cheerleaderoutfit hinab und gab lachend zur Auskunft: „Das ist sozusagen ein Wink mit dem Zaunpfahl für Blake.“

„Hey“, protestierte der grimmig aussehende Runningback sofort. „Das ist gar nicht komisch.“

„Finde ich schon“, erwiderte sein Kumpel. „Da ich jedoch ein Gentleman bin, erwähne ich vor deinem Date nicht deine Vorliebe für Cheerleader.“

Madison klopfte Blake auf die Schulter und entgegnete versonnen: „Och, das macht mir nichts aus. Schließlich ist es ja nicht so, als wäre das ein Geheimnis.“

Ihr Herz begann zu rasen, als Blake, der direkt neben ihr stand, sein Gesicht in ihre Richtung drehte und sie mit seinen blauen Augen schweigend ansah. Da sie keine Ahnung hatte, was er von ihr wollte, und das Herzrasen ihr nun auch noch brennende Wangen verursachte, die man hoffentlich nicht unter der dicken Schicht der Theaterschminke sehen konnte, wollte sie mit belegter Stimme wissen: „Was?“

„Nichts.“ Salopp zuckte er mit der Schulter und war so dreist, ihr einen Arm um die Taille zu schlingen, was seinem Kumpel nicht zu entgehen schien, da sich seine

Augen direkt zu ihrer Körpermitte senkten. „Ich sage nur: zwei Wochen."

„Zwei Wochen?" Tom klang außerordentlich neugierig und sah dabei aus wie ein zwinkernder Pandabär.

„Ach, nur ein kleiner Insider", gluckste Blake, obwohl sie seinen Arm beiseiteschob und ihren Gastgeber entschuldigend ansah.

„Blake hat keinen Ton gesagt, dass es sich hier um eine Party für Kinder handelt. Hätte ich das gewusst, wäre ich weniger ... blutüberströmt erschienen."

„Sie wechselt lediglich so schnell das Thema, weil es ihr peinlich ist, dir von unserer Abmachung zu erzählen", informierte Blake seinen Teamkollegen voller Genugtuung.

Madison rümpfte die Nase und maß ihn mit einem kühlen Blick. „Ich habe kein Problem damit, deinem Kumpel von deinen blauen Eiern zu erzählen. Eigentlich wollte ich dir diese Peinlichkeit ersparen, aber wenn du nichts dagegen hast, dass er davon erfährt, können wir ihn gerne aufklären."

Als sich sein Gesicht rot färbte, empfand sie eine überwältigende Genugtuung und streckte ihm zu allem Überfluss auch noch die Zunge raus, was den Pandabären zu einer weiteren Lachsalve animierte.

„Scheiße, O'Neill. Hast du deinen Meister gefunden?"

Madison beobachtete, wie er seinen Mund öffnete, um irgendetwas zu entgegnen, als eine rothaarige Hexe aus der Küche trat und den finster wirkenden Runningback missmutig betrachtete.

„Blake, wieso hast du kein Kostüm an?"

Auch Tom legte den Kopf schief. „Ja, Blake? Wo ist dein Kostüm?“

Eigentlich wollte sie ihm einen Spruch drücken, dass er sich ja als Schlumpf hätte verkleiden können, als ein unsicheres Aufblitzen in seinen Augen sie davon abhielt. Madison war sich ziemlich sicher, dass Blake O'Neill keine Memme war und einiges aushielt, aber diese ungewohnte Unsicherheit und plötzliche Verlegenheit, die sie niemals zuvor an ihm gesehen hatte, ließen sie augenblicklich den Mund halten.

Die Hexe, deren Nase vermutlich im wahren Leben keine Warze besaß, schüttelte enttäuscht den Kopf und wandte sich an Madison, um ihr die Hand zu geben.

„Hallo! Wie schön, dass sich wenigstens eine verkleidet hat.“

Tom schien die Vorstellung zu übernehmen. „Madison, das ist meine Frau Erin, die normalerweise keinen Besen braucht, um sich fortzubewegen.“

„Jedenfalls glaubt das er“, erwiderte die Frau lächelnd und reichte ihr die Hand. „Du musst Blakes Date sein. Ich liebe dein Kostüm. Es ist so ... subtil.“

Blakes Schnauben unterbrach das allgemeine Gelächter.

„Jetzt sei doch nicht so griesgrämig.“ Tom schlug seinem Kumpel auf die Schulter. „Dupree und Sarah verspäten sich ein wenig, weil einer ihrer Tölen Dünnpfiff hat.“

„Tom, du sollst doch nicht das T-Wort sagen.“ Seine Frau deutete tadelnd auf den kleinen Pandabären, der zu ihnen trat und die Ärmchen um Blakes Beine schloss.

„Blake! Du bist da! Kommst du gleich mit zur Süßigkeitenjagd? Und erzählst du uns danach eine Gruselgeschichte? Wir durften gerade schon einen

Halloweenfilm sehen. Da waren Kinder auf der Suche nach einem Piratenschiff und haben einen Schatz gefunden. Kennst du den Film?“

Madison musste sich auf die Lippen beißen, um nicht zu lachen, als der riesige Footballspieler ein erschrockenes Gesicht machte und augenscheinlich sprachlos vor Schreck war, dass sich ein winziges Kind an ihn schmiegte und nach allem, was Madison sah, völlig vernarrt in ihn war.

„Äh ... sicher.“

„Gefällt dir mein Kostüm? Meine Freundinnen gehen als Prinzessinnen, aber ich mag keine rosa Kleider. Daddy und ich gehen als Pandabären ...“

„Langsam, Zoey“, ermahnte sie ihr Vater. „Du verschluckst dich noch, wenn du so schnell sprichst.“

„Habt ihr der Kleinen was zu trinken gegeben, Tomcat?“ Der überrumpelte Blake tätschelte der Kleinen ungelenk den Kopf.

„Ja, sicher!“ Erin stemmte die Hände in die Hüften und sah dabei wirklich wie eine furchteinflößende Hexe aus. „Wir geben unserer fünfjährigen Tochter Alkohol zu trinken. Blake, du kommst immer auf Ideen!“

„Besser so, als dass er aus Fenstern pinkelt.“

Verwundert sah das kleine Mädchen auf. „Blake macht Pipi aus Fenstern?“

Madison hatte keine Ahnung, worüber sie sprachen, aber irgendwie konnte sie es sich allzu gut vorstellen, dass Blake aus Fenstern pinkelte, zumal sein Nacken gerade glutrot vor Verlegenheit wurde.

„Blake, warum hast du kein Kostüm?“

Das Mitleid, das in ihr hochstieg, als sie sein ratloses Gesicht bemerkte, überraschte und veranlasste sie zu folgendem Satz: „Wenn ich etwas Ketchup und Schminke bekäme, könnte ich ihm ein Kostüm zaubern.“

„Das können wir sicherlich entbehren.“

„Auch ein Trikot? Ich stehe auf Partnerlook“, feixte sie und kniff dem bislang schweigenden Blake in den Allerwertesten, der prompt zusammenzuckte.

„Madison“, presste er warnend durch die Zähne.

„Komm schon, Papaschlumpf.“ Gutmütig tätschelte sie seinen Rücken und lehnte sich gegen ihn. „Wir sind auf einer Halloweenparty, also musst du dich auch verkleiden.“

Kurze Zeit später hatte sie ihn durch gutes Zureden so weit, dass er im Badezimmer seines Kumpels auf einem Hocker saß und sich ohne große Begeisterung von ihr schminken ließ. Lächelnd kniete sie vor ihm und verzierte sein Gesicht mit aufgemalten Narben, nachdem sie das Footballtrikot, das sein Kumpel ihm gegeben hatte, mit Ketchup beschmiert und diesen anschließend mit einem Fön getrocknet hatte.

Doch nicht einmal das schlimmste Make-up konnte so finster wie sein grimmiges Gesicht wirken, das ihr einen mörderischen Blick schenkte, als sie seine Wangen abpuderte.

„Muss das sein?“

„Ja, das muss sein“, erklärte sie ihm so geduldig wie einem Kleinkind. „Wir haben Halloween. Ein Kostüm ist ein Muss.“

„Ich komme mir wie ein Trottel vor.“

Glucksend wischte sie mit ihrem Daumen über eine weiße Stelle unter seinem Auge. „Das ist doch sicherlich nicht das erste Mal.“

Seine Hand, die sich um ihr Handgelenk schloss, erinnerte sie daran, dass Blake O’Neill kein Schwächling war. Als Beweis hatte allein der Moment gereicht, in dem er sein Hemd ausgezogen hatte, um in das Footballtrikot zu schlüpfen. Von Glück konnte sie davon reden, dass ihm nicht aufgefallen war, wie sie seinen nackten Oberkörper angestarrt hatte.

Zwei Wochen?

Verdammt, sie hatte jetzt schon das Bedürfnis, ihn anzuspringen. Wie sollte sie da zwei weitere Wochen aushalten, zumal dieser Idiot auch noch so schrecklich nett sein konnte, wenn er es darauf anlegte?

„Ich kann dich nicht schminken, wenn du meine Hand festhältst", entgegnete sie nervös.

Langsam ließ er sie los, machte jedoch ansonsten keine Anstalten, seinen Blick von ihr zu lösen. „Bist du dir sicher, dass du mich nicht einfach nur deshalb schminkst, weil du mich gerne anfasst?"

Madison schluckte und starrte in seine Augen, als sie mit rauer Stimme meinte: „Es ist die Halloweenparty der Kleinen. Du weißt doch, welchen Spaß Kinder am Verkleiden haben."

Auch seine Stimme klang etwas heiser. „Weiß ich das?"

„Natürlich." Das Bedürfnis niederkämpfend, sich auf seinen Schoß zu setzen, senkte sie den Blick. „Jedes Kind liebt Halloween und will sich verkleiden – denk doch nur an deine Kindheit! Da war Halloween sicher auch immer das Größte, oder?"

„Mhh."

Da sie sich einen kleinen Blake vorstellte, der in einem Kostüm von Haus zu Haus zog, musste sie lächeln und griff wieder nach dem Kajalstift, um ihm eine Frankensteinnarbe auf die Schläfe zu malen. „Ich wollte jahrelang als Vampir gehen und habe mit Matt immer meine Schokoriegel gegen seine Gummibären getauscht, bevor ich mich so sehr an den Dingern überfressen habe, dass ich die halbe Nacht kotzen musste. Seitdem kann ich sie nicht mehr sehen."

Als er nicht antwortete, leckte sie sich kurz über die Lippen und wollte gespielt heiter wissen: „Und bei dir? Als was hast du dich am liebsten verkleidet?"

Es war, als hätte er ihre Frage einfach überhört, da er prompt das Thema wechselte. „Was hat deine Cousine gesagt, als du dir ihr Outfit geliehen hast?"

Sie schnitt eine Grimasse.

„Was?", wollte er neugierig wissen.

„Ich würde es keine Leihgabe nennen, da ich es schamlos gestohlen habe." Unbeeindruckt von seinen großen Augen zuckte sie mit der Schulter. „Taylor bekommt schon einen Fön, wenn ich ihr sage, dass ich mich mit dir treffe."

Entrüstet schnappte er nach Luft. „Kann deine Cousine mich nicht leiden? Ich kenne sie doch gar nicht!"

Obwohl die ganze Schminke sie schrecklich kratzte und sie nur zu gerne das widerliche Plastikauge entfernt hätte, das ihr vor dem Gesicht baumelte, konzentrierte sie sich darauf, seine Haut zu bemalen und dabei die blauen Augen sowie die dichten Wimpern nicht allzu offensichtlich anzustarren. „Taylor denkt, dass du mich einfach flachlegen und anschließend in den Wind schießen willst."

Wieder umschloss er ihr Handgelenk mit seiner Hand, auch wenn sein Griff dieses Mal sehr viel sanfter war. „Und das denkst du nicht?"

Unschlüssig sah sie zuerst zu seiner Hand und dann zurück in sein Gesicht. Zögernd gab sie zu: „Ich sollte es denken ..."

„Aber?“

Mit einem tiefen Atemzug schüttelte sie den Kopf. „Aber ich denke, dass du gar kein so schlechter Typ bist und ... was tust du da?“

Seine Hand hatte sich um ihren Nacken gezogen und zog ihr Gesicht an seines, während er flüsterte: „Halt die Klappe, Madison.“

Zitternd schloss sie die Augen und ließ sich widerstandslos an ihn ziehen, während sie auf seinen Kuss wartete, als plötzlich lautes Kinderkreischen ertönte.

„Süßes oder Saures!“

„Madison, möchtest du noch etwas trinken?“

„Nein, danke.“ Sie lächelte ihren Gastgeber an, dessen Schminke sich bereits verflüssigt hatte und der die Beine seiner Frau streichelte, die diese über seine Oberschenkel gelegt hatte, während sie an einem riesigen Glas Rotwein nippte.

Madison konnte es ihr gut nachempfinden, denn auf eine Gruppe fünfjähriger Mädchen aufzupassen, wenn diese durch die Nachbarschaft zogen, um auf Süßigkeitenjagd zu gehen, und sie anschließend auch noch zu bewirten, war anstrengender gewesen, als sie es sich ausgemalt hatte.

Tatsächlich hatten sie alle extrem viel Spaß gehabt, und Madison konnte sich nicht erinnern, wann sie zuletzt so viel gelacht hatte. Da es bei ihr einige Jahre her war, dass sie zum *Trick-or-Treat* losgezogen war, hatte sie es in vollen Zügen genossen, mit den Scharen anderer

Kostümierter durch die Straßen zu ziehen und an fremde Haustüren zu klingeln. Dass ein Zombie-Footballspieler, ein ungefähr zwei Meter großer Pandabär und ein riesenhafter Chubaka, der beinahe seinen Anzug gesprengt hätte, hinter den kleinen Mädchen gestanden und alle Hausbesitzer eingeschüchtert hatten, war auch vorteilhaft gewesen, wenn man bedachte, dass die Tüten der Mädchen bis oben hin gefüllt waren.

Zusammen mit Sarah, der Freundin des Mannes, der in dem Chubaka-Anzug gesteckt hatte, und mit Erin Peacock war Madison hinter den Mädchen und den Männern her geschlendert, die vermutlich noch mehr Spaß als die Kinder gehabt hatten. Jedenfalls hatten sie wie verrückt herumgealbert und sich gegenseitig erschreckt oder den Mädels Schokoriegel abgeschwatzt, die sie in sich hineingestopft hatten. Nach einer ziemlich anstrengenden Tour durch die Nachbarschaft hatten sie die Mädchen nach Hause gebracht und waren anschließend in die Wohnung der Peacocks eingefallen, in der sie Pizza gegessen hatten, bevor die kleine Zoey ins Bett gebracht wurde.

Schon seit zwei Stunden saßen sie bereits im Wohnzimmer des jungen Ehepaares, tranken Bier oder Wein und verbrachten vermutlich den gemütlichsten Halloweenabend, den man sich vorstellen konnte. Madison jedenfalls hatte mehr Spaß gehabt als auf einer lauten Party, an die sie sich am nächsten Morgen vermutlich nicht mehr erinnern würde.

Außerdem war es schon ganz cool, neben Blake O'Neill zu sitzen, der seinen Humor wiedergefunden hatte und seine Beine von sich streckte, so dass sich ihre Oberschenkel berührten und Madison daran erinnerte, dass der Mann trotz seines grauenvollen Make-ups eine echte Sahneschnitte war.

„Heißt das, dass du Blake kennengelernt hast, als er dich beinahe ertränkt hätte?"

„Danke, Sarah", grummelte Blake. „Wie das klingt! Ihr tut ja gerade so, als wäre ich ein Rüpel."

„Du bist auch ein Rüpel", bestätigte Sarah, die ihre Meister-Yoda-Maske mittlerweile ausgezogen hatte. Auch ihr Freund, der riesige Tackle Dupree Williams, war seinen Chubaka-Anzug losgeworden und hatte diesen über einen Stuhl geworfen, so dass man im ersten Moment glaubte, dem Fell eines abgezogenen Elchs gegenüberzustehen, wenn man das Wohnzimmer betrat.

„Da stimme ich Sarah zu. Als wir uns kennenlernten, meintest du, dass ich an PMS leide, bevor du das Gästebadezimmer vollgekotzt hast." Erin stellte ihr Glas auf den Boden und lehnte sich anschließend seufzend zurück.

Madison prustete vor Lachen und tätschelte sein Knie. „Mich hat er auch schon gefragt, ob ich an PMS leide."

Sarah blinzelte verwirrt. „Und was hast du gemacht?"

Sie zuckte mit der Schulter und nippte an ihrem Bier. „Ich bin mit ihm ausgegangen."

Dupree räusperte sich vernehmlich. „Du bist mit ihm ausgegangen, nachdem er dich beinahe ertränkt hätte und dich gefragt hat, ob du an PMS leidest?"

„Klar." Verwundert schenkte sie der Runde einen fragenden Blick, bevor sie sich zu Blake umdrehte. „Warum sind alle so überrascht, dass ich dich date?"

„Sie haben kein Vertrauen in meinen Charme?"

„Charme?“ Der Cornerback Tom gab ein Geräusch von sich, als würde er gleich ersticken. „Ich will dich nicht abschrecken, Madison, aber du solltest ein paar Geschichten über diesen Charmebolzen hören, die wir in den letzten Jahren miterlebt haben.“

„Oh, ich bin ganz Ohr“, rief sie begeistert und ließ zu, dass Blake selbstsicher einen Arm um ihren Rücken legte.

Mit aufgeregtem Pochen im Hals sah sie den blonden Footballspieler an, konnte sich jedoch nur auf den Mann neben sich konzentrieren, der völlig entspannt atmete und besser roch als eine Parfümerie.

„Wo fange ich bloß an?“

„Du könntest erzählen, wie du ihm die Nase gebrochen hast, weil er über meinen Hintern gesprochen hat“, half Erin ihrem Mann auf die Sprünge.

„Oder wie ich ihm die Nase gebrochen habe“, fügte Dupree finster hinzu.

„Ach, deshalb ist sie so schief!“ Glucksend betrachtete sie das besagte Körperteil und vermied einen Blick in seine Augen. „Dafür, dass sie schon so viele Schläge kassieren musste, sieht sie verdammt gut aus.“

„Vielen Dank“, murmelte er und legte seine warme Hand direkt auf ihre Hüfte.

„Bevor die beiden zu turteln beginnen“, unterbrach Sarah sie, „könnte Dupree erzählen, welche Tipps Blake ihm gegeben hat, wie er Frauen ansprechen soll. Die Geschichte finde ich am besten.“

„Hey, damals war ich blau“, verteidigte sich Blake sofort, ließ seine Hand jedoch auf ihrer Hüfte liegen. „Außerdem muss mich Dupree falsch verstanden haben …“

„Du hast mir gesagt, dass ich einer Frau meinen Superbowlring zeigen soll, weil sie dann sofort ihr Höschen ausziehen würde“, brummte Dupree verstimmt. „Außerdem sollte ich ihr Komplimente zu ihren ... ihren Brüsten machen.“

„Das klingt in der Tat ganz nach Blake“, urteilte Tom mit einem Nicken.

„Statt eines Dates habe ich einen Tritt in ... du weißt schon ... bekommen.“

Sarah kicherte und streichelte den Unterarm ihres Freundes. „Es tut mir leid, Liebling. Heute würde ich so etwas nicht mehr tun.“

Mit einem liebevollen Klaps gegen seine Brust schüttelte Madison tadelnd den Kopf. „Mir hast du deinen Superbowlring nicht gezeigt.“

„Ach – hätte das einen Unterschied gemacht?“

„Sicher.“ Sie nickte vehement. „Ich hätte dir sofort meine Nummer gegeben, anstatt dich an die Suchtberatung zu verweisen.“

Sein Schnauben klang ganz so, als würde er ihr kein Wort abnehmen. In diesem Moment fand Madison ihn dermaßen unwiderstehlich, dass allein die Gegenwart der zwei Paare sie davon abhielt, sich auf ihn zu stürzen.

„An deiner Stelle, Blake“, ließ sich plötzlich Tom vernehmen, der völlig unaufgeregt und geradezu teilnahmslos klang, „würde ich Gott danken, dass es eine Frau gibt, die auf deinen merkwürdigen Sinn für Humor steht. Nichts gegen dich, Madison.“

„Schon gut“, antwortete sie. „Ich bin da ganz deiner Meinung.“

Sarah beugte sich zu ihrem Freund und seufzte verträumt. „Ihr seid so süß, obwohl ich niemals gedacht hätte, das zu Blake zu sagen. Wie lange läuft das schon zwischen euch?“

„Könnten wir vielleicht das Thema wechseln?“, beschwerte sich Blake und runzelte die Stirn. „Ich dachte, das wäre eine Halloweenparty!“

„Keine Sorge.“ Madison starrte in die verblüffte Runde. „In spätestens zwei Wochen wird er sich wieder beruhigt haben.“

Tom schnaubte. „Schon wieder dieser Insider?“

Sofort ertönte Blakes Stimme. „Klappe, Tomcat. Das geht dich nichts an.“

Dupree klopfte seiner Freundin auf den Schenkel. „Dann hat es mit was Perversem zu tun. Ich kenne doch Blake ...“

„Hey!“

„Wir müssen sowieso los“, kicherte Sarah und erhob sich. „Unser Hundesitter bekommt einen Fön, wenn wir noch länger bleiben.“

„Hundesitter?“, flüsterte Madison keine zwei Minuten später, als Tom das ungleiche Paar zur Tür brachte und Erin ins Kinderzimmer verschwand, um nach dem schlafenden Mädchen zu sehen.

„Mhh.“ Blake drehte das Gesicht in ihre Richtung und rückte ein Stück näher. „Zwei kleine fette Hunde namens Poppy und Pippa. Was meintest du mit in *spätestens* zwei Wochen?“

„Nichts“, beteuerte sie unschuldig und blickte nun direkt auf seine Lippen, die sich nur Zentimeter von ihren entfernt befanden und sich in den Mundwinkeln kräuselten.

„Ohne Scheiß, aber ich fand einen Zombie noch nie so scharf“, raunte er, bevor er sie endlich küsste.

Augenblicklich schmolz sie dahin, drehte sich zu ihm und hätte ihn am liebsten verschlungen, während sein Mund sich an ihrem festsaugte und seine Hände ihre Hüften umfassten. Stöhnend presste sie sich an ihn, legte den Kopf ein wenig zur Seite und öffnete den Mund, um seiner Zunge mit ihrer entgegenzukommen.

Gerade als sie ihre Arme um seinen Hals schlingen wollte, ertönte hinter ihnen ein männliches Räuspern.

„Meinetwegen könnt ihr ruhig weitermachen, aber wenn meine Tochter nachts aufwacht und zwei nackte Zombies dabei erwischt, wie sie es miteinander tun, bezahlst du die Therapie, O'Neill."

13. Kapitel

„Er ist kein schlechter Kerl."

„Da habe ich aber andere Dinge gehört."

Madison verschränkte die Arme vor ihrer Brust und runzelte die Stirn. „Seit wann gibst du etwas darauf, was andere Menschen reden?"

„Ich habe Augen im Kopf, Madison. Der Typ schleppt ständig irgendwelche Frauen ab und gräbt alle Cheerleader an. Mit so etwas willst du eine Beziehung eingehen?"

„Nenn ihn nicht so, Taylor."

„Von mir aus", ächzte die Blondine und stopfte die verschwitzten Sportklamotten in ihre Tasche, während sie ihr keinen Blick gönnte. „Mit so jemandem willst du eine Beziehung eingehen? Bist du verrückt geworden?"

Nervös fuhr sich Madison über die Lippen und schluckte, bevor sie ihrer Cousine erklärte: „Niemand spricht von einer Beziehung. Wir ... wir treffen uns nur, haben Dates und so etwas. Du weißt doch, dass ich nicht der Typ bin, der eine ernsthafte Beziehung eingeht."

„Das sieht jedoch ganz anders aus, wenn du mich fragst." Taylor drehte sich zu ihr um und zog den Reißverschluss ihres Sweatshirts hoch. „Du redest nur noch von ihm, verbringst deine komplette Freizeit mit ihm und jedes Mal, wenn ich dich anrufe, höre ich ihn im Hintergrund. Wenn ich es nicht besser wüsste, würde ich vermuten, dass du hoffnungslos verknallt bist."

„Mach dich nicht lächerlich", wehrte sie hastig ab.

„Die Einzige, die sich lächerlich macht, bist du, Madison, wenn du dich mit Blake O'Neill einlässt und denkst, dass er nicht gleichzeitig mit anderen in die Kiste steigt."

Da ihre Cousine derart kaltschnäuzig klang, obwohl dies überhaupt nicht ihre Art war, rümpfte Madison die Nase. „Was hast du gegen ihn? Hat er dir irgendetwas getan, von dem ich nichts weiß?"

„Nein", erwiderte Taylor ruhig und entschlossen. „Das hat nichts mit mir zu tun."

„Warum bist du dann so schlecht auf ihn zu sprechen?"

„Weil du meine Cousine bist und ich dich lieb habe. Blake O'Neill springt von einem Bett zum nächsten. Du hast etwas Besseres verdient."

„Taylor." Sie legte ihr eine Hand auf die Schulter. „Ich finde es total lieb von dir, dass du dir um mich solche Sorgen machst, aber er ist kein solcher Arsch."

„Ach nein?"

„Nein." Mit einem nicht zu unterdrückenden Lächeln senkte sie den Blick und gestand heiser: „Er ist ... nett."

„Nett? Du weißt, was man über nett sagt, oder?"

„Sei nicht so zynisch", entgegnete sie milde. „Wirklich – er ist nett und lustig und kann unglaublich gut küssen."

Ihre Cousine machte ein übertriebenes Würgegeräusch, das Madison jedoch ignorierte.

Sie hatte es satt, Blake vor Taylor in Schutz zu nehmen oder sich vor ihr zu verteidigen, wenn sie etwas mit ihm unternahm. Immerhin war sie eine erwachsene Frau, die noch nie viel auf die Meinung anderer Menschen gegeben hatte. Natürlich wusste sie, welchen Eindruck der großmäulige Footballspieler auf ihre erzkonservative Cousine machen musste, dennoch übertrieb Taylor maßlos, wie sie fand. Schließlich war es nicht so, dass sie mit dem Gedanken spielte, ihn zu heiraten und seine Kinder zu bekommen. Momentan verbrachte sie lediglich etwas Zeit mit ihm und verabredete sich mit dem Footballspieler, der sie ständig zum Lachen brachte.

„Du musst selbst wissen, was du tust."

„Ja, das tue ich", erwiderte sie mit einem harten Unterton. „Ich habe Spaß und kann mir nicht vorstellen, dass das etwas Schlechtes ist."

„Wenn du dich für so jemanden hergeben willst, ist das nicht mein Problem."

Madison hielt kurz die Luft an, musterte ihre Cousine und schüttelte anschließend den Kopf, bevor sie etwas sagte, was ihr später leidtun könnte. „Wenn du ihn kennenlernen würdest, wüsstest du, dass er kein Arsch ist."

Taylor schnappte sich die Sporttasche und schulterte sie, während sie mit funkelnden Augen und verächtlicher Stimme entgegnete: „Einige der Cheerleader kennen ihn ziemlich gut, schließlich haben sie ihn nackt gesehen. Danke, kein Bedarf."

„Du bist ein furchtbarer Snob", brach es aus Madison heraus. Selbstverständlich war sie nicht begeistert, dass es anscheinend einige Cheerleader und vermutlich weitere Bewohnerinnen New Yorks gab, die den Mann bereits nackt gesehen hatten, den auch sie bald endlich nackt vor sich haben wollte, doch Taylor regte sich ihrer Meinung nach künstlich auf.

„Ich bin kein Snob, nur weil ich ihn nicht leiden kann."

Frustriert presste Madison die Lippen aufeinander. Eigentlich hatte sie für Taylor eine Geburtstagsparty geben wollen, um ihre Cousine nach all den Strapazen der vergangenen Monate aufzumuntern. Da sie jedoch wusste, wie sehr ihr Überraschungen missfielen, hatte sie mit ihr sprechen wollen, bevor sie Freunde einlud. Natürlich hatte sie auch Blake und ein paar seiner Kumpels einladen wollen, doch sobald Taylor seinen Namen gehört hatte, war sie ausgerastet.

„Bist du sicher, dass du mir nichts über ihn verschweigst? Hat er dich angebaggert?"

„Nein!"

„Was hat er denn dann getan?"

Seufzend schob ihre Cousine das Kinn vor. „Es geht nicht darum, was er getan oder nicht getan hat, sondern darum, dass er nicht gut genug für dich ist."

Madison stieß den Atem aus. „Also bitte! Du übertreibst kolossal. Manchmal mag er ein Rüpel sein und vielleicht hat er eine lockere Ansicht über Sex, aber das habe ich auch, wenn ich dich erinnern darf."

„Das ist doch etwas völlig anderes", protestierte Taylor.

„Nein, das ist es nicht." Sie fuhr sich ein wenig grob durchs Haar und merkte, dass es sie wurmte, sich vor Taylor zu rechtfertigen. „Du willst also nicht, dass ich Blake zu deiner Geburtstagsparty einlade, weil er eine unkomplizierte Sexmoral hat? Gut, dann bin ich auch raus, denn mir geht es nicht anders."

„Madison!"

„Schon gut." Sie drehte sich abrupt um und verließ den Trainingsraum der Cheerleader, während Taylor ihren Namen rief.

Da sie es für besser hielt, diese Diskussion mit ihrer Cousine nicht fortzuführen, konnte sie auch darauf verzichten, mit ihr zurück in die Stadt zu fahren. Bereits auf dem Hinweg hatte Taylor eine grauenvolle Laune gehabt, obwohl das so gar nicht zu ihr passte. Normalerweise hätte Madison so lange gebohrt, bis sie ihr erzählt hätte, was mit ihr los war, doch nach der moralischen Keule, mit der Taylor gerade um sich geschlagen hatte, hatte Madison die Nase voll. Lieber fuhr sie mit der Bahn nach Hause und stieg gefühlte einhundert Mal um, bevor sie sich zu ihrer Cousine ins Auto setzte.

Als sie mit dem Aufzug in das Erdgeschoss fuhr, fiel ihr ein, dass Blake ihr heute eine Nachricht geschickt hatte, in der er erwähnt hatte, wie lange er nachmittags trainieren würde. Ein Blick auf ihre Uhr sagte ihr, dass er noch im Verein sein musste.

Kurz entschlossen fuhr sie in die zweite Etage, von der sie wusste, dass sich dort ein Trainingsraum für die Spieler befand, in dem Blake nach seinem regulären Training noch etwas für seine Fitness tat. Erst vor ein paar Tagen hatte er nämlich damit geprahlt, dass er Gewichte stemmte und so und so viele Wiederholungen schaffte. Nach außen hin hatte sich Madison schrecklich desinteressiert gegeben, dennoch hatte sie unauffällig seinen beachtlichen Bizeps bewundert und die Breite seiner Schultern betrachtet, während sie ihn getadelt hatte, dass er die Klappe halten und sie arbeiten lassen sollte, schließlich war sie bei der Arbeit gewesen. Leider war es mittlerweile zu seiner Gewohnheit geworden, sie nach ihrer Schicht in der Bar abzuholen und ein paar Minuten zu früh zu kommen, so dass er immer an der Theke saß und mit ihr oder ihren Kollegen quatschte, bevor sie gehen konnte. Oftmals bediente sie noch die Gäste und trug Teller durch die Gegend, während er sie beobachtete und wie selbstverständlich Autogramme gab. Die Tatsache, dass der Mann ein Prominenter war und ständig erkannt wurde, machte ihr rein gar nichts aus, da Blake diesem Status kaum Beachtung schenkte.

Am Trainingsraum angekommen sah sie schon durch die verglaste Wand, wie er an einer Butterfly-Maschine arbeitete und konzentriert die Stirn runzelte. Bevor sie den Raum betrat, blieb sie einen Moment an einem der Fenster stehen und musterte ihn für einen Augenblick. Mit klopfendem Herzen dachte sie daran, wie sie vor gut einer Woche neben ihm auf dem Sofa seines Kumpels gesessen und mit ihm geknutscht hatte. Nicht einmal als Teenager war sie in einem derartigen Hormonrausch gewesen, dass sie jemanden geküsst hätte, der ein mit Ketchup verziertes Shirt getragen und ein grauenvoll geschminktes Gesicht gehabt hatte. Dass er sie ebenso enthusiastisch geküsst hatte, war angesichts ihres widerlichen Plastikauges und der maskenartigen Schminke ebenfalls ein kleines Wunder gewesen.

Mit trockener Kehle drückte sie die Klinke hinunter, ließ ihren Rucksack von ihrem Handgelenk baumeln und schlenderte auf ihn zu. Er war derart in sein Training vertieft, dass er sie erst bemerkte, als sie genau vor ihm stand.

Augenblicklich ließ er die Gewichte zurück in ihre Anfangsposition einrasten und wischte sich mit seinem Unterarm keuchend den Schweiß von der Stirn.

„Hey.“

„Hey.“ Sie deutete auf das riesige Gerät, an dem er saß. „Störe ich dich?“

Statt auf ihre Frage einzugehen, sah er zu ihr auf und ließ sich mit einem angestrengten Schnaufen zurück gegen die Lehne des Geräts fallen. „Alles okay bei dir? Du siehst ein wenig genervt aus.“

„Es ist nur ...“ Madison unterbrach sich und schüttelte den Kopf. Wenn sie ihm erzählte, weshalb sie sich mit ihrer Cousine gezofft hatte, wüsste er, dass es um ihn gegangen war, und zwangsläufig bekäme er mit, was Taylor über ihn gesagt hatte ... dass er in ihren Augen nicht gut genug für Madison sei. Es würde ihn verletzen, und Madison bekam einen Kloß im Hals, wenn sie daran dachte.

Wieso machte ihr der Gedanke, dass er durch Worte verletzt werden könnte, bloß derart zu schaffen? Sie wollte lieber nicht allzu intensiv darüber nachdenken, sondern sah sich kurz in dem weitläufigen Trainingsraum um und fragte so lässig wie möglich: „Sind die anderen schon weg?“

„Bist du meinetwegen genervt?“

Seufzend blickte sie zurück zu ihm und lächelte schwach. „Nein, das bin ich nicht.“

„Ehrlich?“ Er zog die Augenbraue, durch die eine Narbe fuhr, ironisch in die Höhe. „Wenn Frauen in meiner Gegenwart genervt sind, dann hat das meistens mit mir zu tun.“

Nun musste sie doch grinsen und es sich gefallen lassen, dass er nach ihrer freien Hand griff und diese betrachtete, als würde er zum allerersten Mal in seinem Leben eine Frauenhand anschauen.

„Es ist schwer vorstellbar, ich weiß, aber ich bin nicht deinetwegen genervt.“

„Puh.“ Gespielt erleichtert drückte er ihre Hand und krümmte seine Lippen zu einem so süßen Lächeln, dass ihr Herz wie ein defekter Motor ins Stottern kam. „Das ist eine Premiere für mich.“

„Dann streich dir den Tag rot im Kalender an.“

„Kann ich dich irgendwie aufmuntern?“ Das klang in keinster Weise frivol, schmutzig oder sexuell. Stattdessen klang er wie ein Freund. Wie ein fester Freund. Madison starrte einen Moment in seine blauen Augen und stieß erleichtert den Atem aus. Wortlos ließ sie ihren Rucksack fallen und setzte sich auf seinen Schoß, bevor sie die Arme um seinen Hals schlang und ihn erwartungsvoll ansah.

Erschrocken wich er zurück. „Ich bin völlig verschwitzt ...“

Gerne hätte sie ihm gesagt, dass er die Klappe halten sollte, doch ein Kuss schien ihr sehr viel effektiver zu sein. Obwohl er so aussah, als wolle er protestieren, senkte sie ihren Mund auf seinen und küsste ihn in atemlosem Entzücken, nur um einen Augenblick später zu bemerken, dass er sie zurückküsste und seine Hände in ihrem Haar vergrub.

Ihr Stöhnen ging in seinem unter, während sie sich fest an ihn presste und keine Sekunde daran dachte, dass der Mann, auf dessen Schoß sie saß, verschwitzt und völlig außer Atem war. Stattdessen merkte sie lediglich, wie gut er schmeckte und wie sehr es sie erregte, dass sich seine Hände in ihrem Haar vergruben und sie möglichst nah an sich zogen. Am liebsten hätte sie ihn verschlungen, begnügte sich jedoch damit, noch näher an ihn zu rutschen und die Hände hinter seinem Kopf miteinander zu verschränken.

„Madison“, stöhnte er einige Momente später mit heiserer Stimme und bemühte sich darum, seinen Mund von ihrem wegzuziehen.

Schwer atmend legte sie den Kopf zurück und starrte mit glasigen Augen in sein gerötetes Gesicht, während sie sich sicher war, dass ihr eigener Kopf knallrot sein musste.

Mit zitternden Fingern strich sie durch das Haar, das sich in seinem Nacken beinahe lockte. „Wieso hörst du auf?“

An seiner Kehle konnte sie erkennen, dass er schwer schluckte, und fühlte, wie brodelnde Hitze in ihrer Körpermitte aufstieg.

„Weil ich hier nichts anfangen will, das ich nicht beenden kann.“

„Spielverderber“, flüsterte sie an seiner Wange und biss ihm liebevoll in den Kiefer.

Anscheinend hatte er dies nicht erwartet, da ein Ruck durch seinen ganzen Körper ging.

„Madison!“

Ihre Hände ließen seinen Nacken los und legten sich auf seine Schulter, was bei ihr einen Schauer auslöste, den sie bis in die Zehenspitzen fühlen konnte. Hätte er sich nicht so geziert, wäre er jetzt bereits halbnackt und müsste es sich gefallen lassen, dass sie mit ihrer Zunge die Tätowierungen auf seinem Brustkorb nachfuhr.

Halb im Scherz, halb im Ernst wollte sie flüsternd von ihm wissen: „Sollen wir in den Umkleiden verschwinden?“

„Unsere Abmachung endet erst in sechs Tagen.“

Madison lehnte sich zurück und forschte in seiner Miene, bevor sie im trockenen Ton fragte: „Echt? *Du* willst noch sechs Tage warten?“

Er spitzte den Mund und glitt mit einer Hand ihr Rückgrat hinab, bis er ihren Po umfasste. „Nicht sechs Tage, aber so lange, wie wir zu mir nach Hause brauchen.“

Seine Wohnung war ein absolutes Chaos.

So viel bekam Madison noch mit, als Blake sie durch die Tür schob, diese hinter sich ins Schloss warf und ihr die Jacke vom Körper zog. Atemlos ließ sie es geschehen, küsste ihn ebenso heftig wie er sie und nestelte an seiner Jacke herum, damit er die Lederjacke endlich loswurde und sie ihn nach Herzenslust berühren konnte.

Als das widerspenstige Material mit einem hohlen Geräusch auf den Boden fiel, war sie damit beschäftigt, den Reißverschluss seines Sweatshirts nach unten zu ziehen, und legte automatisch den Kopf zurück, da sein Mund abwärts glitt und an ihrer Kehle Halt machte. Sobald er an ihrer empfindlichen Haut saugte, krallte sie die Finger in das T-Shirt, das er unter seinem Sweatshirt trug. Frustriert und erregt zugleich stieß sie ein Stöhnen aus und hätte ihn ohrfeigen können, dass er darauf bestanden hatte, unter die Dusche zu springen und all seine Klamotten anzuziehen, bevor sie in seinem Auto zu seiner Wohnung gedüst waren. Am liebsten hätte sie ihn nackt vor sich gesehen. Stattdessen kämpfte sie damit, das Sweatshirt über seine breiten Schultern und die gewaltigen Arme zu zerren. Es war ja schön und gut, dass der Kerl Muskeln an den richtigen Stellen hatte, aber ihn auszuziehen grenzte an einen Gewaltakt.

Glücklicherweise half er ihr, indem er das Sweatshirt nach unten zerrte und dieses einfach liegen ließ. Madison berührte sofort seine nackten Arme und wurde gleichzeitig in Richtung links geschoben, während er seinen Mund wieder auf ihren presste und sie ausdauernd küsste. Sie stolperte rückwärts in einen weiteren Raum und kam seiner Zunge entgegen, die sich träge in ihrem Mund bewegte. Der erregte Atem, der zwischenzeitlich aus seiner Kehle kam, verursachte einige heftige Hitzewallungen, die ihr nicht nur zu Kopf stiegen, sondern sich auch rasend schnell in tiefere Gefilde bewegten. Ihr war so heiß, dass sie sich am liebsten in Schnee gewälzt hätte.

Stattdessen biss sie ihm zärtlich in die Unterlippe und schob den Saum seines T-Shirts nach oben, so dass er gezwungen war, ihre Lippen für einen kurzen Augenblick freizugeben.

Madison dankte Gott, dass es draußen noch hell genug war, um im diesigen Licht seines Schlafzimmers seinen nackten Oberkörper betrachten zu können, nachdem er sich das T-Shirt über den Kopf gezogen hatte. Den Footballspieler Blake O'Neill hatte sie oft genug halbnackt auf Plakaten oder in der Werbung gesehen, zumal sie seit drei Wochen nichts anderes zu tun hatte, als nach heißen Fotos oder Videos von ihm im Internet zu suchen, aber der Mann, der in Fleisch und Blut vor ihr stand, war so real, dass ihre Knie weich wurden und ihr das Wasser im Mund zusammenlief.

Als er den Kopf senken wollte, um sie wieder zu küssen, schüttelte sie abwehrend den Kopf und legte ihre gespreizten Hände auf seine stahlharte Brust, um die Muskeln und den rasenden Herzschlag unter ihrer rechten Handfläche zu spüren. Es tat gut zu wissen, dass der beeindruckende Footballspieler ebenfalls kurz vor einem Herzklabaster zu stehen schien.

Vorsichtig strich sie über die bebenden Muskeln und presste sich an ihn, während sich ihre Augen auf die Narbe an seiner Schulter richteten, die noch ganz frisch war. Langsam glitt ihr Finger zu der kaum verheilten Wunde und der deutlich sichtbaren Narbe, die sich quer über seiner Schulter befand, um diese federleicht nachzufahren. Es schien ihm keine Schmerzen zu bereiten, da er sein Gesicht in ihr Haar schmiegte und einen tiefen Seufzer nicht unterdrücken konnte.

Ihr Mund folgte ihrem Finger. Sie drückte sanfte Küsse auf seine Narbe und strich gleichzeitig mit beiden Händen über die kompakten Muskeln seines Oberkörpers, während ihr fast schwindelig wurde.

Er stöhnte ihren Namen und begann ihren Cardigan aufzuknöpfen, der keine Minute später über ihre Schultern glitt und ebenfalls zu Boden fiel. Ihr ärmelloses Shirt folgte fast sofort, nachdem er ihr dieses einfach über den Kopf gezogen hatte. Madison stand an ihn gelehnt, küsste seine Schulter, den kräftigen Hals und leckte über die Kuhle zwischen Kehle und Schlüsselbein. Gleichzeitig glitten ihre Finger über die ausgeprägten Muskeln seines Bauchs zu dem Saum seiner tiefsitzenden Jeans, die sie aufzuknöpfen begann, als seine Finger den Verschluss ihres BHs fanden und ihn öffneten.

Sie zitterte am ganzen Körper, als er furchtbar langsam den BH nach unten zog und mit seinen rauen Händen über ihre Arme strich, während er die Träger beiseiteschob. Eigentlich wollte sie ihm die Jeans ausziehen, doch ihre Finger schienen ihr nicht mehr zu gehorchen und ließen es zu, dass er ihr Handgelenk an seinen Mund führte und mit seiner Zunge über die winzige Tätowierung fuhr. Nach Luft schnappend beobachtete sie den dunklen Blick, mit dem er sie betrachtete, während er ihr Handgelenk küsste und mit der anderen Hand zu ihren Brüsten fuhr, die er quälend langsam berührte. Ihm in die Augen zu sehen, während sein Daumen träge über ihre harte Brustwarze streichelte, war erregender als alles, was sie zuvor erlebt hatte. Mit trockener Kehle japste sie kurz auf und holte zitternd Luft.

„Blake ...“

Seine Antwort bestand aus einer so heiseren Stimme, dass sie sich gegen ihn lehnen musste, um das Gleichgewicht zu halten. „Ich will in dir sein.“

Ihre Antwort bestand aus einem Stöhnen.

„Gott, du fühlst dich so gut an.“ Er ließ ihr Handgelenk nicht los, hob jedoch den Kopf, um sie wieder auf den Mund zu küssen, und führte gleichzeitig ihre Hand zu der beeindruckenden Erektion, die sich gegen die Knopfleiste seiner Jeans presste.

Sein harter Kuss und die noch härtere Ausbuchtung in seiner Hose bewirkten, dass Madison nicht mehr wusste, wo unten und wo oben war. Eigentlich fand sie nichts abturnender als Männer, die den Kopf einer Frau nach unten drückten, weil sie einen Blowjob erwarteten, oder die die Hand einer Frau an ihren Penis pressten, um dieser ihr bestes Stück zu präsentieren, aber bei Blake fand sie es ziemlich scharf. Sie fand es sogar ziemlich geil und zeigte es ihm, indem sie ihn wie entfesselt küsste und die zwei letzten Knöpfe seiner Jeans öffnete, bevor ihre Hand in seine Hose glitt und sie feststellte, dass es noch eine Gemeinsamkeit zwischen ihnen beiden gab.

Sie beide hielten nicht viel von Unterwäsche.

Sein Stöhnen machte sie tierisch an, ebenso wie seine zitternde Hand, die mit dem Reißverschluss ihrer Shorts und der darunterliegenden schwarzen Strumpfhose kämpfte. Unter Mühen zogen sie sich gegenseitig die letzten Kleidungsstücke aus und stolperten orientierungslos auf sein Bett, auf dem sie sich keuchend wiederfanden. Madison schob sich auf seinen stahlharten Körper und stützte sich mit beiden Händen neben seinem Kopf ab, um ihn zu küssen und voller Erregung zu spüren, wie sich seine harte Erektion gegen ihren Bauch presste.

Als seine Hände ihren Hintern umfassten und diesen drückten, konnte sie einen heiseren Schrei nicht unterdrücken und holte keuchend Luft, da er seinen Kopf senkte und das Gesicht am Ansatz ihrer Brüste vergrub.

Madison stöhnte, leckte sich über die Lippen und musste es sich gefallen lassen, dass er sie mit einem Ruck auf den Rücken warf und anschließend das machte, was er wollte. Sie konnte nichts anderes tun, als sich auf der Bettdecke hin und her zu winden, seinen Namen zu keuchen und zu glauben, dass sie jeden Moment in tausend Einzelteile zerspringen würde. Tatsächlich stieg eine unglaubliche Hitze in ihr auf, während seine Zunge über ihr feuchtes Fleisch glitt und sie die Hände zu Fäusten ballte. Bevor sie jedoch explodieren konnte, beugte sich Blake über sie und griff in die oberste Schublade seines Nachttisches. Mit glasigen Augen sah sie zu, wie er eine Kondompackung öffnete und das Gummi über seine Erektion zog.

Eigentlich wollte sie protestieren, weil sie zu gerne den starken Körper, die verlockenden Tätowierungen oder den steinharten Penis erkundet hätte, der sich so gut in ihrer Hand angefühlt hatte, doch ein Blick in seine entschlossene Miene hielt sie davon ab. Stattdessen schlang sie ihm die Arme um den Hals und ein Bein um seine Hüfte, als er sich auf sie legte und mit einem tiefen Stoß in sie eindrang.

Mit einem heiseren Schrei warf sie den Kopf zurück und stieß einen weiteren Schrei aus, als er ein zweites

Mal zustieß. Bei dem dritten Stoß zog sie seinen Kopf zu sich hinunter und vergrub ihre Finger in seinem Rücken, während sie ihm entgegenkam.

Ohne sich zu küssen, lagen ihre Lippen aufeinander, als ein Beben erst durch ihren und anschließend durch seinen Körper ging. Angestrengt streckte sich Madison ihm bei jedem seiner Stöße entgegen, stöhnte seinen Namen und musste sich davon abhalten, ihm vor lauter Erregung nicht in den Mund zu beißen.

Abgesehen davon, dass er permanent flüsterte, wie heiß sie sei, und dass er mit rauer Stimme von ihr wissen wollte, wie gut es sei, bemerkte Madison nur, dass sie kurz davor stand, das Bewusstsein zu verlieren. Sie klammerte sich an ihn und glitt mit ihren Händen über die harten Muskeln seines Rückens, deren Kontraktionen sie bei jeder seiner Hüftbewegungen unter ihren Fingern spüren konnte, als er heftig gegen ihre Lippen atmete und sie anschließend küsste. Fast gleichzeitig steigerte er das Tempo seiner Stöße, presste sie in sein Bett und hob mit einer seiner Pranken ihre Hüfte in die Höhe, was bewirkte, dass vor Madisons Augen Sterne explodierten und sie mit einem lauten Schrei zum Höhepunkt kam. Einen winzigen Augenblick später zuckte auch er am ganzen Körper, stöhnte leise und blieb beinahe regungslos auf ihr liegen.

Madison atmete schwer und lehnte ihren Kopf gegen seinen. Ihr Körper fühlte sich wohlig betäubt und gleichzeitig absolut lebendig an. Außerdem hatte ein Prickeln an einigen sehr geheimen Stellen eingesetzt. Erschöpft schloss sie die Augen und hörte Blakes Stimme flüstern: „Bleibst du heute Nacht hier?“

Lächelnd zog sie die Schultern hoch und sog seinen Geruch in sich auf. „Wenn es dir nichts ausmacht, dass ich schnarche?“

„Kein Problem, Süße.“ Langsam stemmte er sich etwas in die Höhe und schaute ihr direkt ins Gesicht. Dass seine blauen Augen vergnügt funkelten, jagte ihr einen erneuten Schauer über den ganzen Körper. „Wenn es dir nichts ausmacht, dass ich nachts wach werde und Lust auf Sex habe?“

„Das kriege ich schon hin“, erwiderte sie leise und gab sein Lächeln zurück.

14. Kapitel

Als er sein Schlafzimmer betrat, blieb er einen Moment in der Tür stehen und beobachtete Madison, die nackt auf seinem Bett saß und ihre Gitarre stimmte. Die Tatsache, dass mit ihrer Gitarre einige andere ihrer Besitztümer bei ihm eingezogen waren, juckte ihn merkwürdigerweise gar nicht. Manchmal dachte er sogar daran, ihr einen eigenen Wohnungsschlüssel zu geben, aber dann rief er sich selbst wieder zur Vernunft. Er war Blake O'Neill, der alleine lebte und seinen Schlüssel keiner Frau gab, die er erst seit wenigen Wochen kannte und mit der er erst seit zwei Wochen schlief. Einer Frau den Schlüssel zu seiner Wohnung zu geben, bedeutete nun einmal, ihr nicht nur Macht über ihn zu geben, sondern es bedeutete auch, dass ihre *Beziehung* etwas Ernstes war. Und das war es nicht.

Man gab seiner festen Freundin den Wohnungsschlüssel, aber Madison war nicht seine feste Freundin. Zwar war ihm nicht klar, was sie denn nun war, aber sie beide gehörten nicht zu den Menschen, die für alles gleich eine Definition finden mussten. Blake dankte dem Herrn, dass Madison nicht zu der Sorte klammernder Frauen gehörte, die mindestens einen Heiratsantrag erwarteten, sobald man mit ihnen geschlafen hatte.

Dafür ähnelte sie ihm viel zu sehr.

Beide hatten keine Lust auf eine einengende Beziehung, sahen das Leben nicht bierernst und hatten viel Spaß zusammen. Bei ihr konnte er so sein, wie er wollte, und musste nicht ständig darüber nachdenken, was er sagte und was er tat oder ob er zu laut und zu rüpelhaft war. Seine groben Scherze machten ihr nichts aus, sondern schienen ihr auch noch zu gefallen, schließlich bekam sie jedes Mal einen regelrechten Lachanfall und tadelte ihn nicht, weil er ein Schimpfwort in den Mund genommen hatte. Stattdessen erzählte sie ihm dermaßen dreckige Witze, dass ihm die Kinnlade hinunterfiel.

Madison war eine Frau ganz nach seinem Geschmack: laut, lässig und lasziv.

Genau in diesem Moment sah sie auf und lehnte den Kopf zur Seite, um ihn anzulächeln, während sie gleichzeitig auf ihrer Gitarre herumklimperte.

„Schreibst du gerade einen neuen Song?“ Er zog das durchgeschwitzte T-Shirt aus und warf es auf den Boden zu den anderen schmutzigen Klamotten, die er bald aufsammeln und in die Waschmaschine stopfen musste, doch überhaupt keinen Bock darauf hatte. Ein weiterer positiver Punkt an Madison war, dass sie sein Chaos kaum wahrzunehmen schien und ihn nicht anmotzte, weil sich das dreckige Geschirr in der Spüle stapelte.

„Mir war langweilig, während du auf deinem Laufband trainiert hast“, erwiderte sie leichthin und zupfte an einer Saite ihrer Gitarre herum.

Blake zuckte mit der Schulter und schlüpfte aus seinen Sportschuhen. „Du hättest ja mitkommen und dich mit mir unterhalten können.“

„Ha!“ Ihre Stimme klang ungläubig. „Ich soll dir zusehen, wie du halb asthmatisch auf deinem Laufband trainierst? Da klimpere ich doch lieber ein wenig vor mich her.“

„Andere bezahlen viel Geld, um mich in Action zu sehen.“

Ihre braunen Augen zu beobachten, die ihn von unten bis oben maßen, während ihr voller Mund sich kräuselte, war ein riesiges Vergnügen, das ihm ein merkwürdig warmes Gefühl in seiner Magengegend bescherte.

„Ich will dir ja nicht die Illusion rauben, aber diejenigen, die einen Haufen Geld für ein Ticket ausgeben, sitzen mit fünf Litern Bier auf der Tribüne und stopfen sich mit Hotdogs voll. Spätestens im zweiten Viertel sind sie so sternhagelvoll, dass du einem Schimpansen dein Trikot anziehen und über das Feld laufen lassen könntest, ohne dass sie einen Unterschied bemerken würden."

„Einen Schimpansen?" Ungläubig rümpfte er die Nase und dachte sich, dass er eigentlich beleidigt sein sollte, was er jedoch nicht war.

„Von mir aus auch einen Gorilla", ergänzte sie mit einem übertriebenen Nicken. „Da passen die Proportionen besser."

„Oh, Baby", stöhnte er gespielt ekstatisch auf und schob sich die Trainingshose hinunter. „Deine Schmeicheleien treiben mich in den Wahnsinn!"

Obwohl er nun nackt war, schenkte sie ihm kaum Beachtung, sondern konzentrierte sich auf ihr Gitarrenspiel und lächelte milde.

„Wolltest du etwas Bestimmtes von mir, Blake?"

„Kommst du mit unter die Dusche?"

„Warum? Ich habe schon geduscht."

Er war nackt, verschwitzt und ließ seine Augen über ihre nackte Haut gleiten, die nicht von einer Gitarre bedeckt war. Leider konnte er die interessantesten Stellen nicht sehen, da diese verdammte Gitarre im Weg war. Ehrlich gesagt war er ein klitzekleines bisschen geil und hätte sich zu gerne auf sie gestürzt, aber wie es schien, regte sich bei ihr kein Interesse an einem nackten und keuchenden Footballspieler, was eine Schande war, da er sicher war, heute eine verdammt gute Performance abzuliefern.

Ihr Desinteresse wunderte ihn ein wenig, schließlich trieben sie es seit rund zwei Wochen wie die Kaninchen. Zum Glück war er noch in der Lage, einen Ball zu werfen, ohne erschöpft aus den Latschen zu kippen, immerhin wollte er seinen Coach davon überzeugen, ihn wieder aufs Feld zu lassen. Wenn dieser von seinem permanenten Erschöpfungszustand erfahren hätte, könnte er es sich abschminken, in näherer Zukunft aufgestellt zu werden.

Mit einem Seufzer betrachtete er die nackte Frau auf seinem Bett und beugte sich anschließend über sie, um ihr die Gitarre wegzunehmen.

„Hey“, protestierte sie und schenkte ihm einen provozierenden Augenaufschlag. „Magst du mein Geklimpere nicht?“

„Doch, aber noch lieber mag ich dich unter der Dusche.“

„Sag das doch gleich“, entgegnete sie fröhlich und legte beide Hände auf seine Brust, um diese zu streicheln.

Die Berührung ihrer Hände und der weiche Mund, der sofort seinen fand, um ihm einen süßen Kuss zu geben, von dem er wusste, dass er gleich ziemlich heftig ausfallen konnte, versetzten ihn in einen Zustand atemlosen Entzückens. Abrupt schnappte er nach Luft und ließ seine Hände zu ihren Hüften gleiten, um sie hochzuheben.

„Oh Gott“, stöhnte sie gegen seine Lippen und krallte sich an ihm fest, als er sie mühelos in die Höhe hob und gleichzeitig küsste.

Schwer atmend hielt Blake sie fest und bemerkte, wie sie beide Beine um seine Hüften schlang und gleichzeitig seinen Hals umklammerte.

„Wolltest du nicht duschen?“

„Egal“, raunte er und sah in ihre erweiterten Pupillen, bevor sein Blick auf die entzückenden Sommersprossen auf ihrer Nase fiel.

Gerade als er sie zurück aufs Bett legen wollte, durchdrang ein penetrantes Klingeln die himmlische Stille, die lediglich von ihren erregten Atemzügen unterbrochen wurde. Frustriert sackten seine Schultern hinab, während er das Gefühl hatte, mit einem Eimer Eiswasser übergossen worden zu sein.

„Scheiße“, murmelte er, nachdem er sich verschwommen daran erinnerte, dass er Besuch erwartete, auch wenn er diesen völlig vergessen hatte. Die nackte Schönheit auf seinem Bett, die sich inbrünstig an ihn klammerte und deren heißer Atem über seine Wange strich, hatte es irgendwie geschafft, dass er die Verabredung mit seinen Kumpels verschwitzt hatte.

Das Stöhnen, das er nun ausstieß, kam aus tiefstem Herzen.

Auch Madison stöhnte und glitt langsam an ihm hinunter, hielt ihre Arme jedoch weiter um seinen Hals geschlungen und flehte mit heiserer Stimme: „Sag mir bitte, dass es die Zeugen Jehovas sind.“

„Nein“, erwiderte er finster und schob ihre Arme sanft beiseite. „Schön wär’s. Es sind die Jungs. Entschuldige ...“

„Oh Mann.“ Sie gab ihm einen federleichten Kuss auf die Wange. „Da kann man nichts machen.“

„Verdammt.“ Mit düsterer Miene holte er Luft. „Ausgerechnet jetzt.“

„Tja." Ihre Arme ließen seinen Nacken los, bevor sie einen Schritt zurücktrat und lässig mit der Schulter zuckte. „Wie es aussieht, schuldest du mir einen Orgasmus."

„Dito", antwortete Blake schlecht gelaunt und legte den Kopf in den Nacken, als es ein weiteres Mal klingelte. „Ich bringe sie um."

Madison beugte sich vor, drückte ihm einen raschen Kuss auf die Wange und zog sich anschließend hastig an. Missmutig betrachtete Blake dies, verfluchte seine Kumpels und schlüpfte ebenso hastig in ein paar Jeans.

„Du willst doch nicht etwa gehen?"

„Doch", erwiderte sie, während sie den BH hinter ihrem Rücken schloss.

„Aber du wolltest doch hier schlafen", rief er aus und merkte, wie die Enttäuschung seinen Rücken hinaufkroch. In den vergangenen vierzehn Tagen hatte er bemerkt, wie angenehm es war, mit jemandem frühstücken zu können, der bereits am Morgen über seine Witze lachte. Nicht zu vergessen natürlich das Gefühl, das man abends hatte, wenn man zufrieden ins Bett sank und jemand neben einem lag, den man mochte.

Den man sehr mochte.

„Soll ich etwa hierbleiben, wenn deine Kumpels dabei sind? Nein, ich will bei eurem Männerabend nicht stören."

„Männerabend?" Schnaubend knöpfte er sich die Jeans zu. „Schön wär's! Al ist dabei und der bekommt einen Kicheranfall, wenn man in seiner Gegenwart irgendeinen weiblichen Körperteil benennt."

Nun kicherte Madison und fragte glucksend: „Und du willst mir wirklich weismachen, dass es Menschen gibt, die Angst vor euch haben?"

„Zieh dich an“, grummelte er gutmütig, bevor er schwer genervt von dem erneuten Klingeln das Schlafzimmer verließ und durch seine Wohnung stiefelte, um seine ungebetenen Gäste hineinzulassen, die polternd vor seiner Tür standen und ebenso polternd in seine Wohnung einfielen.

„Hast du etwa noch geschlafen? Es ist fünf Uhr nachmittags.“

„Ey, Mann! Wie wäre es mal mit aufräumen?“

„Bei dir sieht es immer aus wie auf einem Schlachtfeld!“

Blake ignorierte das Gemecker seiner drei Teamkollegen und ließ diese stirnrunzelnd hinein. „Wolltet ihr nicht was zu essen mitbringen?“

Ian Carlisle kaute auf irgendetwas herum, was Blake nicht näher ergründen wollte, da das neueste Mitglied der Titans einen widerlichen Geschmack hatte, und erläuterte schmatzend: „Palmer will was mitbringen.“

Irritiert fiel Blakes Blick auf das Dörrfleisch, während er nachhakte: „Brian kommt auch?“

Bevor Ian darauf antworten konnte, ertönte Eddies Stimme durch die komplette Wohnung. „Deine Bude ist ein Schweinestall, O’Neill. Abgesehen davon hättest du dich mal anziehen können.“

„Ja, Mann.“ Ian war noch immer damit beschäftigt, auf dem Fleischstreifen herumzukauen, der Blake fatal an Hundefutter erinnerte, und musterte ihn kritisch. „Meiner Meinung nach sehen wir schon genug von deiner nackten Haut beim Training. Hättest du dir nicht ein Shirt anziehen können?“

Plötzlich ließ sich Madisons belustigte Stimme vernehmen, die aus der Richtung seines Schlafzimmers kam. Als er aufblickte, sah er, wie sie am Eingang des kleinen Flurs stand und nichts weiter als sein Van-Halen-T-Shirt trug, das ihr bis zur Mitte der Oberschenkel reichte.

„Gerade war er noch nackt“, erklärte sie seinen Freunden, die die halbnackte Frau in erschrockenem Schweigen anstarrten.

Madison schien die drei leicht fassungslosen Männer zu ignorieren und blickte ihn auffordernd an. „Ich kann meine Hose nicht finden.“

„Und jetzt?“ Amüsiert verschränkte er die Arme vor der Brust und verlagerte sein Gewicht auf das linke Bein. „Soll ich dir beim Anziehen helfen?“

„Nein, aber du könntest mir beim Suchen helfen.“

Mit kritischem Blick deutete er auf ihre Bekleidung. „Ist das nicht mein T-Shirt?“

Madison nickte fröhlich. Es schien ihr rein gar nichts auszumachen, dass sie mit nackten Beinen vor seinen Kumpels stand und sich mit ihm über ihre Bekleidung unterhielt, obwohl jedem klar sein musste, weshalb sie in seiner Wohnung war.

„Du weißt, dass es mein Lieblingsshirt ist“, gab er grimmig zu bedenken, auch wenn er innerlich strahlte und sein Herz wie eine defekte Kaffeemaschine schlug – polternd und unregelmäßig.

Unschuldig spitzte sie ihren Mund. „Ich kann es auch gerne ausziehen, wenn dir das lieber ist.“

Dieses verrückte Weib griff tatsächlich nach dem Saum des Shirts und wollte es ausziehen, als zwei Footballspieler sich mit einem erschrockenen Japsen umdrehten, ein anderer sich die Hände vor die Augen schlug und wie verrückt kicherte, während er selbst alarmiert auf sie zusprang, um sie davon abzuhalten, sich vor seinen Freunden zu entblößen.

„Oh Mann.“ Madison lachte begeistert auf. „Ihr seid echt knallharte Kerle!“

„Zieh dich an“, brummte er und schob sie zurück in den Flur zu seinem Schlafzimmer.

„Was ist mit deinem Shirt?“

„Behalte es meinetwegen.“ Kopfschüttelnd sah er ihr nach, wie sie ihm über die Schulter einen Luftkuss gab, und maß dem Kribbeln in seiner Magengegend keine Bedeutung zu.

Eddie schien sich als Erster von seinem Schrecken erholt zu haben, da er unsicher über seine Schulter späte und sich eine Sekunde später wieder zu ihm umdrehte. „Du treibst es mit unserem Maskottchen?“

„Ich habe es doch gleich gesagt!“

„Klappe, Carlisle“, wies Blake ihn gutmütig zurecht und hob eine dreckige Socke vom Boden auf.

„Können wir uns jetzt darauf einstellen, dass einige der Cheerleader beim nächsten Spiel auf Mr. Titastic losgehen?“

„Wäre es möglich, wenigstens ein einziges Mal die Cheerleader raus zu lassen?“ Angefressen griff er nach einem verkrusteten Teller und brachte diesen in die angrenzende Küche, nachdem er die Socke in seine Jeanstasche gestopft hatte.

„Haha.“ Ian lachte auf. „Unser Blake tauscht Cheerleader gegen Maskottchen aus.“

Verärgert ließ er den Teller in die Spüle fallen und fluchte, als dieser in zwei Teile zerbrach. „Verdammt, Carlisle! Du solltest doch die Klappe halten.“

Nervös sah er zurück ins Wohnzimmer, da er befürchtete, dass Madison etwas von der Unterhaltung mitbekam, und raunte seinen drei Teamkollegen warnend zu: „Kein Wort mehr über Cheerleader, wenn Madison dabei ist, verstanden?“

„Oh mein Gott!“ Eddie sah ihn an, als würde er jeden Moment aus den Latschen kippen. Den gleichen Gesichtsausdruck hatte er schon gemacht, als einer von Duprees Hunden Durchfall in der Umkleidekabine fabriziert hatte.

Stirnrunzelnd nickte er ihm zu. „Was ist?“

„Du bist verknallt.“

Es dauerte einen Augenblick, bevor er vehement widersprach. „Das bin ich nicht!“

Doch Eddie sah ihn weiterhin wie ein Wesen aus einer fremden Galaxie an. „Scheiße, du bist verknallt.“

„Halt die Klappe, das bin ich nicht!“

„Wenn das die anderen erfahren ...“

Blake knirschte mit den Zähnen und ballte automatisch die Hände zu Fäusten. Am liebsten wäre er auf seinen Kumpel losgegangen, als es schon wieder an der Tür klingelte.

„Ich mache schon auf“, bot Al an, der mit großen Augen die Diskussion verfolgt hatte.

„Tu das“, brummte Blake und ließ den schockierten Eddie nicht aus den Augen. „Kein Wort verlierst du darüber, verstanden?“

„Aber ...“

„Eddie“, warnte er ihn.

Als wäre es nicht schon schlimm genug, dass seine Kumpels ihn verknallt nannten, musste er nun auch noch hören, dass sein Kapitän und Quarterback die Wohnung betrat. „Hallo, zusammen! Ich habe Verstärkung mitgebracht.“

Das Greinen zweier Babys brachte Blake nun völlig aus dem Konzept, weshalb er sich grimmig umdrehte und dem stolzen Vater, der einen Zwillingskinderwagen in seine Wohnung schob, anblaffte: „Bist du völlig bescheuert! Du kannst die beiden doch nicht in meine Wohnung bringen!“

Brian schien ihn völlig zu ignorieren und schaute Ian fragend an. „Was schiebt er schon wieder für Paranoia?“

Der schmatzende Wide Receiver zuckte mit der Schulter. „Er hat eine halbnackte Frau in seiner Bude ...“

„Blake, du weißt schon, dass wir verabredet waren, oder?“ Brian schüttelte tadelnd den Kopf. „Hättest du nicht später jemanden aufreißen können? Du hast ja keine Ahnung, was es für ein Aufwand ist, zwei Babys ausgehfertig zu machen und ...“

Er unterbrach seinen Kumpel mit einem finsteren Grollen und wollte ihm schon die Meinung geigen, als Eddie ihn unterbrach.

„Ne, so ist das nicht!“

Neugierig hob Brian den Kopf. „Was ist *so* nicht?“

Eddie nickte in Richtung Schlafzimmer. „Er hat niemanden aufgerissen. Wie es scheint hat Blake ...“ Er holte tief Luft und ließ die Bombe platzen. „... eine *Freundin*!“

„Was?!“ Der Quarterback schien so geschockt zu sein, dass er den Griff des Kinderwagens losließ und Blake wie ein gehirnloser Zombie anstarrte. „Du hast eine Freundin?!“

Als müsste Al ein Geheimnis für sich behalten, flüsterte er entsetzt: „Es ist das Maskottchen.“

„Das *was*?“

„Das Maskottchen“, erklärte nun Eddie, während Blake kurz vor einer Explosion stand und sich nur deshalb zurückhielt, weil Madison nebenan war und seine Patensöhne fröhlich brabbelnd in ihrem Kinderwagen saßen. Normalerweise waren die beiden Babys an die Lautstärke der Footballspieler gewöhnt, aber Blake hatte nicht die Absicht, vor den Augen der beiden einen Mord zu begehen oder ihren Vater zusammenzuschlagen.

„Deine Freundin ist ein Maskottchen?"

„Seine Freundin spielt das Maskottchen. *Unser* Maskottchen!"

„Mr. Titastic?" Brian prustete vergnügt, nachdem er sich von dem ersten Schrecken erholt zu haben schien. „Zieht sie beim Sex den Kopf an?"

Die trockene Antwort kam von hinten. „Wie es scheint, hat niemand der anwesenden Herren den Footballkopf einmal aufgesetzt. Es ist entsetzlich heiß darunter."

Entsetzt schloss Blake die Augen und dachte mit Schrecken daran, dass die Jungs Madison seine Freundin genannt hatten. Er fragte lieber nicht, was sie alles von dem Gespräch mitbekommen hatte.

Auch seine Kumpels schienen entsetzt zu sein, da sie schlagartig verstummten. Allein die beiden Babys gaben irgendwelche Laute von sich, die darauf schließen ließen, dass sie gerade einen Nachmittagssnack verdauten.

Als Blake die Augen wieder öffnete, sah er, wie seine Kumpels mit weit aufgerissenen Augen die Frau betrachteten, die amüsiert zwinkerte. „Sex mit einem Maskottchen? Das nenne ich mal einen Fetisch."

Da keiner von ihnen etwas sagte, seufzte sie auf und winkte in die Runde. „Hallo zusammen."

Ein zustimmendes und verlegenes Gemurmel erklang, das Madison mit einem Grinsen erwiderte. „Mann, oh Mann! Wirklich furchteinflößend."

Um die peinliche Situation zu umschiffen, räusperte sich Blake vernehmlich. „Wie du siehst, interessieren sich alle brennend für mein Sexleben."

Mit einem trockenen Lachen bückte sie sich, um ein Handtuch aufzuheben, das neben seiner Stereoanlage gelegen hatte. „Kein Wunder bei den vielen Cheerleadern ..."

„Madison", unterbrach er sie tadelnd und peinlich berührt zugleich.

„Was denn? Aus sicherer Quelle weiß ich, dass viele von ihnen es als Aufnahmeritual bezeichnen, mit dir ins Bett zu gehen oder dir wenigstens ihre nackten Möpse zu zeigen, Baby."

Al kicherte natürlich sofort los, während der schockierte Eddie nach Luft schnappte. *„Baby*?"

Brian als Charmeur vom Dienst fragte dagegen nach: „Ein Aufnahmeritual? Schläfst du deshalb mit ihm?"

Obwohl Blake es gar nicht passte, dass seine Teamkollegen mit seiner Freundin ... also mit der Frau, die mit ihm schlief, über ihr Sexleben sprachen, machte es Madison allem Anschein nach nichts aus.

„Nein, ich schlafe mit ihm, weil er so süß ist."

„Süß?"

„Blake?"

„Jetzt reicht es aber!" Grimmig verschränkte er die Arme vor der Brust. „Wir wollten ein bisschen zocken, also hört auf, über mich zu reden, als wäre ich ein Welpe in einer Tierhandlung! Setzt euch hin, damit wir anfangen können."

Madisons Augenbrauen schossen in die Höhe. „Willst du vorher nicht aufräumen?"

„Nein." Anklagend richtete er seinen Blick auf Brian. „Wie kannst du meine Patensöhne in meine

Wohnung bringen? Du weißt doch, wie es hier immer aussieht!“

Dieser zuckte mit der Schulter und beugte sich zu dem Kinderwagen, um seine Söhne aus den Sitzen zu befreien. „Ein bisschen Dreck hat noch niemandem geschadet.“

„Ein bisschen Dreck?“

Blake schenkte Ian einen mörderischen Blick und merkte, wie peinlich es ihm plötzlich war, dass seine Wohnung ein derartiges Chaos war. Vielleicht hätte er wirklich vorher aufräumen sollen, aber es war ihm nie wichtig erschienen, dass alles wie geleckt aussah. In seiner Kindheit und Jugend hatte es eine solche Nachlässigkeit niemals gegeben, denn beinahe täglich waren sein Bett und sein Platz kontrolliert worden. Jeden Tag hatte er sein Bett machen müssen, bevor er in die Schule gegangen war, und hatte niemals irgendetwas herumliegen lassen dürfen.

„Hier, nimm ihn.“ Brian drückte ihm eines der sabbernden Babys in den Arm und unterbrach seine unschönen Kindheitserinnerungen.

Der Geruch des brabbelnden Babys und das Gewicht des Kleinen trösteten ihn augenblicklich. Mit einem tiefen Atemzug tätschelte er den Rücken des Jungen. „Brian, du hättest sie wirklich lieber zuhause lassen sollen.“ Besorgt hob er den Kopf. „Was ist, wenn sie irgendetwas verschlucken?“

„Außerdem wollten wir Videospiele spielen.“

„Hey!“ Der Quarterback nahm seinen Sohn auf den Arm und deutete grinsend auf Madison, die damit beschäftigt war, Blakes Couchtisch zu entrümpeln. „Wenn Blake seine Freundin mitbringt, dürfen meine Söhne auch dabei sein.“

Beinahe wäre er erstickt und bemühte sich darum, Brians Kommentar mit einem Hustenanfall zu übertönen, doch alle Anwesenden mussten jedes Wort des großmäuligen Idioten gehört haben.

„Keine Sorge.“ Madison tauchte hinter Blake auf, gab ihm einen flüchtigen Kuss auf den nackten Oberarm und erklärte belustigt: „Ich bin gleich weg und störe euren Männerabend nicht länger.“

„Du störst doch nicht!“ Brian schüttelte den Kopf. „So meinte ich das nicht.“

„Ich weiß.“ Sie griff nach einem weiteren Glas und schien weder beleidigt noch zickig zu sein. Stattdessen machte sie klar Schiff und räumte seine Wohnung auf. „Aber ohne mich könnt ihr euch nach Herzenslust über nackte Cheerleader unterhalten.“

„Außerdem können wir dann Videospiele spielen.“ Großzügig nickte Eddie.

„Genau. Dann habt ihr auch eine Chance“, erwiderte Madison ebenso großzügig.

„Was soll das bedeuten?“

Blake hielt das Baby in einem Arm, ging auf Madison zu und nahm ihr zwei Gläser mit der anderen Hand ab. Anschließend schob er sie mit der Hüfte zurück und nickte dem riesigen Fernseher zu, unter dem sich seine Konsolen stapelten. „Das bedeutet, dass sie dir bei *Fight or Die* den Arsch aufreißen wird, Eddie. Und wir dürfen zuschauen.“

15. Kapitel

„Hast du etwa den Geburtstag deiner Großmutter vergessen, Madison Margareth?“

Madison schnitt eine Grimasse und zuckte zusammen. Die Nennung ihres vollen Namens bedeutete, dass ihre Mutter verärgert war. In solchen Fällen war es normalerweise am besten, wenn man Deckung suchte. Da sie jedoch nicht einfach auflegen konnte, ohne das Risiko einzugehen, dass ihre Mom sie zu irgendeinem Aushilfsjob auf dem nächsten Debütantinnenball verdonnerte, den sie mal wieder ausrichtete, beteuerte sie hastig: „Natürlich habe ich Großmutters Geburtstag nicht vergessen, Mom.“

Selbst wenn sie für diese Lüge in die Hölle kam, konnte es beim Teufel höchstpersönlich nicht schlimmer sein als auf einer dieser unerträglichen Gesellschaftsveranstaltungen, bei denen kichernde Töchter der höheren Gesellschaft in Kleidern, die einem Baiser ähnelten, mit ihren mehr als genervten Begleitern vorgestellt wurden und ein Tänzchen wagen durften.

Obwohl Madison glücklicherweise schon lange aus dem Alter raus war, diesen Mist über sich ergehen zu lassen, kämpfte sie Jahr für Jahr darum, dieser Peinlichkeit zu entgehen, für die ihre Mom über brennende Kohlen laufen würde. Leider hatte ihre Mutter die Angewohnheit, die ganze Familie in ihr Hobby zu integrieren, so dass sie sich jedes Jahr eine neue Entschuldigung ausdenken musste, warum sie ausgerechnet an dem Tag, an dem der Debütantinnenball stattfand, keine Zeit hatte und dem bedeutenden Ereignis fernbleiben musste.

Sie wusste selbst nicht, weshalb ihre Mutter immer darauf bestand, ihre jüngste Tochter dabeizuhaben. Ihr zuliebe hatte sie mit sechzehn sogar gute Miene zum bösen Spiel gemacht, sich in ein solches Kleid stecken lassen, ihr erstes Tattoo mit Make-up überdeckt und war am Arm ihres Cousins der Gesellschaft präsentiert worden, während ihre Mom vor Erleichterung in Tränen ausgebrochen war. Vermutlich war sie nur erleichtert gewesen, dass ihr schnöder Neffe Vincent ihre Tochter begleitet hatte und nicht deren Freund, der ein Motorrad gefahren war und einen Ohrring getragen hatte.

„Warum hast du mich dann gerade noch gefragt, ob ich wüsste, wann Matt aus dem Urlaub wiederkommt?"

„Mom, also ..." Nervös nagte sie an ihrem Fingernagel herum und entfernte sich aus dem Flur, von dem man wunderbar hören konnte, wie Blake lauthals unter der Dusche sang. „Ich dachte nur, dass ... dass Matt ..."

„Sie ist deine einzige Großmutter und sie wird neunzig Jahre alt! Madison, du solltest sie nicht als derart selbstverständlich hinnehmen. Wer weiß, wie lange du sie noch hast."

Auch auf die Gefahr hin, dass ihre Mutter durch telepathische Fähigkeiten spitz bekam, dass ihre Tochter gerade die Augen verdrehte, tat sie es dennoch. Sie liebte ihre Großmutter, war sich jedoch ziemlich sicher, dass der Sensenmann nicht besonders scharf darauf war, mit ihrer Großmutter ein Date zu haben. Die Frau hatte Haare auf den Zähnen und besaß einen so spitzen Humor, dass jede Gastgeberin fürchtete, sie auf einer ihrer Partys zu entdecken. Man munkelte sogar, dass es ihre Großmutter in den Siebziger Jahren geschafft hatte, Henry Kissinger derart aus der Fassung zu bringen, dass der knallharte

Außenminister verstummt war und früher als geplant eine Wahlkampfveranstaltung verlassen hatte, die zu seinen Ehren stattgefunden hatte. Ob das tatsächlich der Wahrheit entsprach, konnte Madison nicht sagen, aber zuzutrauen war es ihrer Großmutter auf jeden Fall.

„Mom“, erwiderte sie nachsichtig. „Du erzählst mir schon seit meinem fünfzehnten Lebensjahr, dass Grandma bald sterben könnte ...“

„Und mit jedem Jahr steigt diese Möglichkeit.“

Innerlich zählte sie bis zehn und wollte diese Diskussion so schnell wie möglich beenden, um sich nicht total in die Nesseln zu setzen. „Du hast mich nur auf dem falschen Fuß erwischt. Natürlich komme ich zu Grandmas Geburtstag.“

„Die ganze Familie kommt. Wie sähe das nur aus, wenn dein Platz leer bliebe?“

„Ich habe doch gesagt, dass ich komme.“

„Das hoffe ich auch.“

Madison steckte ihren Kopf zurück in den Flur, vernahm Blakes klangvolle Stimme und grinste inwendig. „Sag mal, Mom. Kann ich jemanden mitbringen?“

Augenblicklich nahm die Stimme ihrer Mutter einen vorsichtigen Ton an. „Wen?“

„Du kennst ihn nicht ...“

„Deshalb frage ich ja.“

„Mom ...“

Aufgebracht unterbrach ihre Mom sie. „Dieser Tony mit dem Ring in der Nase hat den guten Single Malt deines Vaters weggetrunken und mit seinen Fingern gegessen!“

Sie zuckte zusammen, denn Tony Perez war tatsächlich keine Glanzleistung gewesen. „Ich habe mich doch schon hundertmal entschuldigt, dass ich ihn mitgebracht habe."

„Es war die Feier zu Ehren deines Vaters! Nicht jeder Jurist bekommt eine so renommierte Auszeichnung, und du bringst einen Landstreicher mit ins Haus, während wir den Vorsitzenden des Universitätsausschusses zu Besuch haben!"

Dass Tony kein Landstreicher, sondern ein Performancekünstler gewesen war, hatte ihre Mom noch immer nicht begriffen, doch Madison hielt es für klüger, das nicht zu erwähnen.

„Ich habe mich in Grund und Boden geschämt. Weißt du, wie sich unsere Familie vorkam?"

Naserümpfend warf sie ein: „Dad hat über Tonys Gedicht gelacht."

„Gedicht? William Shakespeare und Edgar Allan Poe haben Gedichte verfasst, aber was dieser Mann mit dem Nasenring vorgetragen hat, war die groteske Beschreibung seiner Masturbationsphantasien."

Ihre liebe Mutter traf es auf den Punkt.

„Trotzdem hat Dad gelacht."

„Hätte er weinen sollen?"

„Okay, okay", gab Madison zu. „Ich hätte ihn nicht mitbringen sollen, aber er war bei mir zu Besuch und es wäre unhöflich gewesen, ihn allein in meiner Wohnung zu lassen." Das entsprach nicht ganz der Wahrheit, denn sie hatte den Kumpel ihres Bandkollegen nur mit zu ihren Eltern genommen, weil sie befürchtet hatte, in eine leere Wohnung zurückzukehren, wenn sie ihn dort allein ließ.

Nach einem kurzen Augenblick ertönte die misstrauische Stimme ihrer Mutter. „Wen willst du denn zu Großmutters Geburtstag mitbringen?"

„Einen Freund?"

„Was für einen Freund?“

„Mom“, protestierte sie. „Einen Freund, okay?“

„So einen Freund wie diesen Tony, der auf deiner Couch übernachtet hat, weil er auf der Durchreise war?“

Ihre Mutter konnte furchtbar zickig sein, wenn ihr etwas nicht passte, überlegte Madison genervt und stieß den Atem aus. „Nein, ich meinte nicht so einen Freund, sondern einen *Freund*, der gerade bei mir unter der Dusche steht und bei mir übernachtet – in meinem Bett.“

Wieder schwieg ihre Mutter, bevor sie finster fragte: „Hat er einen Nasenring?“

Beinahe hätte sie gelacht, erwiderte stattdessen jedoch glucksend: „Nein, Mom.“

„Hat er wenigstens einen Job?“

„Ja, hat er.“

„Aha.“ Sie klang noch immer nicht überzeugt und hakte widerstrebend nach: „Verdient er denn genug?“

„Was?!“

„Kann er dich versorgen, wenn du schwanger wirst?“

„Gott, Mom“, rief sie sofort und flüsterte anschließend aufgeregt in den Hörer, damit Blake nichts mitbekam, wenn er aus dem Badezimmer kam. „Ich lasse ihn nicht meine Eizellen befruchten, falls du das wissen willst! Wie kommst du bloß auf solche Sachen?“

„Ich mache mir Sorgen um dich ...“

„Weil ich einen Freund habe?“

Sobald ihr das Wort über die Lippen gekommen war, schwieg sie schockiert und bemerkte, dass sie die Luft anhielt. Blake O’Neill war nicht ihr Freund, jedenfalls glaubte sie das, immerhin hatten sie nicht darüber gesprochen, *was* sie waren. Ganz sicher war er mehr als einfach nur irgendein Typ, mit dem sie sich traf und Sex hatte. Ihr Kumpel war er auch nicht, dafür sprach jedenfalls das Herzrasen, das sie immer bekam, wenn sie ihn sah oder er sie küsste.

Aber ihr fester Freund?

Nein, das war er nicht, denn sie war nicht der Typ, der einen festen Freund hatte. Und Blake war sicherlich nicht der Typ, der eine feste Freundin hatte.

Warum fühlte es sich dann so verdammt gut an, ihn ihren Freund zu nennen?

„Hör zu, Schatz. Bring deinen Freund mit, damit dein Vater und ich ihn kennenlernen können. Der Rest der Familie wird ihn natürlich auch treffen wollen. Du weißt doch, wie neugierig sie alle sind."

Genau das hatte Madison befürchtet und hätte sich selbst in den Hintern treten können, dass sie ihre Mutter gefragt hatte, ob sie Blake mitbringen konnte. Jetzt saß sie nämlich in der Zwickmühle, ihren Freund darüber zu informieren, dass ihre Familie ihn kennenlernen wollte, weil sie alle davon ausgingen, dass er eine Beziehung mit ihr führte.

„Mom, hör mal ..."

„Schon gut, Schatz. Ich muss Schluss machen, weil wir heute Abend ein Treffen des Festkomitees haben. Wir sehen uns an Großmutters Geburtstag!"

Bevor sie ihr antworten konnte, klickte es bereits in der Leitung, und Madison blieb nichts anderes übrig, als den Hörer beiseitezulegen. Genervt rieb sie sich über das Gesicht und stellte den Wasserkocher aus, um anschließend die Küche zu verlassen und das Badezimmer zu betreten, in dem Blake schon wieder eine halbe Überschwemmung angerichtet hatte. Der Mann begriff nicht, dass er sich nicht in seinem luxuriösen Badezimmer befand, sondern nur ungefähr ein Drittel des Platzes zur Verfügung hatte. Immerhin musste sie ihm zugutehalten, dass er das Chaos immer beseitigte und mit seinem riesigen Körper sowieso kaum Platz fand.

Mit vor der Brust verschränkten Armen blieb sie im Türrahmen stehen und betrachtete den nackten Mann, der von Dampfschwaden umgeben vor ihrem Spiegel stand und sich rasierte, während er irgendein Lied summte. Seine Stimme klang grauenvoll und hätte ihr normalerweise die Zehennägel nach oben biegen lassen, doch allein der Anblick seines Hinterns, der sich ihr in absoluter Unschuld präsentierte, machte Blakes nicht vorhandene Gesangskünste wieder wett.

Sie räusperte sich und fragte lässig: „Benutzt du wieder meinen Rasierer?“

Durch den Spiegel, über den er anscheinend arglos mit der Hand gewischt hatte, sah er ihr kurz in die Augen, bevor er sich wieder auf seine Rasur konzentrierte. „Ich habe meinen eigenen mitgebracht, damit deine Klingen mir nicht mehr die Haut von den Wangen schälen.“

Mit hochgezogenen Augenbrauen sah sie auf das Kulturtäschchen, das er ordentlich auf die Ablage neben das Waschbecken gestellt hatte. „Du hast ein Kulturtäschchen? Lass mal sehen!“

„Nein!“ Sofort senkte er seinen Rasierer und griff nach der schwarzen Tasche, um sie vor ihr in Sicherheit zu bringen. „Das ist privat.“

„Privat?“ Madison warf ihm einen ironischen Blick zu. „Du bist splitterfasernackt ...“

„Ich komme auch gerade aus der Dusche“, warf er ein und hielt das Kulturtäschchen hartnäckig gegen seine Brust gepresst.

Madison fixierte den schwarzen Lederbeutel und erklärte im ungläubigen Ton: „Du willst nicht, dass ich einen Blick in deinen Kulturbeutel werfe, weil das *privat* ist, aber es war kein Problem, dass ich gewisse Körperteile von dir in den Mund nahm?“

Es schien, als suche er nach Worten, während sein Gesicht knallrot wurde. „Das ist etwas völlig anderes!“

„Du tust ja gerade so, als würde ich Viagra darin finden!“

„Über Erektionsstörungen scherzt man nicht“, krakeelte er so entsetzt, als hätte sie ihm mitgeteilt, dass sie in Wahrheit ein fünfzigjähriger Mann namens Bill war.

Lachend entwand sie ihm den Beutel, setzte sich auf den Rand der Badewanne, während er sich vor ihr aufbaute und ein Handtuch um seine Hüften schlang.

„Für Scham ist es jetzt zu spät, mein Freund.“

„Der Kulturbeutel eines Mannes ist heilig.“

Gespielt ernst nickte sie und kramte unbeeindruckt in seinen Habseligkeiten herum. „Genau wie sein Fernseher, sein Auto, sein Kleiderschrank, seine Playstation ...“

„Du willst doch auch nicht, dass ich deine Sachen durchwühle, oder etwa doch?“

„Stell dich nicht so an.“ Von unten sah sie kurz in sein Gesicht und schnaubte. „Darf ich dich daran erinnern, dass du einfach an meine Kommode gegangen bist?“

Augenblicklich begann er zu grinsen und nickte. „Es war sehr interessant, was ich da alles gefunden habe.“

Nun begann sie zu erröten, da sie sich daran erinnerte, dass er eines dieser Fundstücke sofort hatte ausprobieren wollen und dass sie anschließend zu der Einsicht gekommen war, dass die Nachbildung eines Körperteils nicht an das Original heranreichte.

Um ihn von dem Thema abzulenken, das ihn sehr zu faszinieren schien, hob sie die Großpackung Kondome, die sie in seinem Kulturbeutel gefunden hatte, in die Höhe und räusperte sich. „Möchtest du mir irgendetwas erzählen?“

Blakc zuckte mit der Schulter und nahm ihr die Packung aus der Hand, um diese kommentarlos in das Regal zu stellen. „Weise Voraussicht.“

„Und ich hatte schon Angst, dass du eine Orgie veranstalten wolltest.“

„Nach der letzten habe ich mir geschworen, vorher ein bisschen mehr zu trainieren“, entgegnete er trocken.

Kurz verdrehte sie die Augen, bevor sie einen weiteren Blick in die Tasche warf, in der sich lediglich völlig normale Kosmetika befanden, wenn man von der hypoallergenen Feuchtigkeitscreme absah, die sie mit hochgezogenen Augenbrauen herausfischte.

„Eine Augencreme?“

Anscheinend hatte sie ins Schwarze getroffen, weil Blake ins Stottern geriet und eine finstere Miene zur Schau trug, als sie zu lachen begann.

„Das ist überhaupt nicht komisch.“ Er trat direkt vor sie und schnappte sich den kleinen Tiegel. „Ich will keine Krähenfüße bekommen, na und?“

„Oh Gott“, prustend lehnte sie sich vor und hätte beinahe den Beutel fallengelassen, der auf ihrem Schoß lag. „So eine Creme benutze nicht einmal ich! Blake O’Neill ist metrosexuell ...“

„Ich bin heterosexuell“, widersprach er sofort und stemmte die Hände in die Hüften. „Das müsstest du doch am besten wissen!“

„Benutzt du auch Haargel und zupfst dir die Augenbrauen?“

„Madison“, knurrte er leicht säuerlich und trat einen Schritt zurück.

Amüsiert rieb sie ihre Lippen aufeinander, lehnte sich zurück und blinzelte gegen das Licht an der Decke ihres Badezimmers. „Nicht auszudenken, dass der Mann, der aus Fenstern pinkelt, eine Feuchtigkeitscreme benutzt, damit er keine Falten um die Augen bekommt.“ Beinahe hätte sie vor Lachen gewiehert.

Als er sie packte und in seine Arme zog, fiel nicht nur der Kulturbeutel hinunter, sondern auch sein Handtuch segelte zu Boden. Doch Madison bekam gar nicht mit, dass sich seine Kosmetika auf dem bereits nassen Badezimmerboden verteilten, da sie damit beschäftigt war, sich gegen seine Hände zu wehren und gleichzeitig wie verrückt zu lachen, was sich noch steigerte, als er sie kitzelte.

„Hör auf“, gluckste sie mit einem übersprudelnden Lachen. „Das ist unfair! Du bist viel stärker als ich.“

Erst als sie nach Luft japste und um Gnade flehte, ließ er von ihr, um seine Arme um ihre Taille zu schlingen und sie eng an seinen nackten Körper zu ziehen. Mit einem Prusten und einem galoppierenden Puls schmiegte sich Madison an ihn und lehnte ihre Stirn zufrieden gegen seine Schulter.

„Auf einmal so handzahm?“

„Mhh“, erwiderte sie und lächelte inwendig. „Ich will nämlich etwas von dir.“

Seine Stimme nahm einen flehentlichen Ton an. „Wirklich? Nicht schon wieder.“

Irritiert runzelte sie die Stirn und legte den Kopf ein Stück zurück, um ihm ins Gesicht zu sehen, das eine verzweifelte Miene angenommen hatte. „Blake?“

„Findest du nicht, dass du es mit deiner Sexsucht langsam übertreibst? Kaum komme ich hier zur Tür rein, wirfst du dich schon auf mich.“

„Armer sexgeplagter Mann." Strafend kniff sie ihn in die feste Hüfte und bemerkte nicht zum ersten Mal, wie trainiert er war. „Jetzt sei bitte mal ernst."

„Okidoki."

Seufzend runzelte sie die Stirn und fiel anschließend mit der Tür ins Haus. „Meine Großmutter wird neunzig und veranstaltet ein Familienessen. Ich möchte, dass du mitkommst."

„Was?" Er schien keineswegs begeistert zu sein, sondern versteifte sich beinahe augenblicklich und wirkte mehr als distanziert.

„Ja", erwiderte sie lässig und ließ sich von seinem abweisenden Verhalten nicht abschrecken. „Du sollst mich begleiten."

„Warum?"

„Weil mich mein Großonkel für eine Lesbe hält und ich ihm beweisen will, dass er keine Ahnung hat."

Seine Arme fielen hinab und keine Sekunde später löste er sich von ihr. „Keine gute Idee. So was ist nichts für mich."

„Für mich auch nicht, aber vor der Familie kann man sich nun einmal nicht drücken." Madison zuckte mit der Schulter. „Matt kennst du schließlich auch schon."

Schnaubend schüttelte er den Kopf. „Ich habe ihn nur einmal kurz gesehen, als ich dich von deinem Boxtraining abgeholt habe."

Unbeeindruckt von seiner miesen Laune schwärmte sie ihm vor: „Das Essen ist phantastisch und mein Dad wird zur Feier des Tages etwas von seinem Single Malt opfern. Willst du dir das entgehen lassen?"

Nach einem langen Augenblick ließ er sich dazu herab, mit einem Grummeln zu antworten. „Es ist nicht mein Stil, zu Familienessen zu gehen. Das ist einfach nichts für mich."

Wegen seiner Sturheit hätte sie ihm am liebsten eins über den Schädel gegeben, doch hielt sich zurück und tätschelte gutmütig seinen Oberarm. „Es ist auch nicht mein Stil, mit Männern ins Bett zu gehen, die mir bei der ersten Begegnung einen Ball an den Kopf geworfen haben. Doch bei dir habe ich eine Ausnahme gemacht."

„Madison ..."

„Mach mir zuliebe eine Ausnahme, Blake", unterbrach sie ihn ernst. „Die Familie ist mir wichtig, ob du es glaubst oder nicht. Ich hätte dich gerne dabei, weil auch du mir wichtig bist."

Als er nicht antwortete, seufzte sie schwer. „Du musst mich weder heiraten noch Kindernamen mit mir aussuchen. Ich hätte dich einfach gerne dabei, damit der Abend nicht ganz so langweilig wird."

„Ich ... ich bin nicht gut in solchen Dingen."

Seine plötzliche Unsicherheit verwirrte sie etwas, so dass sie irritiert nachhakte: „In welchen Dingen?"

„Familiendingen."

Lachend fuhr sie sich durchs Haar. „Wer ist schon gut in Familiendingen? Ich kenne niemanden, der nicht das eine oder andere Mal seine Familie verflucht hätte."

Einige Momente später schien er sich einen Ruck zu geben, da er verstimmt brummte: „Von mir aus. Ich bin dabei."

„Cool." Mit einem leichten Kuss auf seinen Mund beendete sie die Diskussion und fügte hinzu: „Das war eine schwere Geburt. Sei froh, wenn ich mich nicht querstelle, solltest du mir deine Eltern vorstellen wollen."

16. Kapitel

1999

„Ich bin wieder zurück! Das Footballtraining dauerte etwas länger." Blake warf seine Sporttasche und seinen Rucksack auf den Fuß der Treppe und grinste breit in den Spiegel, der an der gegenüberliegenden Wand hing. Vor lauter Freude hätte er Bäume ausreißen können, beschränkte sich jedoch auf eine fröhliche Grimasse, die er sich selbst im Spiegel schnitt, während er sich das schwarze Haar aus der Stirn strich.

Heute war ein großartiger Tag. Er hatte nicht nur seine Mathearbeit zurückbekommen und mit der Höchstpunktzahl bestanden, sondern sein Coach hatte ihn vor der gesamten Mannschaft gelobt und ihn anschließend beiseitegenommen, um ihm zu sagen, dass er der Meinung war, dass Blake nach der Highschool sicherlich ein Footballstipendium fürs College bekommen könnte, wenn er so weitermachte.

Ein College!

Blake war völlig euphorisch auf sein Fahrrad gesprungen und nach Hause geradelt, um seinen Pflegeeltern von seinem heutigen Tag zu berichten. Greg wäre vermutlich Feuer und Flamme wegen der Aussage des Footballtrainers, immerhin hatte er Blake vor anderthalb Jahren den ersten Ball zugeworfen und ihn zu dem allerersten Footballspiel seines Lebens mitgenommen. Das war nur ein paar Wochen nach Blakes Einzug bei den Donovans gewesen. Damals war er zwölf Jahre alt gewesen und hatte voller Misstrauen seinen neuen Pflegeeltern entgegengesehen, immerhin waren seine Erfahrungen mit Pflegeeltern nicht die besten gewesen. Doch Sally und Greg waren ein absoluter Traum – die nettesten Menschen, die Blake jemals kennengelernt hatte. Er konnte mit Bestimmtheit sagen, dass die vergangenen anderthalb Jahre die schönsten seines bisherigen Lebens waren.

Sally war die liebste Frau, die man sich nur vorstellen konnte. Sie half ihm bei den Hausaufgaben, hatte immer ein offenes Ohr für ihn und kochte Hühnersuppe, wenn er erkältet war. Ungefähr drei Monate nach seiner Ankunft bei den Donovans war er mit einer Blinddarmentzündung ins Krankenhaus gekommen und operiert worden. Damals hatte er grauenvolle Angst gehabt, schließlich war er niemals zuvor krank gewesen. Während Greg noch auf der Arbeit gewesen war, hatte Sally ihn ins Krankenhaus gebracht und war die ganze Zeit bei ihm geblieben. Als er aus der Narkose aufgewacht war, hatte sie neben seinem Bett gesessen und seine Hand gehalten. Vor lauter Erleichterung war er in Tränen ausgebrochen. Niemals zuvor hatte jemand seine Hand gehalten und war ihm tröstend übers Haar gefahren, wenn es ihm schlecht ging. Von da an waren Sally und er ein Herz und eine Seele. Zwar sagte er Sally zu ihr, doch in Gedanken war sie seine Mom.

Wenn er jünger gewesen wäre, hätte er sie einfach gebeten, Mom zu ihr sagen zu dürfen, doch ein vierzehnjähriger Teenager tat so etwas nicht.

Daher nannte er auch weiterhin seinen Pflegevater Greg, obwohl dieser all das mit ihm tat, was ein richtiger Dad mit ihm machen würde. Erst vor ein paar Tagen war Greg mit ihm in der Garage verschwunden und hatte ihm

Ratschläge in Bezug auf Mädchen gegeben, während sie an Gregs Honda herumgeschraubt hatten. Weil es so gutgetan hatte, mit seinem Pflegevater über den ganzen Liebeskram zu reden und dessen Fürsorge zu spüren, hatte er Greg nicht verraten, dass er bereits mit Katey Malcom hinter der Sporthalle geknutscht hatte.

Es war unbeschreiblich cool, Eltern zu haben, die zu seinen Schulveranstaltungen und zu seinen Spielen kamen, ihn anfeuerten und die ihm an seinem Geburtstag ein Ständchen brachten und ihm sogar ein Geschenk machten. Das geniale Mountainbike, mit dem er gerade nach Hause gefahren war, hatte er zu seinem vierzehnten Geburtstag bekommen und pflegte es mit Inbrunst. Sally und Greg hatten nicht viel Geld, dennoch bemühten sie sich tierisch, Blake all das zu geben, was er sich wünschte. Jedes Mal, wenn er daran dachte, hatte er einen Kloß im Hals. Das Mountainbike musste ein halbes Vermögen gekostet haben. Niemals zuvor hatte er etwas so Cooles besessen. Daher achtete er penibel darauf, es sauber zu halten, und ließ niemand anderen damit fahren. Er wollte Sally und Greg beweisen, dass er ihr Geschenk zu schätzen wusste.

Er wollte ihnen beweisen, dass er sie zu schätzen wusste.

Für ihn bedeutete dies, dass er sich mustergültig benahm, die Hausaufgaben machte, gute Noten schrieb, bei der Hausarbeit half und keinen Ärger machte. Warum hätte er auch irgendeinen Unsinn anstellen sollen? Er war schließlich so glücklich wie niemals zuvor!

Schnell schlüpfte er aus seinen Schuhen, weil er in Sallys Küche keine Erdklumpen hinterlassen wollte, und lief frohen Mutes durch den langen Flur des gemütlichen Hauses. An der Wand hingen unzählige Fotos, die er sich schon immer sehr gerne angeschaut hatte. Die meisten zeigten Sally und Greg, die sich bereits seit dem Kindergarten kannten. Besonders hübsch hatte Blake immer das Hochzeitsfoto der beiden gefunden, da Greg die zierliche Sally auf seinen Armen trug und breit in die Kamera lachte. Die beiden wirkten auf allen Fotos schrecklich glücklich.

Mittlerweile gesellten sich auch Fotos dazu, die ihn zeigten. Mit einem warmen Gefühl in der Brust warf er einen kurzen Blick auf das gerahmte Bild, das zu Weihnachten entstanden war, als Gregs Dad die drei vor dem Weihnachtsbaum fotografiert hatte. Sie sahen wie eine richtige Familie aus, wie sie dort nebeneinander standen und seine Pflegeeltern ihn in die Mitte nahmen. Greg hatte ihm eine Hand auf die Schulter gelegt und Sally, die er bereits überragte, hatte ihm einen Arm um die Taille geschlungen. Nicht einmal die ultrageniale Spielkonsole, die sie ihm zu Weihnachten geschenkt hatten, war dem Gefühl gleichgekommen, das er empfunden hatte, als dieses Foto aufgenommen worden war.

Als er die Küche betrat, sah er, dass Greg und Sally schweigend am Küchentisch saßen und ihn anstarrten. Vor lauter Euphorie bekam er das kaum mit, sondern schlenderte zum Kühlschrank.

„Ratet mal, wer die beste Mathearbeit der Klasse geschrieben hat? Ich will nicht zu viel verraten, aber derjenige macht hammergeile Pfannkuchen."

Er nahm eine Dose Cola aus dem Kühlschrank und erklärte lachend, als sich hinter ihm nichts regte: „Nur zur Erinnerung, aber *ich* mache hammergeile Pfannkuchen."

„Blake ..."

„Oh, warte kurz, Greg, das muss ich ganz schnell erzählen! Der Coach meint, dass ich gute Chancen auf ein Stipendium fürs College habe, wenn ich so weitermache wie bisher. Meine Noten sind auch sehr gut, hat er gesagt, und vielleicht lädt er ein paar Scouts ein, damit sie mich ansehen können. Das wird natürlich erst in drei Jahren passieren, aber ich werde einfach weiter hart trainieren und fleißig sein. Wenn Sally mir in Mathe hilft, kann doch nichts schiefgehen.“

Er drehte den Kopf nach hinten und schenkte Sally ein zärtliches Lächeln, nur um eine Minute später festzustellen, dass sie das Lächeln nicht erwiderte, sondern mit versteinerter Miene vor sich hin starrte. Wie es schien, hatte sie geweint.

Besorgt drehte er sich um und schluckte, während sein Herz sich vor Angst verkrampfte. „Ist alles okay? Habe ich etwas angestellt?“

„Nein, Blake. Du hast nichts angestellt.“ Auch Greg machte gar kein glückliches Gesicht, schenkte ihm ein misslungenes Lächeln und deutete auf den freien Stuhl. „Setzt du dich für eine Weile zu uns? Wir müssen etwas mit dir besprechen.“

„Okay“, antwortete er leise und setzte sich zögernd auf den Stuhl, wobei er es vermied, die beiden anzuschauen. Irgendetwas stimmte hier nicht, das konnte er spüren. Als Greg nach Sallys Hand griff und diese festhielt, bemerkte Blake, dass seine eigenen Handflächen schweißnass waren.

„Wie fangen wir bloß an“, murmelte Greg mit belegter Stimme. „Du weißt, dass ... dass wir dich sehr gern haben, Blake. Und uns fällt das hier sehr schwer.“

Der Knoten in seinem Magen wurde immer größer und gleichzeitig versuchte er, die Tränen, die plötzlich hinter seinen Augenlidern brannten, wegzublinzeln. So eine Ansprache bedeutete nichts Gutes. Er war ein Heimkind, das mittlerweile bei seinen vierten Pflegeeltern lebte.

Er wusste, wann er unerwünscht war.

„Wir möchten dich so gerne bei uns behalten, Blake. Das möchten wir wirklich, aber das können wir nicht. Wenn wir nur etwas mehr Geld hätten ...“

„Greg“, flüsterte Sally gebrochen.

Langsam sah er auf und bemerkte, dass Sally lautlos weinte. Bei ihrem Anblick wäre er am liebsten ebenfalls in Tränen ausgebrochen, weil er sich gerade vorstellte, morgens nicht mehr von ihr geweckt zu werden, kein Frühstück mehr von ihr auf den Tisch gestellt zu bekommen, keinen Kuss auf die Wange mehr zu kriegen, wenn er den Müll hinaustrug, und nicht mehr mit ihr über seinen Matheaufgaben zu sitzen und dabei zu lachen. Sally war wie eine richtige Mom zu ihm – die einzige Mom, die er jemals gehabt hatte. Er wollte bei ihr bleiben und sie nicht mehr hergeben, aber noch viel weniger wollte er ihr weh tun.

„Du musst verstehen, dass wir dich gerne bei uns behalten würden, aber ... aber Sally bekommt ein Baby. Eigentlich hatten wir nicht gedacht ...“

„Blake, es tut uns so leid“, weinte Sally.

Auch Greg schien kurz vor einem Weinkrampf zu stehen. Blake konnte es ihm gut nachempfinden, denn ihm ging es nicht anders.

„Die Ärzte haben gesagt, dass wir nie ein Baby bekommen werden.“ Sein Pflegevater suchte nach Worten. „Aber ... aber jetzt ist Sally schwanger ...“

„Schon gut“, murmelte er ruhig. „Ich verstehe das.“

Greg atmete schwer. „Wenn wir nur mehr Platz hätten und wenn sie mir auf der Arbeit nicht die Stunden gekürzt hätten, dann ... dann würde es klappen, aber so, wie es jetzt ist, funktioniert es nicht."

Wie ein Kartenhaus brach alles zusammen. Der schön gemaserte Holztisch verschwamm vor seinen Augen. Auch wenn er sich bemühte, seinen Pflegeeltern nicht zu zeigen, wie unendlich traurig er war, dass er sie beide bald verlassen musste, konnte er nichts gegen die Träne tun, die ihm über die Wange lief. Endlich hatte er eine Familie gefunden. Und jetzt war alles wieder vorbei.

„Wir haben dich so lieb", schluchzte Sally. „Das ist nicht ... nicht fair dir gegenüber ..."

„Sally", tröstete Greg seine Frau und drückte ihre Hand.

Diese schüttelte den Kopf. „Ich will ihn nicht hergeben, Greg. Das kann ich nicht."

Wenn sie nicht aufhörte, würde er jeden Moment ebenfalls wie ein Baby flennen. Außerdem hatte er das Gefühl, gleich keine Luft mehr zu bekommen oder kotzen zu müssen. Noch mehr Angst hatte er jedoch, dass Sally oder ihrem Baby etwas passierte, wenn sie so weiter weinte.

Also zwang er sich zu einem verständnisvollen Lächeln und griff nach Sallys anderer Hand.

„Es ist schon okay."

„Das ist es nicht", widersprach seine Pflegemutter und sagte das Schönste, das er jemals gehört hatte. „Du bist wie mein eigenes Kind, Blake. Wie kann ich dich da einfach weggehen lassen?"

Ein Blick in die verzweifelten Augen seines Pflegevaters ließ ihn tief durchatmen, bevor er an Sally gewandt erklärte: „Du musst dir um mich keine Sorgen machen. Mir wird es gut gehen. Ihr ... ihr bekommt ein Baby. Das ist großartig. Außerdem bleiben wir in Kontakt. Versprochen."

17. Kapitel

Allein der Gedanke, Madisons Familie kennenzulernen, hatte ihn nervös gemacht. Als er vor dem herrschaftlichen Haus ihrer Eltern stand und voller Fassungslosigkeit das Hausmädchen musterte, das ihnen die Tür öffnete, wollte er nur eins tun: seine Beine in die Hand nehmen und abhauen.

Da er jedoch kein Feigling war und ihr versprochen hatte, sie auf den Geburtstag ihrer Großmutter zu begleiten, blieb ihm nichts anderes übrig, als die Zähne zusammenzubeißen und den Abend zu überstehen. So schlimm konnte es schon nicht werden.

Er hatte eine Frau kennengelernt, die ihr Geld damit verdiente, als Maskottchen seines Vereins Kusshände in die Zuschauermenge zu werfen und in einem Club zu kellnern. Die Frau, die er in Gedanken seine Freundin nannte, zeigte anderen Menschen den Mittelfinger, war Mitglied einer Rockband und besaß einige Tätowierungen, die er erst in der vergangenen Nacht mit der Zunge nachgefahren war, doch sobald er vor ihrem Elternhaus stand, begriff er, dass Madison Roberts völlig anders war als er.

Sie war nicht wie er.

Madison war einer dieser Sorte Menschen, die eine sorglose Kindheit verbracht und sich niemals gefragt hatte, zu wem sie gehörte, weil es selbstverständlich gewesen war, dass sie eine Familie hatte. Äußerlich mochte sie zwar wie eine durchgeknallte Rockröhre erscheinen, die pöbelnd durch die Lande zog, aber innerlich war sie die Tochter aus gutem Haus, die ihrer Großmutter einen Strauß Blumen mitbrachte und ihrem

Vater einen Wangenkuss gab, als dieser am Treppenabsatz erschien und ihn neugierig musterte. Der respekteinflößende Mann mit dem Schnauzer und dem schwarzen Anzug, über dem ein riesiges Familienporträt hing, auf dem eine etwa fünfzehnköpfige Familie abgebildet war, jagte Blake Angst ein. Wie es schien, war er in eine Großfamilie geraten, die er eigentlich nur aus Filmen wie *Kevin allein zu haus* oder *Schöne Bescherung* von Chevy Chase kannte und die er als Kind zu Weihnachten im Kinderheim geschaut hatte, während er ein armseliges Stofftier im Arm gehalten hatte – eine Spende der Kirchengemeinde, damit auch die ungewollten Kinder im Heim wenigstens ein Geschenk zu Weihnachten auspacken konnten.

Wie sollte er mit einer Großfamilie klarkommen? Er wusste nicht einmal, wie er sich ihren Eltern gegenüber verhalten sollte, dabei wollte er einen guten Eindruck auf sie machen, weil ...

Ja, warum eigentlich?

Vielleicht wollte er dies, weil er Madison mochte. Er mochte sie wirklich und fand den Gedanken grauenvoll, dass sie ihn peinlich finden könnte. Zwar sagte sie im Scherz, dass er ein Flegel, ein Idiot oder ein Trottel war, aber sie würde nicht mit ihm schlafen, ihm ihre neuesten Lieder vorsingen, die nicht einmal ihre Bandkollegen zu hören bekamen, oder sich nachts in seine Arme kuscheln und ihm von ihren Träumen berichten, wenn sie ihn wirklich so abscheulich fand. Wenn er jedoch dies hier vergeigte und sich ihrer Familie gegenüber wie der größte Idiot des Universums verhielt, dann sah es vermutlich ganz anders aus.

„Hi, Dad!“

„Hallo, Liebling.“ Ihr Vater drückte sie kurz an sich, tätschelte ihren Rücken und warf ihm über ihren Kopf hinweg einen fragenden Blick zu. „Wen hast du denn mitgebracht?“

Über ihre Schulter hinweg rümpfte sie die Nase und gluckste. „Den? Ich weiß auch nicht, was der hier will. Er ist mir auf der Straße einfach gefolgt und ...“

„Madison.“ Ihr Vater verdrehte die Augen, schob sie beiseite und hielt dem völlig entsetzten Blake die Hand hin. „Entschuldigen Sie meine Tochter. Bei ihrer Erziehung haben ihre Mutter und ich leider versagt. Stanley Roberts.“

Unsicher schüttelte er die Hand des anderen Mannes und krächzte: „Blake O’Neill.“

„Sehr erfreut, Mr. O’Neill.“

„Dad“, ließ sich Madison genervt vernehmen und stellte sich neben Blake, um sich bei ihm einzuhaken. „Sag doch bitte Blake zu ihm. Ich komme mir etwas dämlich vor, wenn du zu dem Mann Mr. O’Neill sagst, mit dem ich schlafe.“

Während Blake nach Luft schnappte, gab die Miene ihres Vaters nicht viel preis. Ein wenig irritiert wusste er nicht, was von ihm erwartet wurde. Normalerweise hätte er dröhnend gelacht, wenn es nicht ihr Vater gewesen wäre, der vor ihnen stand und auf die Nase gebunden bekam, dass es Blake mit seiner Tochter trieb. Stattdessen entschied er sich für ein nervöses Kichern, bei dem Madison die Augenbrauen hob und ihn ansah, als hätte er den Verstand verloren.

Abrupt verstummte er, weil er sich vor ihrem Vater nicht lächerlich machen wollte.

„Wie es aussieht, hast du deine beschwingte Art nicht verloren“, seufzte der Mann mit dem ordentlich gestutzten Schnäuzer.

„Du kennst mich zu gut, Dad.“

„Vielleicht könntest du dich heute zurücknehmen, um deinen Großonkel zu schonen.“

An Blake gewandt erklärte ihr Dad halb verzweifelt, halb belustigt: „Madison macht sich einen Spaß daraus, ihren Großonkel glauben zu lassen, dass sie lesbisch ist. Meine Frau findet dies zwar amüsant ...“

„Mom findet es nicht amüsant, Dad, sondern du.“

Ihr Vater zuckte lediglich mit der Schulter und maß seine Tochter mit einem Blick, der ausdrückte, dass sie ihn zwar nervte, jedoch auch zum Lachen brachte und dass er größte Zuneigung für sie empfand. Blake kam sich in diesem Moment wie ein Außenseiter vor.

„Mal abgesehen davon, dass meine Tochter eine große Komikerin ist, freut es mich, dass Sie sie begleitet haben, Blake. Vielleicht finden wir später noch etwas Zeit, um uns zu unterhalten.“ Madisons Vater deutete nach hinten. „Warum geht ihr nicht schon einmal in den Salon? Ich muss noch ein Telefonat wegen eines Falls führen.“

„Komm mit.“ Madison drückte seine Hand und ließ ihren Vater wortlos stehen, um Blake in den Salon zu führen, in dem eine weißhaarige Frau auf einem eleganten Sofa thronte und gerade an die Frau dahinter erklärte, die die gleichen Augen wie Madison hatte und die Nase auf ein und dieselbe Art rümpfte: „Addie, dieses demokratische Gewäsch möchte ich an meinem Geburtstag nicht hören. Wo kommen wir denn dahin, wenn jeder das tun kann, was er will. Unser Land braucht einen Anführer, und meiner Meinung nach kann das niemand sein, der keine eigenen Entscheidungen fällen kann."

Madison schmiegte sich an ihn, stellte sich auf die Zehenspitzen und flüsterte ihm ins Ohr: „Grandma ist treue Anhängerin der Familie Bush. Solange du unseren Ex-Präsidenten keinen Alkoholiker nennst und gegen die Demokraten wetterst, ist alles in Butter."

Er schluckte und betrachtete die winzige Frau, die kerzengerade auf dem Sofa saß und ungefähr die Hälfte von ihm zu wiegen schien – vielleicht auch ein bisschen weniger. Sie machte eigentlich nicht den Eindruck, dass man Angst vor ihr haben musste, bis sie ihre stahlgrauen Augen auf ihn richtete und von oben bis unten musterte. Blake wurde das Gefühl nicht los, dass seine Herkunft aus jeder Pore seines Körpers troff.

„Da bist du ja endlich, Madison. Ich dachte, du würdest den Geburtstag deiner Lieblingsgroßmutter vergessen."

„Ich habe nur noch eine Großmutter, Grandma."

„Daher solltest du ganz besonders nett zu der sein, die du noch hast", wies die ältere Dame sie auf das Offensichtliche hin. „Wer ist dein Begleiter? Hast du dir endlich einen netten Mann mit einem guten Job geangelt oder liegst du deinen Eltern noch immer auf der Tasche?"

Angesichts des schroffen Tons der weißhaarigen Frau, deren Blick alle Geheimnisse zu erkennen schien, begann er zu schwitzen und hätte am liebsten den Kragen des weißen Hemdes gelockert, das er sich zu Madisons großer Belustigung angezogen hatte.

Madison schien sich aus den Worten ihrer Großmutter nichts zu machen, sondern lachte gackernd. „Happy Birthday, Grandma."

„Jetzt stell mir endlich deinen Begleiter vor, oder willst du darauf warten, dass ich ins Gras beiße?"

„Mutter, also bitte!" Die Frau, die Blake für Madisons Mom hielt, schüttelte empört den Kopf, während Madison sich von ihm löste, um sich zu ihrer Großmutter hinab zu beugen und ihr einen Kuss auf die faltige Wange zu drücken.

Inzwischen kam die Frau mit den straff zurückgebundenen Haaren hinter dem Sofa hervor und streckte ihm einladend die Hand hin, die er zaghaft ergriff.

„Hallo, mein Lieber. Sie müssen Blake sein. Ich bin Addie Roberts, Madisons Mutter. Wie schön, dass Sie heute zu uns stoßen. Darf ich Ihnen etwas anbieten?"

Am liebsten hätte er einen Kurzen zur Beruhigung getrunken, schüttelte jedoch den Kopf, während seine Zunge an seinem Gaumen zu kleben schien. Bevor er jedoch antworten konnte, sprach Madison für ihn.

„Wir hätten gerne ein Bier, Mom. Hast du wieder diese deutsche Marke besorgt, die es zu Weihnachten gab?"

Ihre Großmutter sprach genau das aus, was er befürchtet hatte: „Bier? Wir sind doch keine Bauarbeiter, Madison!"

„Grandma, sogar Dick Cheney trinkt Bier."

„Aber nicht als Aperitif, mein Kind." Die Augen der herrischen Großmutter richteten sich auffordernd auf ihn. „Wie heißen Sie, mein Junge?"

Blake blinzelte, da er sich nicht erinnern konnte, wann er zuletzt Junge genannt worden war. „Blake O'Neill, Ma'am."

„Haben Sie einen Job oder gehören Sie der nichtsnutzigen Generation von Schmarotzern an?"

Schockiert öffnete er den Mund und warf einen nervösen Blick zu Madison, die einen Heidenspaß zu haben schien.

„Mit der nichtsnutzigen Generation von Schmarotzern meinte meine Großmutter mich“, erläuterte sie gut gelaunt.

„Weil du dein Studium abgebrochen hast, meine Liebe. Dabei hattest du so großes Potential.“ Wieder blickte die alte Dame zu ihm. „Also? Haben Sie eine Arbeit?“

„Äh ... ich habe einen Job“, erwiderte er nervös. „Ich bin Footballspieler.“

„Ist das heutzutage ein Job?“

Als seine Augen ein wenig panisch Madisons begegneten, entschied sie wohl, ihn aus der Höhle des Löwen zu holen, da sie ihrer Großmutter gutmütig erklärte: „Blake spielt bei den New York Titans und ist deren erfolgreichster Runningback.“

„Jetzt lass den Jungen zufrieden, Mutter.“ Addie Roberts warf ihm ein entschuldigendes Lächeln zu.

„Ja, Grandma. Lass ihn zufrieden, sonst rufe ich deinen Pfleger und bitte ihn, dich wieder in dein Heim zu karren.“

Auch wenn ihm die Spucke wegblieb, schien sich weder Madisons Mutter noch ihre Großmutter großartig über ihren Spruch zu wundern.

Ganz im Gegenteil, da die Augen der alten Dame vor Vergnügen zu funkeln schienen. „Du Frechdachs – und das an meinem Geburtstag.“

„Unsinn, du brauchst das manchmal, damit *du* nicht zu frech wirst.“ Madison nahm Blakes Hand in seine. „Blake weiß nicht, dass es deine Art ist, Scherze zu machen, indem du Gift verspritzt, also halte dich bitte heute an deinen Bruder oder von mir aus an Matt, weil sein Handicap grauenvoll ist.“

„Wenn dein Freund Footballspieler ist, sollte er mit meinem Humor keine Probleme haben.“ Sie musterte ihn kritisch. „Mein Junge, ich habe gehört, dass sich Sportler unerträglicher Fäkalsprache bedienen ...“

„Nicht nur Sportler, Grandma. Blake und ich holen uns jetzt ein Bier. Wir sehen uns beim Essen.“

Kaum hatten sie den Salon verlassen, raunte Blake ihr zu: „War das nicht etwas unhöflich?“

„Was?“ Sie blieb stehen und sah ihn schelmisch lächelnd an. „Ich war besonders höflich, weil du dabei warst. Falls du es noch nicht bemerkt hast, aber Grandma hat Haare auf den Zähnen.“

Langsam entspannte er sich und erwiderte leichthin: „Dann weiß ich ja jetzt, von wem du das hast.“

„Blake O’Neill, du spielst mit dem Feuer“, warnte sie ihn und legte ihre Hände auf das Sakko, das er normalerweise nur anzog, wenn er auf einer todlangweiligen Veranstaltung eingeladen war, auf der Champagner gereicht und noch langweiligere Reden von ebenfalls langweiligen Funktionären gehalten wurden. In einem Anzug kam er sich verkleidet vor und hatte das Gefühl, wie ein Affe auszusehen, der zur Belustigung der Zuschauer ein Hütchen sowie eine Weste trug, während er auf einem Dreirad durch die Manege fahren musste. Viel wohler hätte er sich in Jeans und Sweatshirt gefühlt.

Madison dagegen war ihrem Stil treu geblieben, da sie ein ultrakurzes Kleid in bunten Farben mit einer Strumpfhose und langen Stiefeln trug, die ihn schon nervös machten, wenn er nur einen flüchtigen Blick auf sie warf. Stiefel an Frauen hatten auf Männer ungefähr den gleichen Effekt wie fettige Cheeseburger auf

Diättreibende – man konnte an nichts anderes denken und war erst dann glücklich, wenn man sie auspackte.

Er kam sich ein wenig pervers vor, weil er an Sex mit Madison dachte, während sie in ihrem Elternhaus waren und den neunzigsten Geburtstag ihrer Großmutter feierten, zu dem anscheinend die ganze Familie eingeladen war.

„Wenn du dich gut benimmst, komme ich heute Abend vielleicht mit zu dir nach Hause."

„Wolltest du das nicht eh machen?"

„Ja." Ihre hellbraunen Augen glitzerten vor Vorfreude. „Aber ich könnte mich dazu breitschlagen lassen, die Stiefel anzubehalten, wenn du magst."

Manchmal war es schon unheimlich, dass sie ständig die gleichen Dinge dachten.

Er stocherte in seinem Salat herum und bekam mit einem Ohr mit, wie sich Madisons Vater mit dessen Sohn und Bruder über irgendeinen juristischen Fall unterhielt, während ihr Großonkel seit geschlagenen fünfzehn Minuten einen Monolog über eine Ausgrabung im Irak hielt, woraufhin das Geburtstagskind begonnen hatte, gegen Saddam Hussein zu wettern, auch wenn dieser bereits das Zeitliche gesegnet hatte, sofern man den unzähligen Youtube-Videos Glauben schenken durfte. Madison goss ab und zu Öl ins Feuer, indem sie ihrer Großmutter von diversen Berichterstattungen erzählte, die Verbindungen der Familie Bush zur saudischen Königsfamilie offenbart hatten, woraufhin die alte Dame rot anlief und ihrer belustigten Enkeltochter Blicke schenkte, die mit Mord und Totschlag drohten.

Für Blake war die Dynamik innerhalb dieser Familie absolut neu und verwirrend.

Madisons Großmutter war ganz sicher so etwas wie Don Corleone, obwohl er sich nicht vorstellen konnte, dass sie einem Demokraten einen Pferdekopf ins Bett legen lassen würde, weil ihr etwas nicht passte. Die alte Dame ging ihre Kämpfe sehr viel offensiver an. Auf jeden Fall war sie die Chefin der Familie, die das Sagen hatte und keine Widerworte bekam, wenn man von Madison absah, die als Einzige ihrer Großmutter widersprach und jedes Mal damit durchzukommen schien. Ihre beiden Söhne waren ruhig und in sich gekehrt und betrachteten ihre Mutter mit nachsichtiger Geduld. Großonkel Alfred dagegen erschien der komische Kauz der Familie zu sein, der lediglich davon sprach, dass er auf der ganzen Welt im Sand gebuddelt hatte, um antike Münzen, Pfeilspitzen oder Menschenknochen zu entdecken. In Blakes Augen war der Mann nicht ganz dicht, zumal er erst einmal aufgeklärt werden musste, was die New York Titans waren.

Seit dieser Bemerkung war Blake ein wenig eingeschnappt und hätte dem snobistischen Tattergreis gerne gesagt, dass sich kein Schwein dafür interessierte, mit welchem Gerät er den jordanischen Sand durchwühlt hatte, doch er hielt den Mund und nagte weiter an einem Stück Aubergine herum, das sich in seinem Mund wie Gummi anfühlte.

Wenigstens waren alle nett zu ihm, wenn er von Madisons Cousine absah, die ihm gegenübersaß und ein Gesicht machte, als wäre ihr eröffnet worden, dass sie in

Zukunft mit ihrem Großonkel irgendwelche Wüsten nach uralten Gesteinsbrocken absuchen durfte. Blake hatte keine Ahnung, was die Blondine hatte, da er sie nicht kannte und sich nicht daran erinnern konnte, sie jemals dumm angemacht zu haben. Wenn jemand ihm derartig feindselige Blicke zuwarf, hakte er normalerweise nach, was das sollte, doch in dieser Umgebung verhielt er sich lieber wie ein Musterknabe und tat nichts, das ihn negativ auffallen ließ.

Aus diesem Grund war er schon ganz verkrampft und saß stocksteif auf seinem Stuhl.

Der dämliche Salat war erst der zweite Gang. Beinahe verzweifelt fragte er sich, wie lange das Abendessen wohl dauern mochte und wann ein höflicher Zeitpunkt wäre, Madison zu packen und sich zu verabschieden.

„Im Fall Wheeler gegen Paxton wurde eindeutig geregelt, dass kein Aussageverweigerungsrecht beantragt werden kann, wenn ..."

„Dieser Präzedenzfall ist schlecht gewählt, schließlich solltest du bedenken, dass der Oberste Gerichtshof zwei Jahre später im Fall Mahon gegen den Staat New Jersey ganz anders entschieden hat."

„Sollte der gegnerische Anwalt das Urteil des Obersten Gerichtshofes anführen, ist dein Präzedenzfall null und nichtig, Matt."

Langsam hatte er das Gefühl, sich in einer Folge *Law & Order* zu befinden, da er den ganzen Abend juristische Fachausdrücke hörte und über irgendwelche Fälle unterrichtet wurde, von denen er sowieso keinen blassen Schimmer hatte. Es erinnerte ihn fatal an seine Collegezeit, in der er in Vorlesungen gesessen und sich darum bemüht hatte, den Stoff zu begreifen, der auf dem

Podium heruntergebetet wurde. Damals hatte er lediglich Gedanken für Football gehabt und war im Gegensatz zur Highschool mit Müh und Not durch die Prüfungen gekommen. Einzig Football war ihm als helfende Hand erschienen, die ihn aus seiner Situation hatte hinausführen können. Aus heutiger Sicht hatte er zwar alles richtig gemacht, dennoch bereute er es ein bisschen, in den Vorlesungen und Seminaren nicht mehr aufgepasst und einen besseren Abschluss gemacht zu haben. Und wenn es nur dafür gut gewesen wäre, jetzt etwas mehr Ahnung von dem Thema zu haben, über das die drei Männer leidenschaftlich sprachen.

Zurückhaltend griff er nach seinem Wasserglas und ignorierte Madisons Seitenblick, während sie nach dem Bier langte, auf das sie trotz der Standpauke ihrer Großmutter bestanden hatte. Er dagegen hatte sich nicht den Zorn der alten Dame zuziehen wollen und war auf Wasser umgestiegen.

„Blake, kann es sein, dass ich Sie letztens im Fernsehen entdeckt habe?"

„Tante Ellie, Blake ist Footballspieler – natürlich wirst du ihn im Fernsehen entdeckt haben", warf Madison nach einem Schluck Bier ein.

Zwar war es richtiggehend rührend, wie sehr sie den ganzen Abend schon für ihn sprach, aber er war kein solcher Idiot, als dass er ein einfaches Gespräch mit ihrer Familie nicht bewältigt hätte, daher nickte er. „Selbstverständlich kann das sein."

„Ich schaue kein Football. Nein ... ich glaube, es war in der Werbung. Machen Sie zufällig Werbung für Unterwäsche?"

Neben ihm prustete Madison vergnügt, während sich plötzlich alle Augen auf ihn richteten. Schon wieder hatte er das Bedürfnis, so schnell wie möglich abzuhauen, stattdessen beantwortete er mit ruhiger Stimme die Frage, die ihm die volle Aufmerksamkeit beschert hatte. „Nein, ich mache keine Werbung für Unterwäsche, sondern für einen Softdrink. Der Spot wurde jedoch in ... äh ... in Unterwäsche gefilmt.“ Nicht einmal als Teenager im Sexualkundeunterricht in der Schule war er dermaßen errötet, entschied er spontan.

„Wenn Sie für ein Getränk werben, verstehe ich nicht, warum Sie dabei lediglich Unterwäsche tragen müssen!“

Das hatte ihm noch gefehlt: ein Kommentar der Großmutter, die vermutlich nicht nur in der Familie berühmt und berüchtigt war.

„Nun ja.“ Er räusperte sich hart. „Da ich Sportler bin, wollte der Konzern anscheinend ...“

„Papperlapapp! Das ist eine Verrohung der Sitten.“

„Grandma.“ Madison legte ihm von den anderen unbeobachtet die Hand auf den Oberschenkel und sandte damit einen Schwall heißer Gefühle durch seinen Körper. „Sex verkauft sich nun einmal gut.“

„Madison!“ Schockiert schnappte ihre Mom nach Luft.

Das Geburtstagskind kniff kritisch die Augen zusammen. „Ich dachte, er wirbt für ein Getränk?“

„Na und? Sollen sie etwa mit Quasimodo werben?“ Madison zuckte achtlos mit der Schulter. „Das Produkt soll schließlich Käufer anlocken und sie nicht verschrecken. Daher nimmt man gutaussehende Models.“

Zum ersten Mal an diesem Abend schaltete sich Madisons Cousine Taylor in das Gespräch ein. „Er ist kein Model.“

Mit ebenfalls etwas barschem Ton entgegnete Madison: „Nein, ist er nicht. Er ist heißer."

Taylor schnalzte mit der Zunge, woraufhin sich Madisons Miene verfinsterte.

„Bei euch Cheerleadern ist es doch nicht anders. Ich jedenfalls habe noch nie jemanden in euren Reihen gesehen, der Übergewicht, eine Hexennase oder ein Pickelgesicht gehabt hätte."

„Das kannst du nicht miteinander vergleichen."

„Natürlich kann ich das!" Madison redete sich völlig in Rage, während Blake unsicher neben ihr saß. „Während du als Cheerleader ausgesucht wurdest, weil du hübsch bist, wurde Blake für den Werbespot in Unterhosen abgelichtet, weil sein Körper der Wahnsinn ist. Hast du mal seine Bauchmuskeln gesehen?"

Unbehaglich, dass über seine körperlichen Vorzüge in großer Runde gesprochen wurde, ohne dass er dabei betrunken war oder ausfallend werden durfte, rutschte er auf seinem Stuhl herum. Die Hand, die gleichzeitig auf seinem Schenkel lag, machte ihn noch nervöser.

Madisons Bruder brachte es auf den Punkt, indem er grinsend eine Tomate aufspießte. „Wie fühlt es sich an, dass meine Schwester so offen über deine körperlichen Vorzüge spricht, Blake?"

Er bemühte sich um einen unbekümmerten Tonfall. „Ich bin es schon gewohnt."

Wenigstens schien Matt Roberts ein lustiger Vogel zu sein, weil er lachte und ihm zuprostete.

Madison lehnte sich völlig ungezwungen gegen seine Seite, blickte ihn lächelnd an und erklärte ihrer Familie salopp: „Ich kann euch versichern, dass er nackt einfach großartig aussieht."

Erschrocken und verlegen zugleich warf er ihr einen alarmierten Blick zu, den sie unschuldig lächelnd erwiderte. Außer Großonkel Alfred, der nach Luft schnappte und ziemlich dämlich aus der Wäsche sah, nahm kein anderes Familienmitglied Anstoß an ihrer Bemerkung, auch wenn ihre Mutter den Kopf schüttelte und Taylor ihren giftigen Blick dem Gemüse auf ihrem Teller schenkte.

„Bevor meine Tochter noch mehr Details zu Ihrem Liebesleben verrät, könnten Sie uns doch ein bisschen über sich erzählen." Ihr Vater sah ihn auffordernd an und führte sein Glas an die Lippen.

Genau davor hatte er sich schon den ganzen Abend gefürchtet.

Möglichst souverän fragte er nach: „Was möchten Sie denn wissen?"

„Geht das Verhör jetzt los, Dad, oder willst du ihn lieber gleich in deinem Arbeitszimmer quälen?"

Ihre Mutter stieß einen vernehmlichen Seufzer aus. „Heute machst du es einem wirklich schwer, Geduld mit dir aufzubringen, Madison."

„Nur heute?"

„Besonders heute." Ihre Mom stieß den Atem aus und betrachtete ihn freundlich. „Blake, können wir Ihnen noch etwas Gutes tun? Einen Drink? Oder eine neue Freundin?"

Mit einem angestrengten Lächeln schüttelte er den Kopf. „Nein, vielen Dank, Ma'am."

Madisons Onkel, der bislang nur dadurch aufgefallen war, dass er einen juristischen Fall nach dem nächsten heruntergebetet hatte, wandte ihm den Blick zu. „Wollten Sie schon immer Footballspieler werden?"

Bis zu seinem zwölften Lebensjahr hatte er nicht einmal einen Football in den Händen gehalten. Erst sein Pflegevater hatte ihn für das Spiel begeistern können und Blake hatte damit angefangen, um seinen Pflegevater für *ihn* begeistern zu können, doch das verschwieg er, sondern erklärte leichthin: „Auf der Highschool hat es sich einfach ergeben. Später kam ich durch ein Footballstipendium auf ein *Division-I*-College und wurde gescoutet."

„Das klingt sehr einfach. Ich bin mir sicher, dass Sie schwer schuften mussten, oder?"

Die ganze Plackerei war tatsächlich spurlos an ihm vorbeigegangen. Damals hatte er nur daran denken können, endlich dem Teufelskreis seiner Herkunft zu entkommen und sich etwas Eigenes aufzubauen. „Es war in Ordnung."

„Ihre Eltern müssen sehr stolz auf Sie sein", entgegnete Madisons Mutter liebenswert.

Bevor er in die Verlegenheit kam, die nette Frau schamlos anzulügen, fiel ihm Madison ins Wort. „War das mal wieder ein Wink mit dem Zaunpfahl, Mom?"

Statt ihrer Mom antwortete ihre Großmutter. „Was soll es denn sonst gewesen sein, du Frechdachs?"

„Sei lieb, Grandma, sonst besteche ich deine Pfleger, dir nicht länger diese Aufputschmittel zu geben. Ohne die wird es im Pflegeheim ziemlich langweilig."

Die alte Dame lachte keuchend. „Sollte ich jemals in ein Pflegeheim kommen, werde ich verlangen, dass du dafür zuständig bist, meine Windeln zu wechseln, Madison."

Die anschließende Diskussion um den Gesundheitszustand des neunzigjährigen Geburtstagskindes entließ ihn glücklicherweise aus der

Pflicht, Madisons Familie anzulügen und irgendwelche Geschichten zu erfinden.

Später am Abend schlüpfte Madison aus ihren Stiefeln und klang ein wenig verwirrt. „Was war heute Abend denn mit dir los?“

„Was soll mit mir los gewesen sein?“

„Blake, du hast stocksteif neben mir gesessen und dich kaum bewegt. Tatsächlich dachte ich, dass du so still gehalten hast, weil du befürchtetest, einem Tyrannosaurus Rex zu begegnen. Auch wenn meine Grandma Haare auf den Zähnen hat, würde sie dir niemals den Kopf abreißen und ihn fressen.“

„Den Eindruck hatte ich nicht“, schnaubte er und befreite sich von dem grauenvoll engen Hemd.

Kichernd setzte sie sich auf die Bettkante und zog ihre Strumpfhose aus. „Beispielsweise so einen Spruch habe ich vermisst.“

„Was denn für einen Spruch?“

„Heute bist du wirklich schwer von Begriff.“ Sie hielt inne, runzelte die Stirn und legte den Kopf ein wenig zurück. „Normalerweise bist du urkomisch, reißt einen Spruch nach dem nächsten und hast eine große Klappe. Heute Abend hätte ich dich für den langweiligsten Schüler eines Internats halten können. Was war bloß los mit dir?“

Auch wenn sein Nacken vor Verlegenheit brannte, schaffte er es, relativ gelassen zu antworten. „Anscheinend denkst du nicht, dass ich mich benehmen kann.“

„Wer sagt das denn?“ Madison schüttelte den Kopf und griff nach seiner Hand, was ungemein tröstlich war. „Aber viel wichtiger ist doch die Frage, wieso du glaubst, dich benehmen zu müssen.“

Ironisch zuckten seine Augenbrauen in die Höhe. „Du hast mich schließlich deiner Familie vorstellen wollen!“

„Und deshalb hast du dich wie ein Einserschüler verhalten?“ Ihr prustendes Vergnügen stürzte ihn in neuerliche Verlegenheit.

„Hey“, beschwerte er sich. „Ich wollte einen guten Eindruck machen!“

„Oh Mann, Blake“, lachte sie vergnügt.

Ein wenig beleidigt wollte er ihr seine Hand entziehen, die sie jedoch eisern festhielt. „So wird es einem gedankt, wenn man sich nicht wie ein Rüpel benimmt“, grummelte er.

„Ich mag meinen Rüpel“, offenbarte sie etwas ernster und drückte seine Hand. „Ich mag dich vorlaut, großmäulig und witzig.“

„Aber deine Eltern ...“

„Meine Eltern sind es gewohnt, dass ich mein Studium schmeiße, in einer Rockband spiele und mit einem Veilchen vom Kickboxen bei ihnen antanze. Denkst du wirklich, dass sie von mir erwarten, dass ich einen spießigen Bankangestellten zum Freund habe ... *was*?“

Gegen das Grinsen auf seinem Gesicht konnte er nichts tun. „Hast du mich gerade deinen Freund genannt?“

An ihrem schlanken Hals konnte er sehen, dass sie schluckte, bevor sie bemüht lässig wissen wollte: „Etwas dagegen?“

Mit einem Gefühl, als könnte er Bäume aus dem Boden reißen, erwiderte er belustigt: „Nein, ganz und gar nicht. Wieso habe ich nur das Gefühl, dass ich es als Letzter erfahre, dass ich dein Freund bin?“

Ihre hellbraunen Augen funkelten übermütig. „Weil du ein Vollidiot bist."

18. Kapitel

2002

Blake kam sich ein wenig bescheuert dabei vor, auf einem Stuhl zu sitzen und sich die Abschlussrede seines Mitschülers anhören zu müssen, während ihm die Quaste seines Barretts ins Gesicht hing und ihn kitzelte. Abgesehen davon, dass die Quaste ihn grauenvoll nervte, müffelte der Talar, den er genau wie alle anderen Seniors seines Jahrgangs tragen musste, und verströmte den Geruch nach Mottenkugeln und Kellergewölbe.

Er hoffte, dass diese Zeremonie so schnell wie möglich vorbei war und er sich sein Abschlusszeugnis schnappen konnte, um anschließend zu seinem Nebenjob zu fahren, bevor er abends zurück in seinem Wohnheim sein musste, damit er die Sperrstunde nicht verpasste. Sollte er auch nur fünf Minuten zu spät kommen, konnte es sein, dass die Türen bereits versperrt waren und er dem Leiter des Heims Bescheid geben musste. Dies wiederum würde bedeuten, dass er in den nächsten zwei Wochen nicht nur zusätzlichen Küchendienst schieben durfte, sondern dass sein Ausgang verkürzt wurde. Das wollte er nun wirklich nicht, weil er seinen Nebenjob brauchte, um Geld zu verdienen, und keine Schicht ausfallen lassen durfte.

Glücklicherweise war es ihm noch nie passiert, dass er zu spät gekommen und eine verschlossene Tür vorgefunden hatte. In diesem Punkt war er absolut penibel und richtete sich strikt nach den Regeln des Hauses. Generell richtete er sich streng nach der

Hausordnung und baute keinen Mist, schließlich wollte er nichts, was er sich in den letzten Jahren hart erarbeitet hatte, wegen irgendeiner Dummheit verlieren. In weniger als zwei Monaten würde er achtzehn werden und aus dem betreuten Wohnheim ausziehen, in dem er seit genau einem Jahr lebte. Die zwei Jahre davor hatte er in einem Kinderheim verbracht, nachdem Sally und Greg Donovan die Pflegschaft für ihn aufgegeben hatten. Nach fast zwei Jahren, die er in einer richtigen Familie verbracht hatte, war die anschließende Zeit im Kinderheim unerträglich gewesen. Zwar hatte er mehr als sein halbes Leben in solchen Heimen verbracht, aber gerade diese letzten zwei Jahre waren besonders schrecklich gewesen. Ständig hatte er sich nach einem eigenen Zimmer, nach ein wenig Privatsphäre und nach einem Familienleben gesehnt, das es im Heim einfach nicht gegeben hatte.

Auch das plötzliche Fehlen von liebevoller Sorge und tröstlichen Streicheleinheiten hatte ihm entsetzlich zugesetzt. Vor seiner Zeit bei den Donovans hatte er weder das eine noch das andere gekannt, doch nach den zwei Jahren bei Sally und Greg war es beinahe unerträglich gewesen, keinen Kuss auf die Wange mehr zu bekommen, wenn er eine gute Note nach Hause brachte, oder ein lobendes Schulterklopfen zu spüren, sobald er mit seinem Pflegevater Basketball spielte.

Einzig mit Football hatte er sich ablenken können. Diese Sportart war nicht nur eine gute Ablenkung von seinem Kummer gewesen, sondern hatte als Ventil für seinen Frust und als Weg aus seiner Situation gedient. Und es hatte sich gelohnt. Dank eines Vollstipendiums würde es ihm möglich sein, nach der Highschool an einem College zu studieren und später einen guten Job zu bekommen.

Die meisten Heimkinder schafften nicht einmal den Highschoolabschluss, aber Blake war ehrgeizig genug, dass er seine verkorkste Kindheit und Jugend hinter sich lassen wollte, wenn er die Chance dafür bekam. Irgendwann wäre er derart unabhängig und gut versorgt, dass er nicht mehr daran denken musste, wie er ständig von einer Pflegestelle zur nächsten gereicht worden war und das Wort Familie lediglich aus dem Schulunterricht oder diversen TV-Sendungen kannte.

Als Siebzehnjähriger, der bald seine Volljährigkeit erreicht hatte und ans College gehen würde, erkannte er, dass es wichtigere Dinge im Leben als eine intakte Familie gab. Er hatte niemals eine besessen und in der Zeit, in der er sich eingebildet hatte, zu einer zu gehören, war er einer Täuschung aufgesessen. Sally und Greg mochten ihn wirklich gerne gehabt haben, aber kaum war er wieder ins Heim gekommen und das Baby der beiden geboren worden, war auch der Kontakt abgebrochen. Dennoch nahm Blake es den beiden nicht übel. Wer wollte schon ein einsames Heimkind um sich haben, das einen daran erinnerte, dass es Menschen gab, die es schlechter hatten als man selbst? Ganz sicher wollte er seinen ehemaligen Pflegeeltern keine Vorwürfe machen und verstand, dass sie den Kontakt hatten einschlafen lassen, weil sie vermutlich ein schlechtes Gewissen seinetwegen hatten.

Sally und Greg waren immer für ihn da gewesen, als er sozusagen ihr Kind gewesen war. Trotzdem hatte dies sie nicht davon abgehalten, ihn wegzugeben.

Alles war vergänglich – auch eine Familie. Niemand konnte einem die Gewissheit geben, dass man seine Familie behielt und nicht wieder einsam wurde. Sein ganzes bisheriges Leben hatte er versucht, es allen recht zu machen. Blake hatte sich eingebildet, dass irgendjemand ihn lieben und bei sich haben würde, wenn er sich nur fest genug anstrengte und Mühe gab. Weder im Heim noch bei seinen Pflegestellen hatte er jemals wirklich Ärger gehabt, sondern sich immer nach allen anderen gerichtet. Er hatte gute Noten geschrieben, seine Hausaufgaben gemacht, bei der Hausarbeit geholfen und sich von seinem besoffenen Pflegevater Ron windelweich prügeln lassen, ohne dabei einen Laut von sich zu geben, weil er sich eingeredet hatte, eine Familie zu bekommen, wenn er brav genug, ruhig genug und unkompliziert genug wäre. Doch was hatte es ihm gebracht?

Mittlerweile lebte er in einem betreuten Wohnheim und machte sich nichts mehr aus seiner kindlichen Version einer Familie. Er wollte sich nicht nach etwas sehnen, das sich einen Scheiß um ihn kümmerte. Sobald er aus dem Wohnheim raus war und ans College ging, hätte er nichts mehr mit dem Heimkind Blake O'Neill zu tun. Niemals wieder würde er sich für andere verbiegen, sondern das tun und das sagen, was er wollte. Ständig hatte er sich angestrengt und gut benommen, doch er wurde dennoch verlassen. Also konnte ihm das egal sein. Wenn ihn niemand haben wollte, wollte er auch niemanden haben und musste sich nicht länger anstrengen. Und er würde auch keinen Ton mehr darüber verlieren, wo er herkam und dass er vier verschiedene Pflegeeltern gehabt hatte, die ihn alle nicht haben wollten.

Auf Mitleid konnte er verzichten, denn Mitleid bedeutete, dass er in den Augen anderer noch immer das Heimkind war, das niemand haben wollte. Der einfachste Weg, mitleidigen Blicken vorzubeugen, war, dieses Detail seines Lebens zu verschweigen. Bald würde sein neues Leben beginnen, das er nicht von der Tatsache überschatten lassen wollte, dass Blake O’Neill ein Mensch ohne Familie, ohne Wurzeln und ohne Herkunft war.

Blake O’Neill war kein Verlierer, der das Mitleid anderer Menschen wollte, sondern ein Gewinner, der allen anderen bewies, dass er sie nicht brauchte.

Er hatte sich – das reichte vollkommen.

Daher war es ihm auch scheißegal, als sein Name gerufen wurde, er aufstand und das Podium betrat, ohne dass es eine einzige Menschenseele im Publikum gab, die seinetwegen gekommen wäre. Er brauchte keine Angehörigen, die Fotos von ihm im Talar und mit seinem Zeugnis in der Hand machten, sondern war allein ebenso glücklich. Einzig auf das Zeugnis, das er ordentlich wegpackte, legte er großen Wert, denn es bedeutete den Weg raus aus dem ganzen Scheiß, den er fast achtzehn Jahre durchgemacht hatte. Ab jetzt würde alles anders werden.

19. Kapitel

„Irgendwie habe ich das Gefühl, dass ihr mich alle anstarrt."

„Das ist doch kein Wunder", entgegnete Liv Scott amüsiert und schälte eine Möhre.

„Habe ich irgendwo Saucenflecken im Gesicht?" Madison rieb sich automatisch mit der Hand über ihre Wange und spähte in den Spiegel, der an der gegenüberliegenden Wand hing. Gleichzeitig war sie dafür zuständig, die Maissuppe umzurühren und den Duft nach Speck zu ignorieren, der ihr in die Nase stieg und sie daran erinnerte, dass das Frühstück Ewigkeiten her war. Zwar hatte Blake sie gewarnt, dass das Essen bei seinen Freunden nicht immer besonders gut schmeckte, da die Gastgeberin angeblich eine Niete in der Küche sei, doch der Geruch war schon einmal sehr vielversprechend. Mit dem großen Holzlöffel, der ihr in die Hand gedrückt worden war, als sie das Haus betreten hatte, rührte sie unaufhörlich weiter und hoffte, dass keine der anwesenden Frauen ihr lautes Magenknurren hören konnte, schließlich wollte sie einen guten Eindruck auf Blakes Freunde machen.

„Nein, mit deinem Gesicht ist alles in bester Ordnung." Lachend drückte Sarah ihren Oberarm. „Wir alle sind nur ein wenig verwundert. Das ist alles."

„Verwundert worüber?"

„Über Blake", antwortete Liv und zupfte an ihrer Schürze herum. „Blake hat noch nie eine Frau zu einem unserer Feste mitgebracht."

„Liv, das siehst du falsch", korrigierte Erin sie, die auf einem Stuhl saß und ihrer Stieftochter, die sich an sie schmiegte und auf ihrem Schoß saß, einen verrutschten Zopf neu flocht. „Blake hat uns noch nie eine Frau präsentiert, die er seine *Freundin* nannte.“

Angesichts der Hitze in der Küche und der Tatsache, dass über den Status ihrer Beziehung zu Blake diskutiert wurde, röteten sich ihre Wangen.

„Es ist ziemlich eigenartig, dass Blake O’Neill eine Beziehung führt.“ Liv legte die geschälte Möhre beiseite und musterte Madison nachdenklich. „Noch viel eigenartiger ist jedoch, dass er es auch noch zugibt.“

Auch Teddy, die ihren Kopf in den Kühlschrank gesteckt hatte, um nach Kondensmilch für den Bohnenauflauf zu suchen, gluckste nun laut. „Bin ich die Einzige hier, die jeder Macht zwischen Himmel und Hölle dankt, dass Blake endlich meine Cheerleader in Ruhe lässt? Ich habe zwischenzeitlich befürchtet, das einzige Team der NFL zu haben, das keine Cheerleader mehr auftreten lässt.“

Da sie nicht wusste, ob sie geschmeichelt oder beleidigt sein sollte, zwinkerte sie und scherzte: „Ich habe ihm gesagt, dass ich nur mit ihm schlafen will, aber er bestand darauf, mein Freund zu werden.“

„Mach dir nichts draus, Madison“, erwiderte Liv mit einem Seitenblick auf Teddy. „Brian war um einiges schlimmer als Blake, bevor er Teddy kennenlernte. Damals munkelte man, dass man die Fashion Week nicht mehr in New York stattfinden lassen wollte, weil Brian mehr Models auszog, als Michael Kors anzog.“

„Vergiss die vielen Jungschauspielerinnen nicht.“ Teddy nickte bestätigend. „Mittlerweile haben wir eine neue Telefonnummer, weil ständig irgendwelche Verflossenen bei uns anriefen, um ihm mitzuteilen, dass sie in der Stadt wären.“

Mehr als interessiert fragte Madison die Frau, die im Grunde ihr Boss war und sich so gar nicht wie einer verhielt: „Stört dich das nicht?“

„Ja, Teddy?“ Sarah runzelte die Stirn. „Ich wäre mehr als unglücklich, wenn andere Frauen meinen Freund anrufen würden, um sich mit ihm zu verabreden.“ Wie es aussah, behagte ihr die Vorstellung, dass ihr Dupree vor ihrer Zeit andere Frauen gekannt hatte, überhaupt nicht.

„Wieso sollte ich mich beschweren?“ Lässig zuckte Teddy mit der Schulter. „Der Mann ist ein Gott im Bett und brauchte dafür ein wenig Übung. Außerdem steht *mein* Name auf seinem Hintern.“

„Haha.“ Madison lachte schallend. „Hast du deine Besitzrechte gesichert?“

„Aber hallo“, erwiderte die blondhaarige Teamchefin geradezu teuflisch. „Beinahe hätte er geheult, als er die Tätowierung verpasst bekam, aber wenigstens weiß jetzt jeder, dass er meiner ist.“

Liv schnaubte belustigt. „Und der Ring am Finger war nicht genug?“

„Die Wette war seine Idee“, entgegnete Teddy zufrieden. „Außerdem habe ich Händchen gehalten und mich anschließend um seine Blessur gekümmert.“

„Sag mal, Madison? Aus reiner Neugier.“ Erin legte der kleinen Zoey die Hände auf die Ohren und fragte mit einem neugierigen Grinsen. „Wir rätseln schon lange darüber, wie sich Blake beim Sex anstellt.“

„Oh ja. Das würde mich auch interessieren.“ Liv legte eine Gabel beiseite und schenkte ihr die volle Aufmerksamkeit.

Madison blinzelte verwirrt und hätte beinahe vergessen, die Suppe umzurühren, während vier neugierige Augenpaare auf sie gerichtet waren. „Ihr wollt wirklich wissen, wie unser Sex ist?“

„Natürlich!“

„Unbedingt!“

„Ich muss es nicht wirklich wissen, schließe mich jedoch der Mehrheit an“, gab Sarah von sich.

Beinahe hätte sie gelacht, holte stattdessen jedoch tief Luft und schaltete den Herd aus, bevor sie sich zu den vier anderen Frauen und dem kleinen Mädchen umdrehte, das zwar nichts hören konnte, dafür aber umso interessierter durch die Gegend schaute.

„Wollt ihr das wirklich hören?“

„Um eines klarzustellen.“ Liv hob eine Hand und nickte in die Runde. „Es ist Blake. Falls du uns also von extrem perversen Spielchen berichten willst, warne uns lieber vor.“

„Hat es etwas mit dem Maskottchen zu tun? Zwingt er dich, das Kostüm dabei zu tragen?“

„Himmel, Erin!“ Teddy wirkte total entsetzt. „Daran habe ich ja noch gar nicht gedacht. Falls er das Kostüm beim Sex ruiniert, muss er es bezahlen!“

„Mich interessiert vielmehr, ob er sich seine Rückenhaare rasiert.“

Völlig aus dem Konzept gebracht schwenkte sie ihren Kopf zu Liv. „Rückenhaare?“

Erin schien jedoch bestens informiert zu sein. „Tom hat mir erzählt, dass er das Problem los ist, Liv.“

„Genau“, bestätigte Teddy. „Avery hat ihm verboten, irgendwelche chinesischen Kräuter zu benutzen. Davon ging auch dieses ... haarige Problem endlich weg.“

„Was für ein Spinner“, lachte Erin. „Wozu hat er denn chinesische Kräuter genommen? Zur Potenzsteigerung?“

Madison schnaubte unbedacht. „Als ob er *das* nötig hätte!“

„Oha!“ Liv war mehr als entzückt. „Mit dieser Information kannst du uns jetzt aber nicht abspeisen.“

„Genau.“ Teddy schnappte sich ein Stück Möhre und biss geräuschvoll hinein. „Wir brauchen Einzelheiten.“

Seufzend fuhr sie sich durchs Haar und zuckte betont lässig mit der Schulter. „Er ist ... sehr ... sehr süß. Ihr wisst schon ...“

„Süß?“

„Duprees Hunde sind süß“, warf Erin ein. „Ein Mann, der im Bett süß ist, bringt es nicht.“

Verlegen wand sie sich und erklärte widerstrebend: „Was soll ich denn sagen? Dass er der Wahnsinn ist? Dass ich beinahe ohnmächtig geworden bin?“

Als sie über das Kichern der anderen Frauen hinweg plötzlich Blakes interessierte Stimme hörte, wäre sie tatsächlich beinahe ohnmächtig geworden – jedoch vor Schreck. „Worüber sprecht ihr, Mädels?“

„Deine Freundin hat uns gerade erzählt, dass sie beim Sex mit dir fast ohnmächtig geworden ist“, informierte Liv ihn glucksend und drückte ihm anschließend eine Salatschüssel in die Hand. „Hier, du Hengst. Wir können gleich essen.“

Madison warf ihrem völlig verdutzten Freund einen entschuldigenden Blick zu. „Es tut mir leid. Sie wollten unbedingt wissen, wie du dich im Bett anstellst.“

„Und da erzählst du, dass du beinahe ohnmächtig geworden bist?“ Nach einem kurzen Augenblick begann er großspurig zu grinsen. „Dann hättest du auch gleich erzählen können, worum du mich vor ein paar Nächten gebeten hast. Du weißt schon ...“ Bedeutungsschwer wackelte er mit den Augenbrauen.

Madison hätte ihm gerne den Topflappen vor das debil grinsende Gesicht, das so unglaublich liebenswert aussah, geklatscht, entschied sich jedoch für einen frechen Spruch.

„Dann könnte ich auch gleich darüber reden, wobei ich dich unter der Dusche erwischt habe, aber vielleicht wäre es dir peinlich, wenn die anderen erfahren, dass ...“

„Madison“, unterbrach er sie hektisch, klemmte sich die Salatschüssel halb unter den Arm und zog sie an sich, um ihren Mund mit seinem zu verschließen.

Im Hintergrund hörte Madison das entzückte Seufzen der vier Frauen.

„Ein verliebter Blake? Es geschehen noch Zeichen und Wunder.“

Es war ziemlich amüsant, dass Blake artig neben ihr saß und eine ordentlich gefaltete Serviette über seinen Schoß drapierte, wo er doch ansonsten die Angewohnheit hatte, wie ein Schwein zu essen. Erst vor ein paar Tagen hatte sie ihn dabei erwischt, wie er in seinem Bett gesessen und einen ganzen Eimer frittierter Hühnerkeulen verputzt hatte. Der Anblick des nackten Mannes, der einen Zombiefilm geschaut hatte und dabei über und über mit Sauce begossen gewesen war, hatte sich in ihr Gehirn eingebrannt, weil es einfach zu komisch gewesen war, wie schockiert er aufgeschaut hatte, als er sie im Türrahmen entdeckt hatte.

Einen Moment hatte sie befürchtet, dass er es bereuen würde, ihr einen Schlüssel zu seiner Wohnung gegeben zu haben, doch die Sorge war unbegründet gewesen.

„Bist du wahnsinnig? Ich schaue gerade Zombie Attack und habe fast eine Herzattacke bekommen, als du plötzlich in der Tür standst!“

„Aha. Ist der Film etwa so grauenvoll und blutrünstig, dass du dabei Chicken Wings essen musst?“

„Willst du auch abbeißen?“

Das hatte sie sich nicht zweimal sagen lassen und war ebenso nackt zu ihm aufs Bett gekrochen, um einen wirklich abartig blutrünstigen Film zu sehen und dabei die leckersten Chicken Wings zu essen, die sie jemals probiert hatte. Blake O’Neill wusste definitiv, wie man seine Freizeit am sinnvollsten verbringen konnte. Das hatte sie mittlerweile begriffen.

Was sie jedoch noch nicht begriffen hatte, war die Tatsache, dass sie Thanksgiving bei seinen Freunden feierten. Natürlich mochte sie seine Freunde und fand die Ehefrauen urkomisch, aber es fiel ihr schwer, keine Enttäuschung zu zeigen, weil er keine Anstalten machte, sie seiner Familie vorzustellen. Auch wenn sie nicht der traditionelle Typ war, der die Eltern des Freundes kennenlernen wollte, sorgte sie sich ein wenig darum, dass Blake sie seinen Eltern nicht vorstellte, weil sie ihm peinlich war. Sie hatte überhaupt keine Ahnung, aus welchen Kreisen er stammte, und befürchtete, dass ihre große Klappe oder ihr ungewöhnliches Auftreten der Grund war, weshalb er sich derart geschlossen hielt.

Eigentlich kam sie mit den meisten Menschen gut aus, aber es konnte doch wirklich sein, dass Blake befürchtete, dass seine Eltern jemanden wie sie nicht guthießen. Dass er die Ohren auf Durchzug stellte, wenn sie dieses Thema ansprach, bestätigte ihre Befürchtung nur.

„Darf ich den Truthahn anschneiden?“

„Kommt gar nicht infrage, Rabbit. Das ist meine Aufgabe“, widersprach der Hausherr und griff nach dem Messer, das sich Brian beinahe geschnappt hätte.

„Bevor ihr den Truthahn tranchiert, wird gebetet“, befahl Liv rigoros und band ihrem kleinen Sohn ein Lätzchen um. Der kleine Junge, der absolut entzückend grinste, saß direkt neben Dupree und schien sich von ihm in keinster Weise einschüchtern zu lassen. Vielleicht hatte es auch damit zu tun, dass der riesige Footballspieler eine Grimasse nach der nächsten schnitt.

„Beten?“ Blake schaute entsetzt zum Ende des Tisches. „Wir sollen beten?“

„Stell dich nicht so an, Blake, schließlich feierst du nicht zum ersten Mal Thanksgiving mit uns.“ Liv setzte sich auf ihren Stuhl am Tischende und nickte ihm auffordernd zu. „Du weißt, wie es geht.“

„Liv ...“

„Entweder sagst du, wofür du dankbar bist, oder ich zwinge dich dazu, mit mir und Abby zur Schwulenparade zu gehen.“

„Du warst schon mal komischer.“

Die Gastgeberin grinste amüsiert. „Du darfst anfangen.“

Madison beobachtete fasziniert, wie Blake eher widerwillig die Hände faltete und den Kopf senkte. Um nicht lachen zu müssen, tat sie es ihm nach und biss sich auf die Innenseite ihrer Wange, sobald er das Wort ergriff.

„Ich bin dafür dankbar, dass ich beim nächsten Spiel aufgestellt werde ...“

Das Flüstern von Teddy war laut und deutlich zu hören. „Das denkt *er*."

„Pst!", ermahnte Liv ihren Gast, obwohl sie gluckste. „Danke, Blake."

„Ich bin noch nicht fertig", erklärte er sehr sachlich, bevor er mit einem dreckigen Grinsen verkündete: „Außerdem bin ich dafür dankbar, dass Madison beim S-E-X so entgegenkommend ist und mich tun lässt, was ich will."

Das anschließende Kichern aller Anwesenden sowie sein zufriedenes Gesicht verleiteten Madison zu folgendem Gebet: „Ich bin dafür dankbar, dass mein Freund regelmäßig in der Dusche m-a-s-t-u-r-b-i-e-r-t, damit ich ein wenig Ruhe habe."

Voller Befriedigung bemerkte sie, wie die Lacher nun auf ihrer Seite waren, während Blake ihr ins Ohr raunte: „Wolltest du das nicht für dich behalten?"

Grinsend zuckte sie mit der Schulter, beugte sich vor und gab ihm einen flüchtigen Kuss neben den Mundwinkel.

„Jetzt bin ich dran", verkündete Tom, der neben Madison saß und einen tiefen Seufzer ausstieß. „Ich bin extrem dankbar, dass die Anwesenden gewisse Wörter buchstabieren, damit mich die Lehrer meiner Tochter nicht zu einem Gespräch bitten."

„Amen", ließ sich Julian vernehmen.

„Ich bin dafür dankbar, dass Liv und Julian uns eingeladen haben, damit wir nicht zu meinen Eltern fahren mussten, da meine Mutter eine Reis-Diät macht."

„Amen", erwiderte Tom auf das Gebet seiner Frau.

Zoeys lispelnde Stimme ertönte und klang im Gegensatz zu den Erwachsenen bitterernst. „Ich bin dankbar für Daddy, für Mama, für das Baby, für Poppy und Pippa, für ...“

„Was für ein Baby?“, fragte Blake neben ihr und unterbrach das Dankesgebet der kleinen Maus. „Hast du etwa einen Braten in der Röhre, Erin?“

Genau wie alle anderen schaute Madison interessiert zu der rothaarigen Erin, die mit einem leicht säuerlichen Gesicht Blake ansah. „Ja, du Idiot. Könntest du vielleicht ein wenig feinfühliger sein? Mein Baby ist kein Braten.“

„Oh mein Gott, Erin“, kreischte Liv begeistert auf. „Wieso hast du denn nicht gesagt, dass du schwanger bist?“

In den allgemeinen Glückwünschen an das Ehepaar, das glücklich und leicht überfordert zugleich erschien, mischten sich die Kinder ein, die lauthals nach ihrem Essen brüllten. Einzig die fünfjährige Zoey und die dreijährige Brianna, die gähnend in ihrem Kinderstuhl saß, machten kein Theater, sondern schienen gespannt auf das Anschneiden des Truthahns zu warten.

„Ich dachte, ihr wolltet mit einem Baby noch warten“, warf Teddy ein.

„Tja, was soll ich sagen“, entgegnete Tom grinsend und legte seiner Frau einen Arm um die Schulter. „Aus Respekt vor den anwesenden Kindern sage ich einfach, dass Unfälle passieren können.“

„Die Hauptsache ist, dass dieser Unfall einen zumindest sehr glücklich macht.“ Brian deutete auf Zoey, die ein fröhliches Liedchen über ein Baby sang und gar nicht mitbekam, was um sie herum passierte.

„Oh ja. Sie ist wirklich sehr viel aufgeregter als wir beide zusammen“, erwiderte Erin geistesabwesend. „Nur meine Schwester rastet aus, weil sie denkt, dass ich sie kopieren will, schließlich ist sie ebenfalls schwanger.“

„Und ich sage dir, dass Holly spätestens dann den Mund hält, wenn sie sieht, dass unser Baby sehr viel hübscher ist als ihres“, beruhigte Tom seine Frau und gab ihr einen Kuss auf die Wange.

Blake dagegen ruinierte die zärtliche Stimmung zwischen den beiden, indem er einen Würgelaut von sich gab. „Tomcat, hör mit dem Süßholzgeraspel auf. Das hält ja kein Schwein aus.“

„Gegenfrage.“ Der blondhaarige Footballspieler nickte Madison zu. „Wie hältst du es mit diesem Idioten aus?“

„Och.“ Sie zuckte mit der Schulter. „Anfangs war es schon schwer, aber da er n-a-c-k-t einfach großartig aussieht, werde ich mit seiner großen Klappe wohl leben müssen.“

Liv begann zu lachen. „Um unsere Reihe fortzuführen: Ich bin dankbar dafür, dass Blake eine Frau gefunden hat, die wie er ist. Nur ohne S-c-h-n-i-e-d-e-l.“

Madison gluckste auf. „Ich bin wie Blake?“

„Du bist schlimmer als ich.“ Ihr Freund nickte nachdrücklich. „Wir waren vor einer Woche auf einem Konzert, bei dem sie sich mit dem Türsteher angelegt hat. Beinahe hätte ich mich mit ihm prügeln müssen.“

„Keine Verletzungen mehr während der Saison, Blake“, warnte Teddy ihn. „Noch mehr Ausfälle kann ich mir nicht leisten.“

Sie kniff die Augen zusammen und maß ihn kritisch. „Du bist mein Freund. Da sollte es selbstverständlich sein, dass du mich verteidigst.“

Lachend fuhr seine Hand in ihr Haar. „Klar! Ich prügle mich gerne für dich, aber wenn du einen zwei Meter zehn großen Mann mit einhundertfünfzig Kilogramm Kampfgewicht und einer

Totenkopftätowierung auf dem Oberarm einen Hur... äh ... einen H-u-r-e-n-s-o-h-n mit Gestapomethoden nennst, weil er deinen Rucksack durchsuchen will, und ihm einen echt krassen Spruch drückst, sollte dir klar sein, dass es Ärger gibt."

„Du hattest mich vorher abgefüllt", verteidigte sie sich verlegen und wand sich auf ihrem Stuhl.

„Was für einen krassen Spruch?" Julian schaute sie interessiert über den Tisch hinweg an.

„Nichts Besonderes", erwiderte sie prompt. „Wie gesagt: Ich war ein wenig betrunken."

Blake lachte schallend und schien sich köstlich zu amüsieren, während er sich gleichzeitig durch ihr Haar wühlte. „Sie schwankte kein bisschen und erzählte dem Bullen von einem Typen, dass sie Kickboxen machen würde und ihm den A-r-s-c-h aufreißen könnte."

„Das Wort kennt Zoey schon", beruhigte Tom ihn. „Arsch kannst du ruhig sagen."

„Vielen Dank, Tom", ächzte Liv. „Brianna hat den anderen Kindern im Kindergarten schon genug Schimpfwörter beigebracht." Kopfschüttelnd deutete sie auf Blake. „Was für ein Wunder. Blake benimmt sich erstklassig, aber dich muss man tadeln."

„Das Thanksgivingwunder", warf Teddy ein und wischte einem der Zwillinge die Sabberspur weg.

Brian nahm einen Schluck aus seinem Glas und nickte Madison zu. „Das hast du dem Typen echt gesagt oder verarscht Blake uns schon wieder?"

„Ha!" Blake grinste von einem Ohr zum anderen und klang extrem stolz. „Fragt mal Eddie, der ist noch immer am Boden zerstört, weil Madison ihn haushoch beim Videospielen besiegt hat."

„Ich war dabei, Blake." Brian schüttelte den Kopf. „Du musst uns nicht ständig unter die Nase reiben, welche Level Madison in welchem Videospiel erreicht hat."

Dass Blake sie vor seinen Freunden wie eine Mischung aus Attila dem Hunnenkönig und Lara Croft darstellte, brachte ihm einen Schlag gegen den Oberschenkel ein.

„Aua! Wofür war das denn?" An seine Freunde gewandt erklärte er lauthals: „Sie schlägt mich. Seht ihr das?"

„Du stehst doch drauf. Gib es zu, Blake", lachte Brian und schielte auf das Essen. „Können wir jetzt endlich essen?"

„Noch nicht." Liv deutete in die Runde. „Wer ist jetzt dran mit seiner Danksagung?"

„Ich mache weiter." Brian nickte entschlossen. „Ich bin dankbar, dass Julian Liv beim Kochen geholfen hat."

Erwartungsgemäß ächzte Liv. „Vielen Dank, du Charmeur."

„Was denn? Ich habe Hunger."

Teddy verdrehte die Augen. „Dann bin ich jetzt dran. Ich bin dankbar für einen Runningback, der mich vor acht Monaten so wunderbar aufgemuntert hat, als ich in den Wehen lag und mein trotteliger Mann eine Gehirnerschütterung hatte."

Liv seufzte in Entzücken. „Endlich ein ernstgemeintes Dankgebet."

Verwundert schaute Madison mit hochgezogenen Augenbrauen zu Blake, der sanft errötet war und sich verlegen den Nacken rieb.

„Das nehme ich dir noch immer übel." Brian deutete auf den erröteten Blake. „Ich wollte dabei sein."

„Unsinn", widersprach seine Frau ihm. „Sei froh, dass Blake bei mir war, sonst würde ich es dir übelnehmen, dass ich allein war. Er kann nichts für deine Gehirnerschütterung."

„Bevor wir über die Geburt der Zwillinge reden, möchte ich fortfahren", ergriff zu Madisons Überraschung Dupree das Wort, der bisher eher durch Schweigen aufgefallen war.

„Bitte, Dozer. Ich sterbe vor Hunger", behauptete auch Blake eilig, obwohl Madison eher davon ausging, dass er von dem für ihn peinlichen Thema ablenken wollte. Tatsächlich fand sie es richtig süß, dass er Teddy anscheinend bei der Geburt der Babys zur Seite gestanden hatte. Von einem Blake O'Neill erwartete man vieles, aber das wirklich nicht.

Der bärenhafte Tackle räusperte sich und blickte auf seine winzige Freundin, die ihn mit Sternchen in den Augen ansah. „Ich bin dankbar dafür, dass Sarahs Dad mir erlaubt hat, seine Tochter zu bitten, mich zu heiraten."

Einen Moment herrschte Stille am Tisch, bevor Julian sehr trocken meinte: „Liv, hol den Champagner raus. Ich glaube, wir haben heute einige Dinge zu feiern."

Blake lehnte sich genüsslich zurück und betrachtete seinen leeren Teller. Obwohl Liv wirklich keine Meisterköchin war, hatte er sich den Bauch vollgeschlagen und hätte jetzt problemlos ein Nickerchen machen können. Da aus den Gästezimmern im Haus seines Kumpels mittlerweile jedoch Kinderzimmer geworden waren, kam das nicht mehr infrage.

Stattdessen streckte er seine Beine von sich und überlegte, dass er später Madison schnappen und mit ihr nach Hause fahren würde, um dort den Abend ausklingen zu lassen. Er hatte sogar noch Eiskrem daheim, die er mit ihr als Mitternachtssnack verputzen konnte.

Scheiße, die Idee klang sogar ausgesprochen gut.

Früher wäre er nach einem solchen Abend allein nach Hause gewankt und hätte sich für einen Glückspilz gehalten, der in eine Bar ziehen und jemanden abschleppen konnte. Heute bemerkte er jedoch, dass dieser Gedanke bei weitem nicht so verlockend war wie die Aussicht, mit seiner Freundin einen gemütlichen Restabend zu verbringen.

Da er viel zu satt und zufrieden war, kam er nicht einmal auf die Idee, Panik zu schieben, dass aus ihm ein Pantoffelheld werden könnte.

„Nein, Claire ist meine beste Freundin. Sie hat ein kleines Baby und ist zuhause mit ihrem Freund ... ach, Quatsch ... mit ihrem Verlobten geblieben, weil der Kleine eine Erkältung hat."

Erins glockenhelle Stimme ertönte am anderen Ende des Tisches. „Claire ist auf Blake nicht besonders gut zu sprechen, musst du wissen, Madison."

Gähnend schüttelte er den Kopf. „Wie kommst du darauf? Claire mag mich."

„Du nennst ihren Verlobten Dr. Muschi – sogar vor ihren zukünftigen Schwiegereltern", warf Liv ein. „Das verzeiht sie dir nicht."

Sobald die das Wort Dr. Muschi erwähnt hatte, spuckte Madison beinahe den halben Inhalt ihres Glases über den Tisch und begann anschließend herzhaft zu lachen, während sie hustete.

Krächzend fragte sie ihn: „Du nennst ihn *wie*? Warum?"

Grinsend zuckte er mit der Schulter. „Dr. Muschi, schließlich ist er Frauenarzt."

„Oh mein Gott", lachte sie hustend. „Wie geil ist das denn? Dr. Muschi!"

Amüsiert und sogar ein wenig glücklich und stolz betrachtete er seine Freundin, die sich schier ausschüttete vor Lachen, bevor er selbst in das Lachen einfiel.

„Blake, du solltest wirklich dem Herrgott danken, dass du jemanden gefunden hast, der deinen Humor teilt", urteilte Brian sehr ernst.

Teddy dagegen kam auf etwas anderes zu sprechen. „Claire und Grant sind verlobt?"

„Wusstest du das nicht?"

„Nein, Liv. Mir erzählt ja niemand mehr etwas."

„Gott", seufzte Blake und schaute in die Runde, während er sich von seinem Lachanfall erholte. Gleichzeitig legte er Madison eine Hand auf den Schenkel, den er geistesabwesend streichelte. Sie kicherte immer noch.

„Was hast du bitte?"

„Nichts, Liv", antwortete er. „Aber müssen denn alle um uns herum heiraten?"

„Ich lasse dich den Brautstrauß fangen, wenn du magst, Blake", schlug Sarah ihm vor.

Zur Antwort schenkte er ihr lediglich einen langen Blick.

Noch immer glucksend warf Madison ein: „Bevor Blake und ich heiraten, muss er wenigstens ein Mal Mr. Titastic sein!"

„Mr. Titastic? Niemals.“ Er schüttelte den Kopf.

„Es reicht mir schon, wenn er mich seinen Eltern vorstellt. Meine kennt er bereits.“

Teddy blinzelte ihr über den Tisch zu. „Du hast ihn schon deinen Eltern vorgestellt?“

Während er sich bei dem Wort Eltern versteifte, erklärte Madison vergnügt: „Er schläft mit mir, also muss er mich auch zu meinen Eltern begleiten, wenn ein Familientreffen ansteht.“

„Klingt fair“, erwiderte Liv.

„Erins Eltern sind zum Schießen. Wenn ich könnte, würde ich meine gegen ihre tauschen.“

„Dabei ist deine Mom so ein Schatz“, warf Erin an ihren Mann gewandt ein.

„Meine Mom kann ein Drachen sein.“ Madison tätschelte sein Knie. „Noch schlimmer ist allerdings meine Grandma. Sie wollte von Blake wissen, ob er auch einen richtigen Job hat.“

Brian prustete vor Lachen. „Holla, du Armer. Aber keine Sorge, meiner Schwiegermutter habe ich mich halbnackt vorgestellt, als ich in ihrer Küche stand und aus einem Milchkarton getrunken habe.“

Ehrlich gesagt hatte er keine große Lust, mit den anderen über Familiengründungen oder Eltern zu sprechen, weil er sich ein bisschen wie in einer Falle vorkam. Was sollte er auch erzählen, da es nichts zu erzählen gab? Sie waren seine Freunde, die er nicht anlügen wollte. Und Madison wollte er schon einmal gar nicht anlügen, doch wenn alle Blicke auf ihn gerichtet waren, konnte er schlecht das Thema wechseln, ohne sich allzu auffällig aufzuführen.

Daher blaffte er ein wenig pissig: „Was ist?“

„Du hast bereits Madisons Eltern kennengelernt? Wir wussten ja nicht, dass es so ernst ist, Blake.“ Tom grinste breit.

Obwohl er Madison nicht vor den Kopf stoßen wollte, ertrug er das Thema einfach nicht länger und maulte daher grimmig: „Siehst du etwa einen Ring an meinem Finger?“

„Nein, aber ich sehe dich gleich spülen, wenn du so schlecht gelaunt bist.“

„Schon gut.“ Madison zuckte mit der Schulter. „Blake und ich sind keine Beziehungstypen. Ich muss seine Eltern nicht kennenlernen, wenn er das nicht will.“

Livs Augen schienen sich in seinen Kopf zu bohren. „Aber warum willst du das denn nicht, Blake?“

„Nicht einmal ich kenne seine Eltern, Liv. Dabei spielen wir seit Jahren im gleichen Team.“ Brian zuckte mit der Schulter und nahm einen seiner Söhne auf den Arm, um ihm auf den Rücken zu klopfen. „Blake macht ein furchtbares Geheimnis um seine Alten.“

Innerlich zuckte er zusammen und hätte seinen Freunden zu gerne gesagt, dass ihm das Thema unangenehm war, aber so etwas hätte er nie gesagt, also spielte er lieber den Rüpel, der seinen Arm von der Lehne des Stuhls seiner Freundin nahm und die Arme vor der Brust verschränkte. „Im Gegensatz zu einigen von euch hänge ich nicht mehr an der Zitze meiner Mutter und muss nicht ständig mit meinen Alten abhängen.“

Wie erhofft stöhnte die holde Weiblichkeit genervt auf und nörgelte sogleich los.

„Du hast ein Benehmen wie eine offene Hose.“

Er nickte Erin zu. „Ich hoffe doch.“

„Selbst wenn du kein besonders enges Verhältnis zu deinen Eltern hast, solltest du ihnen Madison vorstellen ...“

„Liv“, unterbrach er sie mühsam beherrscht. „Das ist kein Thema für den Tisch, okay?“

Verwundert wegen seines ernsten Tons musterte sie ihn ruhig. „Okay.“

„Blake“, raunte Madison ihm nun zu und drückte seine Hand. „Entschuldige. Ich wollte davon nicht anfangen, aber ich dachte ...“

„Schon gut.“ Er schenkte ihr ein angestrengtes Lächeln und wäre am liebsten aus dem Raum getürmt. Allein die Vorstellung, dass alle Anwesenden, die immerhin seine besten Freunde waren, und Madison mit ihrer Bilderbuchfamilie erfuhren, was er wirklich war, brach ihm der Schweiß aus und sein Puls schnellte in die Höhe.

Er brauchte kein Mitleid und wollte es auch nicht haben.

Glücklicherweise gab es Julian, der sich räusperte und so die Aufmerksamkeit auf sich zog.

„Anscheinend ist dies der Abend der großen Verkündungen.“ Er hob sein Glas und lächelte in die Runde. „Brian und Teddy wissen es schon, aber ich würde euch gerne ebenfalls einweihen.“

„Oh Mann, Scott. Schon wieder ein Baby?“, ächzte Blake, um seiner Rolle gerecht zu werden. „Und das in deinem Alter?“

„Nein, kein weiteres Baby, Blake.“ Sein Kumpel fuhr sich kurz durchs Haar. „Aber es hat etwas mit Babys zu tun. Da ich mittlerweile ein alter Sack bin und glücklicherweise größeren Verletzungen aus dem Weg gehen konnte, werde ich nach der Saison meine

Footballschuhe an den Nagel hängen und mehr Zeit mit meinen Kindern verbringen, damit Liv wieder arbeiten gehen kann."

Schockiert saß Blake auf seinem Stuhl. Fassungslos starrte er seinen blondhaarigen Kumpel an, gleichzeitig ergriff ihn eine leichte Panik, die sich rasend schnell in seinem Gehirn verbreitete.

Während alle anderen sich erstaunt gaben, Julian sogar gratulierten und ihre Scherze darüber machten, dass er Rentner und Hausmann sein würde, konnte Blake das Gefühl nicht unterdrücken, dass gerade etwas kaputt ging. Seine Familie brach auseinander.

Die New York Titans ohne ihren Wide Receiver Julian Scott? Nein, das ging einfach nicht.

„Teddy und Mitch haben mir einen Vertrag über weitere zwei Jahre angeboten, aber ich wäre dann siebenunddreißig, wenn ich aufhöre. Das ist mir zu spät. Fünf Jahre habe ich für die Titans gespielt. Man sollte dann aufhören, wenn es am schönsten ist", erklärte Julian gerade wehmütig.

„Das kannst du nicht machen", wehrte sich Blake aufgebracht. „Hast du mal überlegt, was das für das Team bedeutet?"

„Blake", scherzte Julian amüsiert. „Ich bin fünfunddreißig Jahre alt und mein Vertrag läuft am Ende der Saison sowieso aus ..."

„Aber Teddy würde dir einen neuen geben!"

Lachend schüttelte sein Kumpel den Kopf. „Das wäre nur Geldverschwendung. Außerdem bin ich froh, wenn ich mir nicht länger mit euch eine Umkleide teilen muss."

Er wusste selbst nicht, woher diese irrationale Wut kam. Er wusste nur, dass ein Team ohne den ruhigen und besonnenen Julian eine Katastrophe wäre. Wütend schlug er mit der Faust auf den Tisch. „Wir brauchen dich auf dem Feld!“

Ruhig und besonnen wie er immer war, antwortete Julian trotz eines umgeworfenen Glases geduldig: „Ian Carlisle ist der beste Wide Receiver, den die Titans momentan haben. Er ist jünger, schneller und sehr viel versessener auf das Spiel als ich. Ich gehöre schon zum alten Eisen.“

„Du tust ja gerade so, als stündest du mit einem Bein im Grab!“

„Blake“, begann nun auch Liv, während der Rest der Truppe schockiert schwieg.

„Nein, lass mich ruhig, Liv.“ Julian schüttelte den Kopf. „Die Titans werden auch ohne mich gut klarkommen, Blake. Das weiß ich. Außerdem hat Teddy mir versprochen, dass sie mir einen Job besorgt, wenn Brianna und Levi in der Schule sind, aber momentan freue ich mich darauf, meinen Abschied zu nehmen und zuhause bei meinen Kindern zu bleiben.“

„Und das reicht dir?“

„Liv hat mir jahrelang den Rücken gestärkt und ist zuhause geblieben, als wir Sammy hatten und auch bei Brianna und Levi. Sie kann jetzt Karriere machen, während sich meine dem Ende zuneigt. Das ist nur fair.“

Blake ignorierte Madison, die seine Schulter streicheln wollte, und drehte sich weg. „Wunderbar! Vielleicht ist es Liv fair gegenüber – aber nicht uns!“

„Mann, du tust ja gerade so, als würde Julian zum Mond auswandern“, brummte Dupree.

Brian versuchte es mit einem Glucksen. „Wenn du willst, holen wir Julian zu jedem Spiel zu uns, damit er dir das Händchen tätschelt.“

„Brian, lass das“, warnte ihn Teddy, die Blake einen besorgten Blick zuwarf, wie er verzweifelt bemerkte. „Blake, Julian wird zwar kein aktiver Spieler mehr sein, aber er bleibt doch ein Titan und gehört zu unserer Truppe.“

„Ernsthaft, Blake.“ Julian legte den Kopf schief. „Ich haue nicht ab, sondern werde öfter da sein und euch in den Arsch treten, als euch lieb ist.“

„Das ist nicht das Gleiche.“ Er stieß seinen Stuhl zurück und erhob sich abrupt. „Ich muss hier raus.“

Ohne die anderen zu beachten, stürmte er aus dem Esszimmer, marschierte durch das Wohnzimmer und war schon an der Haustür angelangt, die er mit einem Ruck öffnete, als irgendjemand seinen Arm festhielt.

Als er sich umdrehte, stand er Madison gegenüber, die ihn besorgt ansah.

„Lass mich los. Ich muss an die frische Luft.“

„Dann komm ich mit.“

Abwehrend schüttelte er den Kopf. „Ich will allein sein.“

„Baby“, flüsterte sie und trat einen Schritt auf ihn zu. „Was ist denn los?“

„Nichts ... lass mich einfach allein.“ Er löste sich von ihr, doch Madison stellte sich ihm in den Weg.

„Ich wollte dich nicht nerven ...“

„Dann tu es auch nicht“, fuhr er sie unbeherrscht an, stockte und atmete schließlich tief durch.

Angesichts ihrer verletzten Miene hätte er sich selbst in den Arsch treten können, wenn seine Gedanken nicht anderweitig beschäftigt gewesen wären.

„Hör zu, Madison. Ich muss nachdenken. Das hat nichts mit dir zu tun.“

„Aber ...“ Ihre Augen glitten besorgt über sein Gesicht. „Du solltest nicht allein sein, wenn du so aufgewühlt bist. Lass uns nach Hause gehen.“

Aufgebracht ignorierte er das Offensichtliche. „Ich bin nicht aufgewühlt!“

„Blake.“ Vorsichtig legte sie eine Hand auf seine Brust und lächelte leicht. „Ich verstehe schon, dass das Team so etwas wie deine Familie ist ...“

Wieder schob er ihre Hand beiseite, während es aus ihm herausbrach: „Begreifst du es nicht? Das Team ist meine einzige Familie!“

„Was?“ Ihre hellbraunen Augen zwinkerten verwirrt.

„Das Team ist meine Familie“, wiederholte er barsch. „Die New York Titans sind alles, was ich habe.“

„Ich ... ich verstehe nicht.“

Mit zu Fäusten geballten Händen versteifte er sich, schob das Kinn vor und presste unbeherrscht hervor: „Ich habe keine Familie, keine Eltern ... Ich bin ein Heimkind, okay?“

Sie flüsterte nach einem langen Moment seinen Namen und trat mit unverwechselbarem Mitleid auf ihn zu.

Abwehrend wich er zurück. „Du musst kein Mitleid haben, hörst du? Mir geht’s gut.“

„Ach, Blake ...“

Die gerötete Nase sowie die glänzenden Augen, die verdächtig nach Tränen aussahen, waren zu viel für ihn. „Lass das! Hör auf zu heulen, verstanden? Ich will dein Mitleid nicht.“

Als sie wirklich zu weinen begann, wusste er nicht, was er tun sollte.

Er entschied sich dafür, sie stehen zu lassen und abzuhauen. Das war einfacher, als die Tränen zu ertragen, die sie vermutlich vergoss, weil er ihr so verdammt leidtat.

20. Kapitel

„Ich habe dir doch gesagt, dass er ein Arschloch ist! Was hat er getan? Mit wem hat er geschlafen?“

„Er hat mit niemandem geschlafen, Taylor.“ Madison schnäuzte sich laut und zog die Beine an ihren Körper, während sie sich in die Ecke ihres Sofas kuschelte und ihre Augen schloss, um die vorwurfsvolle Miene ihrer Cousine nicht länger ertragen zu müssen.

Auch wenn sich der Vorwurf nicht gegen sie, sondern gegen Blake richtete, hatte Madison weder die Kraft noch die Lust dazu, mit Taylor zu reden. Sie fühlte sich grauenvoll und konnte seit Tagen nichts anderes tun, als ihren Freund zu vermissen und seinetwegen zu heulen wie ein Schlosshund. Zwischenzeitlich verfluchte sie diesen Sturkopf, der sich standhaft weigerte, mit ihr zu reden oder ihre Nachrichten zu beantworten. Bisher hatte sie noch nie in ihrem Leben wegen eines Mannes weinen müssen, doch mittlerweile waren ihre Augen bereits rot und furchtbar verquollen. Sie war generell keine Heulsuse, aber seit Blake ihr eröffnet beziehungsweise ins Gesicht gebrüllt hatte, dass er in einem Heim aufgewachsen war, brach sie in Tränen aus, wenn sie nur daran dachte.

Der Gedanke, dass Blake O’Neill – dieser rüpelhafte Idiot mit dem wundervollen Lächeln und dem unglaublich sanften Charakter – eine Kindheit ohne Eltern in einem Heim verbracht hatte, ließ sie beinahe ausflippen und mit ihm leiden. Zwar wollte er ihr Mitleid nicht, aber das änderte nichts an der Tatsache, dass sie es für ihn empfand.

„Was hat er denn dann gemacht?“

„Nichts."

„Madison!" Der Tonfall ihrer Cousine hätte nicht schärfer ausfallen können. „Sei ehrlich. Was hat er gemacht?"

„Nichts. Er hat nichts gemacht."

„Seit wann weinst du dir wegen eines Mannes die Augen aus? Er muss dir doch weh getan haben!"

Die Frau, die ihm den Mittelfinger gezeigt, die Telefonnummer der Suchtberatung gegeben und ihn mehr als einmal einen Idioten genannt hatte, begann zu schluchzen und vergaß alles, was sie zuvor über Beziehungen gedacht hatte. „Er ist toll. Ich liebe ihn und möchte für ihn da sein."

„Willst du mich auf den Arm nehmen?"

Mit verheulten Augen sah Madison in das entsetzte Gesicht ihrer Cousine und schüttelte den Kopf. „Nein ... ich meine es ernst. Ich liebe Blake O'Neill. Er ist perfekt ..."

„Er ist ein Rüpel, ein Großmaul und ein Aufschneider."

„Ich weiß", schniefte sie und lächelte trotz ihrer Tränen. „Ich sagte doch, dass er perfekt ist."

„Okay", erklärte Taylor misstrauisch und ließ sich auf den Teppich vor dem Sofa plumpsen. „Welche Drogen hast du genommen?"

Missmutig rieb sie sich über die verheulten Augen. „Taylor, das ist nicht besonders witzig."

„Entschuldige." Vorsichtig tätschelte sie ihr das Knie. „Ich bin nur ein wenig verwirrt, schließlich habe ich dich noch nie verliebt erlebt. Dass das ausgerechnet mit Blake O'Neill passiert, hätte ich niemals gedacht."

„Er ist kein schlechter Mensch", beteuerte Madison und setzte sich aufrecht hin, während sie die kuschelige

Decke enger zog. „Er macht oft einen rüpelhaften Eindruck, aber das ist nicht sein wahres Gesicht.“

„Willst du damit sagen, dass er kein Rüpel ist?“

„Doch ...“ Unfähig, in klaren Worten auszudrücken, was sie meinte, hob sie unschlüssig eine Hand und ließ sie anschließend wieder sinken. „Er ... es steckt viel mehr in ihm, als du denkst. Blake ist clever, witzig und ... und einfach großartig.“

„Dich hat es wirklich erwischt.“

„Ich weiß“, seufzte sie und nagte auf ihrer Unterlippe herum. „Seit Tagen geht er nicht ans Telefon. Ich möchte mit ihm reden, aber wie soll ich das tun, wenn er sich weigert?“

Taylor streckte die Beine von sich und schob eine blonde Haarsträhne hinter ihr rechtes Ohr. „Was ist überhaupt passiert? Habt ihr euch gestritten?“

„Nein, nicht wirklich.“ Obwohl Taylor ihre Cousine war, wollte Madison ihr nicht sagen, was am Thanksgivingabend bei Blakes Freunden passiert war. Anscheinend hatte niemand eine Ahnung gehabt, dass Blake in einem Heim aufgewachsen war. Sie konnte nur vermuten, dass er nicht wollte, dass jemand etwas davon erfuhr. Aus diesem Grund würde sie Taylor nicht über Blakes Herkunft aufklären, auch wenn ihre Cousine kein Klatschweib war.

Madison wollte einfach, dass sein Geheimnis bei ihr gut verwahrt war.

„Ich kann dir nicht helfen, wenn du mir nicht sagst, was passiert ist.“

„Es ist eine Sache zwischen ihm und mir.“

„Also hat er dich doch betrogen!“

„Nein.“ Resigniert schüttelte sie den Kopf. „Er hat rein gar nichts getan.“

„Wer's glaubt ..."

Zwar wiederholte sie sich, aber Madison wollte, dass Taylor begriff, wie falsch sie lag. „Blake hat mich weder angelogen noch betrogen oder enttäuscht."

„Dennoch geht es dir dreckig."

„Taylor, ich will wirklich nicht darüber reden."

Das laute Stöhnen sagte ihr, dass ihre Cousine alles andere als überzeugt davon war, dass Blake tatsächlich nichts angestellt hatte. Normalerweise hätte sie ihre Cousine das denken lassen, was diese wollte, aber da Blake nichts verbrochen hatte, widerstrebte es ihr, dass jemand schlecht über ihn denken konnte.

Sie schluckte hart. „Er hat nichts getan, was mich in irgendeiner Hinsicht entsetzt hätte. Im Gegenteil."

„Du musst ihn nicht so vehement verteidigen."

Nach einem kurzen Augenblick zog sie die Decke noch enger um sich. „Das denke ich schon, schließlich wetterst du ständig gegen ihn – denk doch nur an Grandmas Geburtstag."

„Ach Mann."

„Eines verstehe ich nicht, Taylor." Kritisch zog sie die Augenbrauen in der Mitte zusammen. „Du bist Cheerleader, kannst Footballspieler jedoch nicht ausstehen. Was ist da falsch gelaufen?"

Es dauerte ein wenig, bis Taylor bemüht souverän mit der Schulter zuckte. „Darüber möchte *ich* nicht reden."

„Gut, aber dann lass mich mit Blake bitte in Ruhe."

„Du verstehst sicher, dass ich etwas misstrauisch bin, oder?"

„Warum?"

Ihre Cousine rümpfte die Nase. „Weil Blake O'Neill ein Idiot ist."

Das war er, und zwar ein Vollidiot, aber das änderte nichts daran, dass er ihr Vollidiot war und dass sie nicht mehr ohne ihn sein wollte.

Schweigend zog sich Blake an und dankte dem Himmel, dass die Auswärtsspiele ohne ihr Maskottchen bestritten wurden. Madison nicht zu sehen, war bedeutend leichter, als ihr über den Weg zu laufen, während ihm noch immer das Herz in die Hose rutschte, wenn er daran dachte, mit welchem Mitleid sie ihn angesehen hatte, als er ihr erzählt hatte, dass er ein Heimkind war.

Bislang war er der erfolgreiche Footballspieler gewesen, der Werbung für Softdrinks machte und den Superbowl gewonnen hatte, aber jetzt würde sie ihn sicherlich mit anderen Augen ansehen. Er war nicht länger Blake O'Neill, der NFL-Profi, sondern Blake O'Neill, der Mann ohne Eltern und mit einer beschissenen Kindheit.

Um ihr Mitleid nicht ertragen zu müssen, beantwortete er konsequent keine Nachrichten und hatte es sich angewöhnt, das Handy zu ignorieren, sobald es bimmelte.

Bei seinen Kumpels war es anders, denn sie schlichen seit Thanksgiving um ihn herum und taten gerade so, als könnte er jeden Moment in die Luft gehen. Tatsächlich kam sich Blake mittlerweile wie bei einem Bombenkommando oder zumindest wie eine Figur aus seinem Lieblingsvideospiel vor. Da er zum Training gehen musste und momentan mit dem Team auf einem Auswärtsspiel in Dallas war, konnte er ihnen nicht aus dem Weg gehen, so wie er es bei Madison tat. Dabei vermisste er sie.

Niemals hätte er gedacht, dass man sich rasend schnell an jemanden gewöhnen konnte und beinahe verrückt wurde, wenn dieser Jemand nicht mehr ständig bei einem war. Lange würde er es nicht mehr aushalten, ihre Anrufe zu ignorieren, doch bisher hatte er keinen Schimmer, was er zu ihr sagen sollte. Der Gedanke, dass er in ihrer Achtung gesunken sein könnte, weil er jemand ohne Wurzeln war, hielt ihn noch davon ab, zum Hörer zu greifen und sie anzurufen.

„Hey, Blake."

„Hey." Er schaute nicht zu seinem Kapitän auf, sondern verstaute seine Klamotten in seiner Tasche und hoffte, dass Brian einen Abflug machte, weil er den Wink mit dem Zaunpfahl begriffen hatte.

Leider war dies nicht der Fall.

„Hast du mal eine Minute? Ich möchte mit dir reden."

„Hat das Zeit bis morgen? Ich will nur noch ins Hotel."

Der schwarzhaarige Quarterback zuckte mit der Schulter. „Von mir aus können wir auch später im Hotel reden, aber da wird sicherlich Teddy dabei sein wollen. Also ..."

„Was gibt es?", wollte Blake missmutig wissen, schloss die Tasche mit einem starken Ruck am Reißverschluss und starrte ihn abschließend grimmig an. Es war sehr viel leichter, seine Gefühle hinter einer finsteren Miene zu verstecken, als seinem Gegenüber zu zeigen, was wirklich in ihm vorging. Das hatte er bereits als Kind begriffen, doch Brian wirkte so, als würde er Blakes Fassade durchschauen.

„Uns liegt Thanksgiving im Magen ...“

„Was mit Madison und mir ist, geht euch nichts an“, unterbrach er seinen Quarterback schroff.

Dieser senkte den Kopf und verschloss das Gesicht. „An deiner Stelle würde ich Madison nicht mehr hergeben, aber ich wollte mit dir nicht über sie sprechen.“

„Julian verlässt das Team, schon klar.“ Betont gleichgültig hob er die Hand. „So ist das Leben.“

„Ich wollte mit dir auch nicht über Julian sprechen.“

„Sondern?“

„Verdammt, Blake.“ Brian trat an ihn heran und zog die Augenbrauen zusammen. „Wie lange kennen wir uns jetzt schon? Sechs Jahre? Wir sind Teamkollegen, Kumpels ...“ Der Quarterback schlug einen ernsten und beinahe gequälten Ton an. „Du bist einer meiner besten Freunde und ich hatte keine Ahnung.“

Blake war entgegen der vorherrschenden Meinung nicht blöd und wusste sofort, worauf Brian hinauswollte. „Hör auf, okay? Ich will nicht darüber reden!“

„Du hast nie ein Wort gesagt.“

„Woher weißt du das überhaupt? Ist Madison sofort ins Haus gerannt und hat euch von dem armen Heimkind erzählt, das keine Ahnung hat, wer seine Eltern sind?“ Selbst er erschrak über den abfälligen Tonfall in seiner Stimme.

„Sie hat kein Wort gesagt, was gar nicht nötig war, schließlich ähnelt deine Stimme einem Vorschlaghammer. Warum hast du uns nie etwas erzählt?“

Er schlug seinen Spind zu. „Weil es kein Thema für eine Party ist! Und weil ich keinen Bock auf Mitleid habe!“

„Blake ...“

„Ich bin kein Heimkind mehr, das von anderen bemitleidet werden muss“, entfuhr es ihm aufgebracht.

„Niemand bemitleidet dich.“

„Genau!“ Er atmete schwer. „Schau mich an, ich bin Footballprofi mit einem dicken Bankkonto, einer geilen Wohnung und einer fetten Karre. Mich hätte es nicht besser treffen können.“

Selbst Brian nickte bestätigend. „Das mag alles stimmen, aber du hast etwas Entscheidendes vergessen.“

„Bitte, verschon mich mit deinem Psychogewäsch.“

Gutmütig zuckte Brian mit der Schulter. „Alter, verschon du mich mit deinen Mätzchen, schließlich kenne ich dich ein wenig. Das Thema geht dir mehr an die Nieren, als du zugeben willst.“

„Für mich ist dieses Kapitel abgeschlossen, und ich habe echt keinen Bedarf an Mitleid von euch, das ich sowieso nicht nötig habe.“ Am liebsten hätte er Brian einfach stehen gelassen, aber der hatte sich vor ihm aufgebaut und würde ihn erst durchlassen, wenn Blake handgreiflich würde.

„Du hast Recht, wenn du sagst, dass du kein Mitleid brauchst, aber das bedeutet nicht, dass deine Teamkollegen und deine Freunde nicht mit dir mitfühlen.“

Ein Kloß bildete sich in seiner Kehle, der nicht nur das Atmen erschwerte, sondern ihn befürchten ließ, dass er sich gleich tierisch blamieren würde. Männer heulten nicht voreinander – vor allem dann nicht, wenn sie Footballspieler waren.

Krächzend widersprach er daher Brian. „Niemand muss mit mir mitfühlen. Mir geht’s fabelhaft.“

„Wenn dir das alles nichts ausmacht, verstehe ich nicht, weshalb du uns nie erzählt hast, dass du in einem Heim gelebt hast."

„Niemand will so etwas hören", erläuterte er grob. „Wer will schon hören, wie beschissen das Leben in einem Heim ist und wie grauenvoll Pflegeeltern sein können?"

„Scheiße, Blake", raunte Brian nun. „Du warst dabei, als meine Söhne geboren wurden, und bist ihr Patenonkel. Warum hast du nie einen Ton gesagt?"

Anscheinend wollte Brian nicht begreifen, wie es ihm ging. Genervt atmete Blake durch und erwiderte mit zusammengebissenen Zähnen: „Meine Kindheit war scheiße, okay? Ich habe keine Ahnung, wer meine Eltern sind. Einer meiner Pflegeväter verprügelte mich gerne und ein anderer brachte mir das Footballspielen bei, bevor er mich abgab, weil seine Frau schwanger wurde. Wolltest du das hören? Wenn ja, dann mach die Lauscher auf, weil ich es nicht noch einmal erzählen werde. Das alles ist mittlerweile vorbei. Ich bin erwachsen und es juckt mich nicht mehr."

Der Schrecken im Gesicht seines Freundes entsprach genau der Reaktion, die Blake befürchtet hatte.

„Sieh mich nicht so an!" Er schüttelte abwehrend den Kopf. „Madison hat mich genauso angeschaut, aber ich brauche das nicht."

Auch Brian schüttelte den Kopf. „Du brauchst kein Mitleid, aber du bekommst es trotzdem, ob du willst oder nicht."

Dies ließ ihn rot sehen. Wut war bei weitem besser als Trauer, also ging er auf Brian los, erwischte mit seiner Faust dessen Kiefer und fand sich kurze Zeit später keuchend auf dem Boden wieder, während sein Freund ihn im Schwitzkasten hatte. Er wehrte sich gegen den Griff seines Mannschaftskollegen, aber der hielt ihn eisern fest.

„Verdammt, Blake, du Idiot“, raunte er ihm zu und keuchte ebenso heftig wie er selbst.

„Lass mich los, Palmer!“

„Wir stehen doch auf deiner Seite, Mann ...“

„Euer Mitleid könnt ihr euch sparen“, blaffte er ihn an und versuchte ihn abzuschütteln.

Doch Brian ließ nicht los. „Teddy kennt ihre biologischen Eltern auch nicht ...“

„Ja, aber sie hat welche!“ Er stieß ihm seinen Ellbogen in den Magen und erntete dafür ein schmerzverzerrtes Keuchen. „Lass mich los!“

„Es stimmt, sie hat Eltern, die sie adoptiert haben, als sie ein Baby war.“

„Was soll der Scheiß?“ Blake bemühte sich darum, seinen Kopf zur Seite zu drehen und Brian anzusehen, aber dank seiner eingeschränkten Position war das nicht möglich. Mörderische Wut stieg in ihm hoch, während sein Gesicht hochrot anlief.

Plötzlich klang Brians Stimme wie Sandpapier. „Ich habe keine Ahnung, wer mein Vater ist, okay? Du musst also nicht glauben, dass ich nicht wüsste, wie beschissen das Gefühl ist, niemanden zu haben, zu dem man gehört.“

Dieses Gespräch entwickelte sich in eine Richtung, die er alles andere als gut fand. Er sprach nicht gerne über seine Gefühle, sondern verschloss sie in sich und ließ sie nicht raus. Damit war er immer gut gefahren.

„Das kannst du nicht vergleichen, Brian!“

„Warum? Weil ich eine Mutter hatte, die mir keine Aufmerksamkeit schenkte, zu keiner Schulveranstaltung kam und mich kurz vor meinem Highschoolabschluss aus dem Haus warf, weil sie sich für einen Mann entschied, der mich nicht leiden konnte? Glaubst du denn, dass meine Kindheit toll war?"

„Na, schön!", fuhr Blake ihn an. „Dann hatten wir beide eine beschissene Kindheit. Lass mich los!"

„Genau wie du habe ich das niemandem erzählt, weil ich mich schämte ..."

„Verdammt, Brian, ich habe keinen Bock auf so ein Gespräch!"

Sein Kumpel tat so, als hätte er ihn nicht gehört. „Weißt du, wem ich zum ersten Mal davon erzählt habe? Teddy. Und ich hatte die Hosen gestrichen voll, dass sie Mitleid mit mir haben könnte, nur habe ich etwas verwechselt – genau wie du jetzt. Teddy hatte kein Mitleid mit mir, weil ich ihr leidtat, sondern weil sie mich liebt. Und wenn wir mit dir Mitleid haben, dann nicht, weil du uns leidtust, sondern weil wir dich alle lieben, du Idiot."

Erschrocken hielt er inne und merkte, dass er am ganzen Körper zitterte.

Nur am Rande nahm er wahr, dass Stimmen im Hintergrund fragten, ob alles okay war, und dass Brian diese im grimmigen Ton aufforderte zu verschwinden, bevor er deutlich ruhiger und heiser raunte: „Julian wird unsere Familie nicht verlassen, weil er nicht mehr mit uns auf dem Feld steht. Wir bleiben ein Team – eine Familie. Und du gehörst dazu."

Blake wusste nicht, was los war, aber er konnte nicht anders, als wie ein Baby zu heulen. Der einzige Trost war, dass auch der knallharte Quarterback flennte, während er ihm noch immer die Luft abschnürte.

21. Kapitel

Valentinstag – 9 Monate zuvor

Blake betrachtete seine Turnschuhe und unterdrückte das Bedauern darüber, dass er diese nach dem heutigen Tag wohl entsorgen musste, während das schmerzverzerrte Stöhnen seiner Chefin an sein Ohr drang.

„Ich bringe ihn um." Teddy schnappte nach Luft, gab ein weiteres Stöhnen von sich und quetschte seine Hand so stark, dass er befürchtete, nie wieder einen Ball zu fangen.

Dies versuchte er ihr vorsichtig klarzumachen, doch die Frau, die sich auf dem Krankenhausbett hin und her wand und an einen Wehenschreiber angeschlossen war, gab ihm gar keine Chance, den Mund aufzumachen. „Männer sind egoistische Arschlöcher. Allesamt!"

Räuspernd bemühte er sich darum, seine Hand aus ihrem Klammergriff zu befreien, doch leider funktionierte dies nicht. „Äh ... Teddy, meine Hand. Autsch!"

„Nie wieder lasse ich ihn an mich ran! Ich schwöre es dir!"

In den vergangenen Minuten hatte sie bereits mehrfach erwähnt, dass sie auf Sex mit ihrem Mann in Zukunft verzichten würde. Anfangs war Blake schrecklich nervös gewesen, denn er hatte ihre Worte für bare Münze gehalten, bis die Hebamme, die ab und zu in den Raum schneite, um den Muttermund zu messen, ihm erklärt hatte, dass jede Frau an diesem Punkt schwor, ihren Mann nie wieder an sich heranzulassen.

Er war sich dessen nicht ganz sicher, denn Teddy schien wildentschlossen zu sein, ihrem Mann, der zwei Stationen weiter in einem anderen Zimmer lag und seine Gehirnerschütterung auskurierte, jegliche körperliche Berührung in den nächsten fünfzig Jahren zu verbieten.

Eigentlich hatte er geplant, seinen Kumpel zu besuchen und anschließend in irgendeine Bar zu ziehen, um dort eine frustrierte Singlefrau aufzureißen, doch Teddy hatte ihm einen Strich durch die Rechnung gemacht, schließlich war ihre Fruchtblase direkt über seinen geliebten Turnschuhen geplatzt, was zur Folge hatte, dass Brian vor lauter Schreck auf dem nassen Fußboden ausgerutscht war und sich beinahe den Schädel an einem Küchenschrank eingeschlagen hatte.

Während sein Kapitän den Krankenwagen vollgekotzt hatte und Teddy mit Wehen ins Krankenhaus eingeliefert worden war, war Blake ihnen in einem Taxi gefolgt und hatte kurz darauf die Hiobsbotschaft vernommen, dass er an Brians Stelle bei Teddy bleiben sollte, bis ihre Mom ankam oder es Brian so gut ging, dass er bei der Geburt der Zwillinge dabei sein konnte.

Allem Anschein nach konnte er sich Valentinstagssex abschminken, denn das Ganze würde sicherlich noch eine Weile dauern. Zwar hatte er keine Ahnung von Geburten, aber was er bisher erlebt hatte, sagte ihm, dass es laut, schmutzig und schmerzhaft war – nicht nur für die werdende Mutter. Auch seine Hand fühlte sich an, als sei sie in eine Schrottpresse geraten. Außerdem brach ihm bereits der kalte Schweiß aus, wenn er überlegte, dass die Hebamme jede Minute wieder hereinplatzen konnte, um Teddy zu untersuchen. Bisher war es ihm immer gelungen, das Weite zu suchen und hastig den Raum zu verlassen, doch die Vehemenz, mit der sich die gebärende Frau an ihn klammerte, ließ ihn befürchten, dass er bei der nächsten Untersuchung Dinge zu sehen bekam, die er sich lieber ersparen wollte.

Teddy war zwar die Ehefrau seines Kumpels und Teamkollegen, aber sie war auch seine Chefin – die Frau, die seine Gehaltsschecks unterschrieb. Klar, vor ihrer Schwangerschaft war sie ein heißer Feger gewesen, den er gerne nackt gesehen hätte, auch wenn er das vor Brian niemals zugegeben hätte, aber der Anblick einer schwangeren Frau während ihrer Geburt war dann doch zu viel des Guten.

„Scheiße, das tut verdammt noch mal weh!“ Stöhnend kratzte sie über seine Hand, was ihn einen Schrei ausstießen ließ.

„Teddy ...“

„Niemand sagt einem, dass es so verdammt weh tun wird!“

„Du zerquetschst meine Hand, Teddy.“

Aus einem roten und verschwitzten Gesicht sah sie ihn abfällig an. „Was denkst du denn, wie es mir hier geht?!“

„Aber du bekommst doch auch ein Baby“, wagte er sich vor und wollte seine Hand aus ihrem Griff lösen.

„Zwei Babys! Ich bekomme zwei Babys, weil mein Mann ein Potenzmonster ist!“

Darüber wollte er weder reden noch nachdenken. „Schön für dich.“

Plötzlich nahm ihre Stimme einen jammernden Tonfall an. „Ich will diese Babys. Ich liebe sie, aber wie soll ich das schaffen?“

Alarmiert blickte er zu der geschlossenen Tür und hoffte trotz seiner gegenteiligen Wünsche, dass die Hebamme zurückkam, damit sie die nervöse werdende

Mutter trösten konnte. Gleichzeitig begann auch er, Brian zu verfluchen. Wie konnte er es wagen, ihm seine schwangere Frau aufzuhalsen?

„Du schaffst das schon“, entgegnete er mit der Überzeugungskraft eines Mannes, dem die nackte Angst ins Gesicht geschrieben war. „Lass dir Schmerzmittel geben und dann ... du weißt schon. Einfach pressen.“

„Blake ...“

„Augen zu und durch“, ergänzte er wenig hilfreich.

„Du Idiot“, stöhnte sie. „Ich habe keine Ahnung von Babys. Was ist, wenn ich ihnen versehentlich weh tue?“

„Das wird schon nicht passieren.“

„Das weißt du nicht! Sie haben winzige Köpfe. Ich könnte ihre Fontanellen verletzen!“

Er wusste nicht, was Teddy ihm sagen wollte oder was eine Fontanelle war, aber angesichts ihres leicht hysterischen Anfalls verdrehte er unbemerkt die Augen.

„Du machst dir viel zu viele Sorgen.“ Mit seiner freien Hand tätschelte er ungelenk ihre Schulter und zuckte zusammen, als ihre andere Hand nach seiner zweiten Flosse schnappte und nun beide Hände im Würgegriff hatte.

„Ich meine es ernst“, knurrte sie ihn so furchteinflößend an, dass er die Luft anhielt. Einen Augenblick später verzog sie das Gesicht und schien im nächsten Moment in Tränen auszubrechen. „Woher soll ich denn wissen, wie ich eine gute Mom sein soll? Ich will nichts falsch machen! Kinder brauchen gute Eltern, um glücklich zu sein, aber ich weiß nicht, ob ich eine gute Mutter sein kann. Und was ist mit Brian?“

Räuspernd fragte er nach: „Was soll mit Brian sein?“

„Er ist toll ...“

„Aber?“

„Aber er hat keinen Dad. Woher soll er wissen, was einen guten Vater ausmacht?“

Seiner Ansicht nach erlebte seine Chefin gerade einen kleinen Nervenzusammenbruch und er war ganz eindeutig kein Psychotherapeut.

„Oh Gott, das hört sich schrecklich an! Brian wird ein super Vater sein, aber was ist mit mir? Vielleicht versage ich als Mom.“

„Das wirst du nicht.“

„Vielleicht doch“, beharrte sie, um sich im nächsten Moment aufzurappeln und entschlossen zu verkünden: „Ich kann diese Kinder nicht bekommen. Lass uns nach Hause gehen.“

„Was?!“ Blake riss seine Augen auf und beobachtete, wie seine Chefin mit dem gigantischen Bauch seine linke Hand losließ und sich schwerfällig auf die Seite drehen wollte.

„Ich gehe.“

„Aber ... aber ... du kannst nicht gehen!“

„Dann pass einmal auf ...“

„Teddy, du machst mich wahnsinnig“, platzte es aus ihm heraus und er drückte sie entschlossen zurück auf das Bett. „Diese Babys kommen auf die Welt, ob du es willst oder nicht.“

„Woher willst du das wissen? Bist du eine Frau?“

„Nein“, entgegnete er grimmig. „Ich bin derjenige, dessen Schuhe durch deine geplatzte Fruchtblase ruiniert sind.“

„Verstehst du nicht, was ich meine? Ich könnte als Mutter versagen“, krächzte sie laut und relativ verzweifelt.

Er starrte sie an und bemerkte die Tränen in ihren bernsteinfarbenen Augen, während ihm selbst ein Kloß in den Hals stieg. Eines war ganz sicher: Teddy MacLachlan-Palmer würde eine großartige Mutter sein, auch wenn sein eigenes Wissen in diesem Bereich mehr als begrenzt war. Sie liebte ihre Babys so sehr, dass sie bei dem Gedanken, dass den beiden etwas fehlen könnte, verrückt vor Sorge wurde. Jemand, der eine schlechte Mom war, würde sich einen Scheißdreck um sein Kind kümmern. Es wäre ihm auch egal, was mit dem Baby passierte.

Eine schlechte Mutter würde ihr Kind einen Tag nach dessen Geburt in der Obhut des Krankenhauspersonals lassen und sang- und klanglos verschwinden, ohne ihren richtigen Namen zu nennen. Einer schlechten Mutter wäre es egal, ob das Baby gut versorgt war, ob es seinen ersten Geburtstag im Schlafsaal eines Kinderheims verbrachte, ob es mit fünf Jahren zu einem Pflegevater kam, der seine Pflegekinder windelweich prügelte, und ob ihr Sohn während seiner ganzen Kindheit beim Einschlafen daran dachte, was mit ihm nicht stimmte, dass niemand auf der Welt einen Platz für ihn zu haben schien.

Wenn er nicht aufpasste, würde er jeden Moment zu flennen beginnen.

„Du wirst eine gute Mutter sein“, tröstete er sie mit wackeliger Stimme. „Da bin ich mir ganz sicher.“

„Und wenn nicht? Was ist, wenn ich meine Kinder verkorkse?“

„Dann schiebst du einfach Brian die Schuld in die Schuhe.“

Wenigstens hatte er es geschafft, sie kurz zum Lachen zu bringen, bevor sie wieder stöhnte und nach seiner Hand griff.

Nur wenige Minuten später ging alles so schnell, dass er gar nicht mehr imstande war, den Raum zu verlassen, sondern an Teddys Seite blieb, als mit rasender Lichtgeschwindigkeit der kleine Scott Palmer das Licht der Welt erblickte.

Sobald er in das zerknautschte Gesicht des Säuglings sah, musste er an all das denken, was ihm zuvor durch den Kopf geschossen war. Obwohl er sich nicht als Heulsuse bezeichnet hätte, flennte er dennoch wie ein Baby und konnte froh sein, dass Teddy dies großzügig übersah.

22. Kapitel

Einen riesigen Footballkopf zu tragen, hatte gewisse Vorteile, überlegte Madison, als sie in ihrem Mr.-Titastic-Kostüm vor den Zuschauern Späße machte und Kusshände ins Publikum warf.

Einer dieser Vorteile war ganz sicher, dass niemand ihre geschwollenen Augen sehen konnte. Ein anderer Vorteil war, dass es niemandem auffiel, dass sie den Spieler mit der Nummer einundzwanzig beobachtete, der auf dem Feld Aufstellung nahm und mit der Welt und sich selbst im Einklang zu sein schien.

Für sie traf dies leider nicht zu. Seit fast anderthalb Wochen herrschte nun Funkstille zwischen ihnen und sie war kurz davor, auf das Feld zu laufen und ihm mit ihren riesigen Maskottchenschuhen gehörig in den Arsch zu treten, bevor sie ihm sagen würde, wie leid ihr alles tat.

Dabei war nichts davon ihre Schuld. Eigentlich hätte sie erwartet, dass nur ein handfester Streit zu einer derartigen Funkstille führen würde, doch das war nicht der Fall gewesen. Sie hatten sich nicht gestritten, weil es nichts gegeben hatte, worüber einer von beiden in Wut hätte geraten können. Er war nicht mit einem Cheerleader ins Bett gegangen, sie hatte keines seiner Comichefte weggeworfen und im Bett hatte auch alles gestimmt. Der einzige Grund, weshalb Blake momentan nicht mit ihr sprach, war der, dass er sich anscheinend dafür schämte, in einem Heim aufgewachsen zu sein.

Sie wollte böse auf ihn sein, dass er deswegen so ein Theater machte und schmollte, aber das konnte sie nicht, weil allein der Gedanke, dass er als Kind keine Eltern, keine Zuneigung und keine Liebe gehabt hatte, ihr das

Herz zerriss. Als wenig gefühlsbetonter Mensch wusste sie erstens nicht, wie sie mit derartigen Emotionen klarkommen sollte, und zweitens hatte sie keine Ahnung, wie sie Blake verständlich machen sollte, dass sie für ihn da war.

Er hatte ihr gesagt, dass er kein Mitleid von ihr wolle, aber dies sagte sich so leicht. Natürlich hatte sie Mitleid mit ihm, schließlich liebte sie ihn.

Wie sollte sie auch kein Mitleid haben, wenn sie sich vorstellte, wie einsam und unglücklich ein Kind war, das ohne Eltern in einem Heim aufwuchs? Die Tatsache, dass aus diesem Kind der Mann geworden war, in den sie sich verliebt hatte, hatte es geschafft, dass sie in den vergangenen Tagen wie ein Trauerkloß durch die Gegend gelaufen war.

Aber viel wichtiger war die Frage, wie sie ihm klarmachen sollte, dass sie neben all dem Mitleid Bewunderung für ihn empfand. Bewunderung dafür, was er aus sich gemacht hatte und dass er, obwohl er dies so vehement bestritt und nicht wahrhaben wollte, ein Mensch geworden war, dem seine Freunde am Herzen lagen. Anfangs hätte sie niemals gedacht, dass ausgerechnet Blake O'Neill jemand sein könnte, der so viel mehr zu bieten hatte als eine große Klappe und einen tollen Körper.

Madison war ratlos und befürchtete, dass sein Sturkopf ihn davon abhalten könnte, sich mit ihr auszusprechen. Selbst ihren heutigen Anruf hatte er weggedrückt, obwohl nun anderthalb Wochen seit dem Thanksgivingabend verstrichen waren.

Bedrückt schlich sie zu ihrer Bank, hob kurz die Hand, als jemand aus den unteren Rängen ihren Namen rief, und fand sich wenige Sekunden später platt wie eine

Flunder auf dem Boden wieder. Erst nach zwei Atemzügen nahm sie wahr, dass direkt über ihr eine Rangelei begonnen hatte. Sie selbst war völlig orientierungslos und bemerkte nach und nach, dass sie auf dem Bauch lag und sich nicht rühren konnte.

Jetzt verstand sie auch, warum sie das Gefühl hatte, von einem Zug überrollt worden zu sein, und weshalb sie so sehr zitterte, dass sie nicht aufstehen konnte. Irgendjemand musste sie getackelt haben. Mit dem Gesicht voran am Rand des Spielfeldes zu liegen, während über ihr eine wüste Schlägerei ausbrach und sie nicht einmal nachsehen konnte, was genau passierte, war mehr als frustrierend. Madison blieb nichts anderes übrig, als mit den Armen zu rudern, um auf sich aufmerksam zu machen, weil sie dank des Kostüms nicht in der Lage war, sich vom Boden zu erheben.

Plötzlich wurde sie mit einem Ruck hochgehoben und sah sich Dupree Williams gegenüber, der sie besorgt musterte.

„Alles okay?"

Sie nickte und war froh für den Arm, den er ihr anbot, da ihr Footballkopf gehörig wackelte und auch ihre eigenen Knie ziemlich weich waren.

Durch das dunkle Netz, das sich in dem Mund des Maskottchenkopfes befand, konnte sie schemenhaft erkennen, dass sich Blake vor einem Spieler der gegnerischen Raccoons aufgebaut hatte und von Brian, Julian und Tom zurückgehalten wurde. Von ihrem eingeschränkten Sichtfeld genervt zog sie den Kopf ab und fuhr sich erst einmal durch das verschwitzte Haar.

„Ist dir was passiert?"

„Nein", versicherte sie Dupree. „Mir geht's gut."

„Das solltest du ihm vielleicht mal sagen." Resigniert deutete er auf Blake, der allem Anschein nach dem gegnerischen Spieler, der völlig ahnungslos und leicht verwirrt erschien, an die Gurgel gehen sollte. „Er wird noch vom Platz geschickt, wenn er so weitermacht."

„Kannst du nicht aufpassen! Der Ball war längst im Aus, du Arschgeige!"

„Hey", verteidigte sich der Raccoon, der automatisch einen Schritt zurückging und Verstärkung von seinen Teamkollegen bekam, die über das Feld sprinteten, um sich neben ihn zu stellen. In Windeseile standen sich Titans und Raccoons gegenüber, die alle ziemlich irritiert wirkten und haufenweise mit der Schulter zuckten.

Blake dagegen war gar nicht mehr zu beruhigen, da er wild gestikulierte. „Du hast doch wohl den Arsch offen, White?!"

Relativ gelassen hielt Grayson White den Ball in der Hand und deutete mit diesem auf Blake. „Was ist dein Problem, O'Neill?"

„Mein Problem ist, dass du ein Hurensohn bist!" Blake riss sich von seinen Kumpels los und schlug dem gegnerischen Wide Receiver den Ball aus der Hand. „Hände weg von unserem Maskottchen oder ich bin die letzte Person, die du siehst, bevor du wieder laufen lernen musst!"

„Das gibt Ärger." Dupree stöhnte neben ihr auf, während Madison ein Grinsen nicht unterdrücken konnte und mit purer Erleichterung auf Blake schaute, der kurz davor stand, sich ihretwegen zu prügeln.

Selbst als der Schiedsrichter angerannt kam, sich zwischen die beiden Kontrahenten stellte und die gelbe Flagge auf den Boden warf, konnte sie nicht aufhören, debil vor sich hin zu grinsen.

„Fünfzehn Yards Strafe wegen unsportlichen Verhaltens für die Nummer einundzwanzig Blau.“

Dass er gerade eine Strafe kassiert hatte, schien Blake nicht zu stören. Er beachtete den Schiedsrichter nicht einmal, sondern blökte den gegnerischen Spieler weiter an.

„Ich reiße dir den Arsch auf ...“

„Blake, lass gut sein“, warnte Brian ihn, nickte dem Schiedsrichter entschuldigend zu und bemühte sich, seinen draufgängerischen Runningback vom Ort des Geschehens wegzuschieben. Dieser wehrte sich jedoch entschlossen.

Wie Madison feststellte, gab es nicht nur unter den Spielern der Titans großmäulige Rüpel, da Grayson White seine Facemask hochschob und Blake anschließend den Mittelfinger zeigte. „Mit Ärschen kennst du dich schließlich aus – nach allem, was man über dich hört, O’Neill!“

Wieder flog die gelbe Flagge.

„Fünfzehn Yards wegen unsportlichen Verhaltens für die Nummer einundachtzig Rot.“

Madison trat einen Schritt zurück, als John Brennan auf das Feld stürmte, seinen Runningback an der Schulter packte und davon abhielt, eine handfeste Prügelei anzuzetteln.

„Du gehst auf die Bank!“

„Coach!“

„Nichts da, ich wechsle dich aus.“

Blake gestikulierte wie wild herum. „Er hat Madison einfach umgerannt!“

Madison ging das Herz auf und prompt ließ sie den riesigen Footballkopf fallen. Wenn Dupree nicht ihren Arm im Klammergriff gehalten hätte, wäre sie sofort auf

Blake zugelaufen, doch so blieb sie, wo sie war, und beobachtete das Geschehen, während ihr Herz in einem wilden Stakkato schlug.

Der Coach murmelte lediglich: „Erst die Cheerleader und jetzt das Maskottchen. Ich wusste, dass das Ärger geben würde ...“

Ihre Augen begegneten seinen, die unsicher in ihre Richtung schauten, bevor er zögernd auf sie zukam. Mit angehaltenem Atem vergaß sie die achtzigtausend Zuschauer um sich herum, die beiden konkurrierenden Teams oder die Fernsehkameras, die sicherlich in diesem Moment auf sie gerichtet waren. Ihre ganze Aufmerksamkeit galt dem rüpelhaften wunderbaren Footballspieler, der sich bückte, um den Footballkopf aufzuheben und diesen aufzusetzen.

Mit einem erstickten Lachen löste sie sich von Dupree. „Blake, was ... was tust du da?“

„Es tut mir leid. Ich hätte dich nicht anbrüllen dürfen.“

Da seine Stimme wegen des riesigen Kopfes lediglich gedämpft ertönte, trat Madison einen Schritt auf ihn zu, griff mit ihrer Hand, die in einem riesigen Handschuh steckte, nach seiner und drückte sie aufmunternd. „Dir muss nichts leidtun. Du hast nichts falsch gemacht. Und jetzt zieh das Ding aus.“

Ohne seinen Protest zu beachten, zog sie ihm mühsam den riesigen Schädel aus und entdeckte sein verschwitztes, hochrotes, liebenswertes Gesicht darunter.

„Madison ...“

„Mir tut es leid“, murmelte sie und streichelte seine Hand, auch wenn sie beide Handschuhe trugen und kaum etwas von dieser Berührung spüren konnten. „Ich war unsensibel und habe nicht nachgedacht. Wenn du nur ...“

„Könntest du bitte still sein?“

Verwundert blinzelte sie und grinste anschließend, als sie seine Nervosität bemerkte. „Aber sicher.“

Er holte tief Luft. „Es ist so ... ich habe eine Familie. Mein Team, aber ... aber was mir wirklich fehlt ist jemand, der Videospiele mit mir spielt, nackt mit mir im Bett Chicken Wings isst und über meine Witze lacht.“ Er schluckte. „Jemand, der mich ebenso liebt wie ich ihn.“

Ihr stockte der Atem. „Blake ...“

Schnell sprach er weiter. „Ich kann ein Vollidiot sein, aber ... aber wenn du über ein paar meiner Macken hinwegsiehst, würde ich ... würde ich gerne zu deiner Familie gehören. Wenn du willst.“

Madison schlang ihm die Arme um den kräftigen Hals, lächelte trotz des gigantischen Kloßes in ihrer Kehle und flüsterte an seine Lippen: „Küss mich endlich, du Vollidiot.“

Ende

Von Poppy J. Anderson sind weitere Romane auf Amazon veröffentlicht worden:

„Verliebt in der Nachspielzeit“ (Band 1)

erschienen im Juli 2013

Hanna Dubois kann es nicht glauben! Ihre erste Woche in New York City hält einige Überraschungen für sie bereit: Sie bekommt das heiß ersehnte Stipendium, wird in einen Autounfall, den Paparazzi verursacht haben, verwickelt und lernt dabei John kennen - das Bild von einem Mann. Sie verliebt sich Hals über Kopf in den berühmten ehemaligen Quarterback, dessen Schritte ständig von Pressevertretern überwacht werden. Eine wahre Hetzjagd auf Hanna beginnt, an der die Beziehung der beiden zu zerbrechen droht ...

Seitenzahl: 393

„Touchdown fürs Glück“ (Band 2)

erschienen im November 2012

Julian Scott ist der talentierte und neue Footballspieler der New York Titans, dessen Leben nicht schöner sein könnte. Er ist auf dem Höhepunkt seiner Footballkarriere, die Frauen laufen ihm scharenweise hinterher und finanziell kann er auch nicht klagen.
Liv Gallagher ist die erfolgreiche und angesehene Architektin einer New Yorker Agentur, deren Leben strikt geordnet ist. Sie lebt für ihren Beruf, macht sich wenig aus den Männern, die ihr nachschauen, und konzentriert sich lieber auf ihre Karriere.
Julian und Liv sind grundverschieden und doch waren sie früher ein glückliches Ehepaar. In New York treffen sie zufällig aufeinander und müssen feststellen, dass immer noch die Funken fliegen, wenn sie sich sehen ... wäre da nicht ein dunkles Geheimnis aus ihrer Vergangenheit.

Seitenzahl: 454

„Make Love und spiel Football“ (Band 3)

erschienen im Januar 2013

Der Footballgott muss sich mit den New York Titans wohl einen Witz erlaubt haben, als er die Tochter des verstorbenen Teambesitzers zur neuen Chefin ernannt hat! Das glaubt jedenfalls Brian Palmer, Quarterback und Kapitän der Titans, als sich die skandalbehaftete Teddy MacLachlan mit Hippiekleidung, Bauchnabelpiercing und Flipflops dem Team vorstellt. Frauen können in der Welt des Footballs nicht bestehen, vor allem nicht wenn sie auf Räucherstäbchen und Meditationen abfahren. Football bedeutet Krieg, da haben Frauen nichts zu suchen – Brian hat keine Skrupel, das seiner neuen Chefin ins Gesicht zu sagen, doch die bricht wider Erwarten nicht in Tränen aus, sondern grinst ihn frech an. Anders als der Rest der Frauenwelt, die sich dem heißen Quarterback an den Hals wirft, legt sich Teddy mit ihm an und schlägt ihn mit den eigenen Waffen.

Seitenzahl: 393

„Verbotene Küsse in der Halbzeit“ (Band 4)

erschienen im September 2013

Erin Hamilton hat klare Zielvorstellungen vor Augen und weiß, wohin ihr Weg gehen wird ... wären da nicht ständig Komplikationen, die ihr das Leben erschweren. Zum einen gibt es da ihre jüngere Schwester, deren überdimensionale Hochzeit jeden vernünftigen Rahmen zu sprengen droht, dann treibt ihre sexuell orientierungslose Mitbewohnerin sie beinahe in den Wahnsinn und Geldsorgen hat Erin auch noch. Zu allem Überfluss muss sie mit dem verantwortungslosen und arroganten Tom Peacock klarkommen, der sie als Kindermädchen für seine vierjährige Tochter engagiert, damit er sich nicht selbst um die Kleine kümmern muss. Der berühmte Footballspieler ist es gewöhnt, seinen Willen durchzusetzen und das zu bekommen, was er haben will. Doch bei Erin beißt er auf Granit, denn sie ist alles andere als beeindruckt von ihm und zeigt dies deutlich. Sie zwingt ihn dazu, Zeit mit seiner süßen Tochter zu verbringen. Ob Tom gegen so viel Weiblichkeit um ihn herum eine Chance hat?

Seitenzahl: 394

„Knallharte Schale – zuckersüßer Kerl (Band 5)

erschienen im Dezember 2013

Dupree Williams ist ein knallharter Footballspieler, der bei seinen Gegnern Angst und Schrecken auslöst. Nicht umsonst gilt er als "menschlicher Bulldozer". Doch niemand kann sich vorstellen, dass Dupree unter extremer Schüchternheit leidet und nicht weiß, wie er mit Frauen sprechen soll. Zu sehr nagt ein Erlebnis aus seiner Collegezeit an ihm. Meistens kaschiert er seine Unsicherheit mit einer großmäuligen Art und gerät prompt an Sarah, die ihm mit einem gezielten Tritt zu verstehen gibt, dass sie arrogante, großmäulige und aufdringliche Typen nicht leiden kann. Der Spaß fängt erst an, als Sarah einen Bericht über Dupree schreiben soll, da er das Aushängeschild der New Yorker Brustkrebshilfe ist, für die sie arbeitet. Zwar mag Sarah keine arroganten, großmäuligen und aufdringlichen Typen, aber das ist Dupree ja auch eigentlich gar nicht ...

Seitenzahl: 342

„Kein Mann für die Ersatzbank“ (Band 6)
(Kurzroman)

erschienen im Februar 2014

Bobby O'Connor ist alles, was man sein muss, um erfolgreicher Sportagent zu sein - Kumpeltyp, großmäulig, blitzgescheit und extrem tough! Nur ist Bobby O'Connor kein Typ, sondern eine Frau. Eine Frau, die sich problemlos in dieser Männerdomäne durchsetzt und sogar mit verknallten Footballspielern umgehen kann. Jack Armstrong lernt die coole Sportagentin kennen und wird sehr schnell ihr bester Kumpel. Wenn er mit ihr zusammen ist, vergisst er manchmal sogar, dass sie eine Frau ist. Doch plötzlich kann er gar nicht anders, als daran zu denken, dass sie eine Frau ist - eine süße und extrem anziehende Frau ...

Seitenzahl: 216

„Unverhofft verliebt“ (Band 7)

erschienen im März 2014

Mit den Männern klappt es einfach nicht! Frustriert muss Claire erkennen, dass sie nicht der Typ Frau ist, den Männer heiraten wollen. Schön und gut ... sie haben nichts gegen einen Flirt mit der umwerfenden Rothaarigen einzuwenden und sind auch ganz sicher nicht abgeneigt, ihr das Kleid vom kurvenreichen Körper zu schälen, aber eine langfristige Beziehung scheint in weiter Ferne zu liegen. Doch Claire hat die Nase voll davon, nach Mr. Perfect zu suchen, und beschließt, auch ohne einen Mann an ihrer Seite das Glück zu finden und ein Baby zu bekommen. Wozu gibt es schließlich Samenbanken? Wenn sich Frauen mit Kreditkarten Schuhe und Taschen kaufen können, dann sollte es doch auch möglich sein, diese für den Kinderwunsch zu benutzen! Ihr Entschluss steht fest, doch dann hat ein One-Night-Stand mit dem wortkargen Grant Folgen, die den Einsatz der Kreditkarte unnötig machen ...

Seitenzahl: 307

„Auszeit für die Liebe“ (Band 8)

erschienen 8. Mai 2014

Sieg auf der ganzen Linie! Quinn Atherton hat alles, was ein Mann braucht, um ein verdammt cooler Typ zu sein. Zum einen lebt er den Traum eines jeden Amerikaners – er ist Profi-Footballspieler und kassiert Millionen dafür, dass er mit einem Lederball unter dem Arm über ein Spielfeld rennen darf, während ihm Tausende von begeisterten Zuschauern zujubeln. Zum anderen umschwärmen ihn heiße Groupies, die schneller ihre BHs öffnen können, als er das Wort Touchdown überhaupt über die Lippen bringen kann. Doch Quinn hat ein Problem. Er hat nämlich keine Lust, sich die Zeit mit Groupies zu vertreiben, sondern will seine Frau zurück - seine entzückende und streitlustige Frau Bryce, die ihn vor die Tür gesetzt und die Scheidung eingereicht hat. Eigentlich hat er keine Probleme, das weibliche Geschlecht um den Finger zu wickeln, doch Bryce stellt die Ohren auf Durchzug und ignoriert seine Entschuldigungen rigoros. Aber die Liebe ist wie ein Footballspiel. Wenn man eine Chance sieht, zögert man nicht lange und rennt einfach los.

Seitenzahl: 370

„Hände weg vom Quarterback“ (Band 10)

erschienen im Juli 2014

Mitch Cahill war ein grandioser Quarterback und gefeierter Footballgott, der alles besaß, was er sich nur hätte wünschen können. Doch einige Auswärtsspiele, Groupies und eine Knieverletzung später ist er geschieden und muss sich vom Profifootball sowie von den New York Titans verabschieden. Letzteres macht ihm nichts aus, aber die Trennung von seiner Exfrau hat er auch nach vier Jahren kaum verwunden und tut sich schwer damit, wieder eine Beziehung einzugehen. Dank eines Postens als Geschäftsführer in seinem alten Verein ist er jedoch so abgelenkt, dass sein Liebesleben kaum von Belang für ihn ist. Vor allem als er bei der Arbeit mit Avery Lancaster aneinandergerät, schweifen seine Gedanken immer wieder zu der herrischen und unbeschreiblich hübschen Frau ab, die ihn bei ihrer ersten Begegnung einen abgehalfterten Ex-Footballspieler genannt hat. Es widerstrebt ihm aus tiefstem Herzen, mit dieser Furie zusammenzuarbeiten, doch es bleibt ihm nichts anderes übrig. Sobald Mitch erkennt, wie sie wirklich ist, und er ihre weiche Seite entdeckt, ist er hin und weg. Aber schafft er es auch, Averys Vertrauen zu gewinnen?

Seitenzahl: 355

Impressum

Poppy J. Anderson
c/o copywrite Literaturagentur
Georg Simader
Woogstr. 43
60431 Frankfurt

Es werden grundsätzlich keine Pakete angenommen!

4175613R00189

Printed in Germany
by Amazon Distribution
GmbH, Leipzig